# Ⅲ 零日传说 弑神

陈虹羽 著

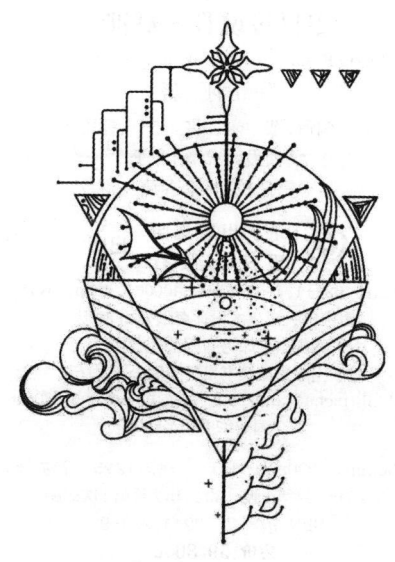

## 图书在版编目(CIP)数据

零日传说.Ⅲ,弑神/陈虹羽著.—重庆:重庆出版社,2023.2
ISBN 978-7-229-17229-9

Ⅰ.①零… Ⅱ.①陈… Ⅲ.①长篇小说—中国—当代 Ⅳ.①I247.5

中国版本图书馆CIP数据核字(2022)第199113号

### 零日传说Ⅲ·弑神
LING RI CHUANSHUO Ⅲ · SHI SHEN

陈虹羽 著

责任编辑:邹 禾 许 宁 郭思齐
装帧设计:冰糖珠子
责任校对:李春燕

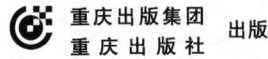
重庆出版集团 出版
重庆出版社

重庆市南岸区南滨路162号1幢 邮政编码:400061 http://www.cqph.com
重庆出版社艺术设计有限公司 制版
重庆豪森印务有限公司 印刷
重庆出版集团图书发行有限公司 发行
E-MAIL:fxchu@cqph.com 邮购电话:023-61520646
全国新华书店经销

开本:890mm×1230mm 1/32 印张:12.25 字数:280千
2023年2月第1版 2023年2月第1次印刷
ISBN 978-7-229-17229-9
**定价:59.80元**

如有印装质量问题,请向本集团图书发行有限公司调换:023-61520678

**版权所有 侵权必究**

# 目 录

第一章　死　局　　　　　001

第二章　弗兰肯斯坦　　　035

第三章　红眼少年　　　　080

第四章　极　昼　　　　　137

第五章　弥诺陶洛斯　　　172

第六章　紫蔷薇　　　　　214

第七章　金属之心　　　　257

第八章　安魂曲　　　　　303

尾　声　　　　　　　　　356

番外·婚礼嘉宾　　　　　372

后　记　　　　　　　　　381

## 第一章 死 局

1

少年双目轻阖,金色头发打理得一丝不苟。胸膛随着和缓的呼吸有节律地起伏,看上去如在熟睡。

只是,那双唇实在没有血色。如纸片般苍白。

"今天如何?"公爵站在少年床旁,问完后,兀自叹了口气。

家庭医生刚完成每日的例行检查。少年的这间卧室已改造成病房。心电监护器发出嘀嘀的声音。医生摇头,"还是和……之前一样。"

公爵脸色阴沉得快要滴出水,他眉头紧锁,最终忍住没有发作,挥挥手让医生下去。管家奥斯汀拉开房门,送医生到外面。

等奥斯汀再折返,公爵已走出了少年房间。两人目光一对视,奥斯汀从那双眼中读出太多。他避开那目光略一低头,"公

# 零日传说Ⅲ·弑神

爵，我去给您泡茶。"

公爵说："还是送到书房。"这话语中已听不出什么情绪。

茶泡好后，奥斯汀捧着茶碟到了公爵书房。正要退出，公爵说："已经一个月了吧。"

"是的，一个月了。"

自上次猎户座召开全体会议并遭遇弥诺陶洛斯一派的异兽发动总攻已过去一个月。当时，公爵所处的欧洲战区经历了一场鏖战。索伦不幸被一头异兽注入毒液，昏迷至今。

战斗结束、通讯恢复时，那名中国少年白凌霄曾关切地问索伦情况如何。公爵回答"活着"，意思是一息尚存。他本以为，凭四脉血统极强的自愈能力，和他公爵的声望财力所能请来的最好医生，索伦康复只是时间问题。

但没想到，这么长时间过去了，毫无起色。

他为了延续兰彻斯特一脉的荣耀，无所不用其极。却没料到这个结果。当时为了血统的强化，娶了一名极出色的女猎人为妻，夫妻之间并无感情。有了索伦后，他的诉求便已达成。因此平日只专注于自己的屠兽事业，以及对索伦的培养。可有一个再简单不过的道理，他竟因过于自信而忽略了——

不能把注押在一处。

虽难以启齿，他还是问奥斯汀："夫人这两年身体如何？"

奥斯汀立即理解了公爵话中的含义，"我这两天就安排医生给她做全面检查。不过，夫人刚四十五岁，想来没什么问题。"

"你准备些礼物，明天我去她公寓看看。"

"是。"

## 第一章 死 局

公爵手捧玫瑰,带着一条五克拉的钻石项链礼盒,倒挺坦然地站在公寓门口。

夫人瞥他一眼,"进来吧。但你知道,我不喜欢这些。放桌上就行。"

公寓内饰素净而简洁,没什么多余的摆件,连只花瓶都找不到。公爵也不在意细节,只将花往桌上一放。"艾德琳,你我多久没共进晚餐了?"

艾德琳打开礼盒,将那颗硕大的钻石挂坠放在手里把玩了一阵,"直说来意就行,何必这么破费。不过,如果你来是想让我再为你生个孩子,就不必多费口舌了。"

"艾德琳!"因太快被对方看穿来意,公爵有些气急,"你也是做母亲的人,怎么说出如此冷血的话?索伦他……"

"正因为我是做母亲的人。索伦他至今昏迷不醒,我不会像你,这样快就将自己的孩子当做弃子。"

"我怎会放弃他?我请最好的医生日日为他检查治疗,他若能醒来,我又何必再费精力去将一个婴儿培养成继承人?但他若是醒不来……"

"公爵,你还是这么现实。既然如此,你好好想想,你还需要继承人吗?你的屠兽事业,还有继续的必要吗?"艾德琳笑得有些凄凉,"醒醒吧,我们是最后一代猎人了。以后,不管是与那些兽类和平共处,还是去打什么外星人,都不是我们猎人要做的事了。这个世界已经不需要猎人了,懂吗?"

"你的意思是……"

"不要自欺欺人了。你不应该比我更清楚?经历了上次那一

· 003 ·

战，各区统计下来，存活的猎人已不足五百。这一个月来，更是不断有猎人退出。猎人存在的目的是什么？这场仗跟谁打，怎么打？不管怎样，都是死局了。你真的看不清这一点吗？"

公爵沉默。

"这猎人的身份，于我已无意义。"艾德琳一边说，一边取下手腕上的通讯器，并将其关闭，"我也放弃了，你请回吧。"

"艾德琳！"比起她不愿生孩子，公爵对她的放弃更为痛心疾首，"我向来认为你是坚毅之人，与你的婚姻虽有其他考虑，但我是打从心底敬重你的。你不愿被家庭牵绊自由，亦不喜贵族礼仪，我便由着你自己独居一处。你现在这样做是干什么？"

"兰彻斯特公爵阁下，不要再一意孤行了。去听听其他人的想法吧。聪明如你，真的想不到在前方等待猎人的是什么吗？"

看着艾德琳凄凉的笑容，公爵告别道："你好好休息，我改日再来。"

他如何不知前方是什么在等待？但无论多凶险的敌人，他从不退却。即使那是——

造物主。

公爵打道回府，在车子即将滑进庄园大门时，他终于注意到站在门侧的那对母子。

近二十年不见，他还是一眼认出了那女人。岁月并未让她绝世的容颜褪色，反而更添几分风韵。等再看到她身旁站着一名男孩，他脑海中立即闪过了一种可能性，但更多的，是警觉。

为什么刚好在这时候出现？为什么会有个孩子？

但他还是叫司机停车，随后摇下车窗，冷冷打量着那两人。

# 第一章 死 局

如果是真的,那孩子该有十八岁了。看模样倒是年纪相符。少年完全继承了母亲的美貌,褐发红瞳,身形挺拔。他还没学会掩饰,眼神和脸上的表情毫无保留地显示着他的倔强、隐忍以及欲望。那是不服输的表情,是不认命的表情,是一旦有了机会,就必定不择手段抓紧它的表情。少年就这样,安静地看着公爵,毫不回避地接受公爵的检查。

见少年这个样子,公爵反而笑了。像他。像年轻时的他。虽然现在,他对权势的欲望是张扬的,没有丝毫隐忍。但年轻时,他家中兄弟四人,他是老三,最不起眼,最不受重视。为了自己的野心,他倔强过,也不得不隐忍过,更残忍过。他不喜欢手足相残,这种戏码自己经历过就足够了。因此到他这里,他打定主意只培养一个孩子,他的所有,顺其自然由那个孩子继承。可惜啊……

他打开车门下了车,信步走到那名少年面前。

没几个人能接受公爵的直视,少年做到了。他看着公爵的眼睛,"您好,我叫普莱德。"顿了顿,"普莱德·兰彻斯特。"

公爵看向那名美丽的妇人,没有多余的废话,"做亲子鉴定。"

妇人露出淡然一笑,稍微低下眉眼,"全由公爵大人安排。"

## 2

六月初,位于中国西南的树城就已入夏了。炎热的湿气包裹着城市,让人透不过气。一如每个人的心情。

大家都听说了索伦的事,但让大家心情不好的原因,远不止

# 零日传说Ⅲ·弑神

于此。

谁也没料到,击垮猎户座的不是异兽,而是真相。

吊扇呼啦啦转圈送风的冰粉店里,林修平和白凌霄面前一人一碗。小白的已经吃了一多半,林修平的却几乎没动。林修平看着小白狼吞虎咽的样子,"慢点吃。"

小白"嗯"了一声,但还是端起碗把最后一口喝进肚中。他抹了抹嘴,这才看见林修平面前那碗还是满的,"你不喜欢吃吗?"

林修平只是笑了笑。

"话说,你带我到这种人多眼杂的地方,不怕遇到我老妈?"见林修平表情有些不自在,小白接着说,"你在树城很久了啊。她从没提起过遇见你,你一定很少去人多的地方,藏得很辛苦吧?"

"我这点辛苦与她相比……"

"后悔过吗?"

"什么?"林修平眉峰掠过一丝震颤。

小白却岔开话题,"我是说……后悔给大家公开那个真相吗?"

林修平明白了小白所指,"我想过这个结果,我想过这个真相让人不好接受。但没料到这么严重。"

"他们的想法也不是没道理。"

小白指的是,前几天,他去中国区基地找林修平,刚好碰见一名猎人在与林修平谈话。两人没回避他,他就站在一旁等他们谈话结束。

## 第一章 死 局

那名猎人胸前佩戴赤金徽章,那是赫赫的战功,是强者的证明,是荣耀的标记。他却将这得之不易的赤金徽章和通讯器摘下,放到桌上。

林修平问:"想好了吗?"

"先锋官,你知道的。虽然还未彻底消灭弥诺陶洛斯一派,但与他们的战争,无论是输是赢,我们都是输家。输了,弥诺陶洛斯的计划是灭绝人类。赢了,等在前方的外星文明,又要我们做什么呢?这是死局啊。"

"此时就摘下徽章,放弃过往几十年的信念,你能确保以后不后悔?"

"不用等以后,我现在就后悔了。我后悔自己成为工具,后悔自己坚守了无谓的信念。我不是怕死,我是不知道为谁而战。长官,你不要苛责那些退出的后辈。他们和我一样,只是看不见未来。"

"当然,我并不会苛责谁。留下还是退出,是每个人的自由。"

"长官……"猎人叫出口后,摇摇头改口叫他名字,"林修平,多年前你意气风发时,我还只是一名不见经传的猎人。我很崇拜你,直到我自己也得到了赤金徽章,我仍知自己与你差之甚远。你是强者,但我还是想冒昧以朋友的身份劝你一句。不要太勉强了,猎人真的是什么了不起的身份吗?千百年来猎户座的守则和训诫,要猎人驱杀异兽,消除异兽存在的痕迹,不让世人知道它们的存在,为此,我们不惜以肉身和冷兵器,可笑地与体能数倍强于我们的异兽作战。可我竟到了如今,才开始去思考和怀疑,为什么有这种守则,为什么不能让世人知道异兽的存在?"

## 零日传说Ⅲ · 弑神

"谢谢你的信任,跟我说这些。"

"这些道理我能想到,我不信你想不到。人类现在有政府,有军队,有热武器。抗击异兽,或者抗击什么外星文明……是猎人的责任吗?不要狂妄自大了,轮不到我们做这些。"

林修平不语。

"对不起,我说太多了。"那名猎人,不,已经不能称他为猎人了。那个男人意识到自己失言,最终只是敬了个礼,还是猎人礼的手势,但感觉却又那么不同了。"林修平啊,你是强者,更是聪明人。"说完这最后一句,他默默退出了房间。

冰粉店的林修平点头,"他们的想法确实没错。"

"但我不像他们那样想。"

"你怎么想?"

小白笑了笑,"还有好多事要做啊。等打赢了弥诺陶洛斯,我们还要找出外星文明把人类制造出来的目的,只有知道了它们的目的,才知道要怎么对付它们。很不知天高地厚吧?"

"像你这种没心没肺的傻小子会做的事。不过,"林修平顿了顿,"猎户座也差不多濒临解散了,很多人即使没说过退出,但也关闭了通讯器,完全联系不上。你们别想那么多了,好好在学校上课。"

"又是叫我好好上课……"小白嘀咕着,"你呢,你怎么想?别又自己单独行动,有线索了记得叫上我们。"

林修平微微颔首承诺,"嗯,知道了。"

小白不放心,狐疑地看着他。

"好了,快回学校。"

## 第一章 死 局

这段日子，白凌霄和沈放一直在学校，像普通大学生那样。

放暑假后，他们约陆星移一起出来玩过几次。今年阿星结束了高考，那小子一根筋地报了树城大学，毫无意外地被录取了。可以预见以后，三人组还会整日黏在一起。可他们也不知道，还有并肩作战的机会吗？要面对的敌人又会是谁？

打完球后，三人在树荫下无声围坐，因心事重重，连可乐都不甜了。猎户座内部摇摇欲坠，他们这帮年轻的猎人帮不上什么忙，便过着日常的生活。而这风雨欲来的宁静，并不是他们想要的和平。

小白当然看得出笼罩着三人、笼罩着整个猎户座的低气压，但他还是一如既往没心没肺地说："别一个个垂头丧气的了，打起精神啊！"

"你呀，说得轻巧。"沈放将手中喝光的易拉罐投向几米外，在空中划出一条完美的抛物线，易拉罐落入垃圾桶中，"猎户座的存在失去了意义。猎人的目标是驱杀异兽、抹除异兽的踪迹，对吧？可如果人类的敌人并不是异兽，猎人，也就只是一件毫无用途的历史文物罢了。去打弥诺陶洛斯，是要当外星人的武器吗？打完弥诺陶洛斯呢，外星人会怎样对付我们？"

陆星移轻声接过话，"是……死局。"

少年们并不知道，"死局"这个词，近来已被无数大人提及了无数次。

"确实很难。但现在还没有结束，不是吗？弥诺陶洛斯还没被打败，他手下的异兽也没被消灭，不知道什么时候他就会攻过来。打败他之后又该何去何从的事，要等打败他之后再想。"

# 零日传说Ⅲ·弑神

"所以我没有退出。"沈放站起身,"我和你的想法一样。"

陆星移笑了,"我也是这么想的。"

小白却又泄气,"可现在,连猎户座都快不存在了。这些日子一个任务都没有,也不知到底怎么样了。"

"等待吧。"沈放看着天边的晚霞,"保持耐心是猎人的基本修养,我们要等待投网的猎物。"

小白听出,沈放口中的"猎物",并不仅指将要攻来的异兽,而是异兽背后,那更远的、未知的敌人。他轻轻问:"那猎物真的会投网吗?"

陆星移沉着地说:"猎物只要有目的,按捺不住时就会行动。一旦行动,就会露出马脚。"

小白叹气,"只是,等猎物投网之时,我们有足够的能力抗衡吗?"

每个人都从对方眼中读出了一丝迟疑,但每个少年眼中,仍辉映着金色的霞光。

离上次那场终极之战已过去三个月。与猎户座几近溃散相对的是,弥诺陶洛斯所扬言的最后的总攻正在悄然准备。种种迹象表明,最后的总攻并不是弥诺陶洛斯虚张声势。这场关乎人类存亡的大战,就要来了。

林修平受公爵邀请,将前往欧洲的公爵府邸,与四脉齐聚商议对策。叶乔父亲叶明诚也在受邀之列。

小白这天正在家里吃西瓜打游戏,叶乔突然来电。这么久以来都没有任务,小白找不到借口约叶乔见面,说起来,和叶乔已有好阵子不曾联系。

# 第一章　死　局

　　他仔细想过两人的关系，却只敢承认是战友，是队长和队员。连能不能算得上朋友，他都没信心。既然只因同为猎人而聚在一起，那猎户座荡然无存的话……她还和自己有什么关系吗？

　　这样的胆怯，让小白每每心中空落落地对着手机联系人中那个名字时，从来没勇气问一声好。

　　因此，见到来电，他浑身像被一股电流击中，转瞬而来的又是慌张。他接起电话，故作大咧咧地"喂"了一声。那头的叶乔虽是问询，却是不容置否的语气，"一起去奥地利？"

　　好，当然很好！小白几乎要欢呼出声，但理性地想了想原因，"是新任务？公爵那边出什么状况了？"

　　"他们开会，倒没我们什么事。但我父亲和林修平长官都去，我父亲会带上我。你让林长官带上你，这样我们可以去看看索伦。"

　　想起索伦的事，小白心中黯然，"探望索伦的话，可以叫上沈放和陆星移吗？"

　　"没专门邀请我们，就别去太多人了。"

　　小白理解，"好。"

　　"那我挂了。到时见。"

　　"等等，"小白小心问道，"索伦他……还是老样子？"

　　叶乔沉默了一会儿，却没回答，只说："你去看了就知道了。"

　　又有机会与叶乔一同出行的欢喜，和想起那位陷入昏迷的异国朋友的悲伤，在小白心中交织在一起。

# 3

奥地利，施泰尔马克州。

公爵难得地待在府邸大厅，等他的客人到来。叶明诚和叶乔是公爵府此次会议到得最早的客人。

管家奥斯汀亲自将那对从中国远道而来的父女接进府中，公爵起身相迎，同叶明诚握手，"辛苦了。"他看了看站在叶明诚身旁的女儿，"小乔又长高了。"

而父女俩则看了看站在公爵身后的那名少年，他是那样耀眼，令人很难不去注意。可出于礼貌，满腹疑惑的父女并未开口询问。

倒是公爵主动向二人引荐，"这是我的次子普莱德。为了锻炼他，出生以来都养在府外，没什么娇生惯养的毛病，是个好孩子。"

普莱德冲叶家父女微微点头，"你们好。"发音有些生硬。

公爵说："普莱德，你不是说自己中文不够好，想向中国朋友学习吗？你带叶小姐去庄园转转。"

这又是哪出？每次都是"去庄园转转"。公爵也太心急了，毫不遮掩自己的心思。叶乔无奈。她以为那名叫普莱德的少年也对父亲这种功利的撮合感到烦恼，便苦笑着看向他，却碰上他半戏谑半认真的目光。

少年向叶乔做了个邀请的手势，"我们走吧。"

不就是拒绝追求者嘛，从小被男生追到大，向来拒人千里之外的叶乔什么大场面没见过？可此刻，她突然有些怯场。她几乎不敢与少年的眼神接触，清了清嗓子说："我这次来是……公爵阁下，不知道方不方便，我想去看看索伦。"

"叫我兰彻斯特叔叔就可以。也对，是我考虑不周。"公爵招呼仆人带叶乔去了索伦的房间。

房间里很安静，窗帘拉着，只有一点穿透帘布的幽幽日光。叶乔先看见的是坐在床边的莱昂，他耷拉着头，一副忧愁的样子。见到叶乔后，他眼神亮了亮，一等那名引路的仆人离开，便急促地站起身，不停招手让叶乔赶紧过去。

"叶家小姐呀。哎……哎！"莱昂唉声叹气，似有千言万语，却不知该从何说起。

叶乔反手关上房门，走到索伦床前。金发少年安静地沉睡着。"三个月了。"

"是啊。"

"医生怎么说？"

"说是毒液伤到了中枢神经。老说观察观察的，可少爷到底什么时候才能醒呀！"莱昂眉头紧紧拧成一团。

"南宫说不定有办法，可惜这些日子他回异界寻找残部了。等再见到他，我会问问的。"

"多谢叶小姐。"虽是言谢，莱昂的语气却还是没有半分喜悦。

"说说吧，那个普莱德是怎么回事？"

这正是莱昂犯愁的原因。他的索伦少爷昏迷不醒已够让人担忧的了，屋漏偏逢连夜雨，想不到半路杀出个普莱德！这事他想起就生气，全府上下却没人敢和他一起嚼舌根。现在叶家小姐主

## 零日传说Ⅲ·弑神

动问起,他也顾不得规矩了,倒豆子般一股脑往外说:"你说,怎么就那么巧,怎么就这个时候冒出来?这得多有心机?绝对是来者不善!可公爵大人偏偏还接纳了他。可恨。可恨!夫人又是个不爱争的,这让我们索伦少爷怎么办?急死我了。叶小姐,您要帮我们索伦啊!"

"你慢慢说。"

"两个月前,他们母子突然出现在府里。我听说当晚就连夜到实验室做了亲子鉴定,那的确是公爵大人的孩子。那女人真是不简单。她好像是十九年前,公爵在一次与异兽的战斗中救下来的。按理普通人见了异兽,要喝鸱脑酒的。但她长得实在太美,公爵一时昏了头,便与她有过几次……公爵并不是到处留情的人,他对后代的血脉极为挑剔,当时又已经有索伦了。那女人只是名普通女子,因此公爵并未打算带她回府。她倒也识趣,在公爵收了任务要回府的前一天不辞而别,这么多年都再未出现……"

从莱昂语无伦次的讲述中,叶乔大致了解了来龙去脉。事情果然麻烦了,不仅仅对索伦,对她而言也是。她如何看不出公爵和父亲的心思?公爵本就想通过猎人世家的联姻,来不断强化自己这脉的血统。亚洲那边的林修家式微,叶家则风头正劲。公爵的野心远不止欧洲和四脉,他一直想率领全球的猎人,要得到亚洲那边的支持,和叶家联姻是最好的选择,何况叶乔还这么出色。自己的父亲叶明诚呢?作为亚洲这边新兴的家族,能得到公爵的支持,自然也助力无穷。所以父亲一直和公爵走得很近,两边家长也一直想撮合自己跟索伦在一起。可索伦无意,她也无心,两人只是世交朋友。因此对长辈的撮合,一笑了之也就罢

## 第一章 死 局

了。但倘若公爵放弃了索伦，让那个普莱德当继承人，而普莱德又有意的话，自己便会沦入孤立无援的境地。

叶乔不由自主捏了捏拳，朝莱昂询问："那个普莱德，难对付吗？"

"他没有从小接受猎人训练。但本也才十八岁，又有四脉血统，还很刻苦。这才练了两个月，已经不亚于一些练了一两年的年轻猎人了。假以时日，一定会很强。你知道吗，他真的是不要命地练！公爵对他很是赞赏。"

野心加努力，果然是个棘手的对手。叶乔听着监护器的嘀嘀声，陷入沉思。

房门笃笃地被敲响了两下。

莱昂惊觉自己说太多了，朝叶乔使个眼色。叶乔点点头，示意他放心。

敲门的人是奥斯汀，他站在门口，礼貌而不由分说地说道："叶小姐，公爵准备了晚宴，我带你去餐厅。"

"好，我这就去。"叶乔应道。

"叶小姐，你放心吧，我会照顾好索伦少爷的。"莱昂保证。

叶乔再次看了看索伦沉睡的脸，在心底祈祷这位朋友快点醒来。随后跟着奥斯汀去了餐厅。

公爵坐在长桌主位，父亲坐在旁侧第一个顺位，普莱德坐在另一侧的第一个顺位。餐具已经摆好，叶乔的那一套摆在普莱德旁边。

她终于懂了，大人们的会议定于后天，为什么父亲今天就带着自己提前过来。父亲对普莱德的事是否知情？想了想自己的命

· 015 ·

## 零日传说Ⅲ·弑神

运,只是一枚棋子吗?从小敬重的父亲,也只是拿自己这个女儿当投名状吗?叶乔心中黯然,但还是一脸淡定地走去,在指定座位坐好。

普莱德侧头冲她笑了笑,她也回以一个笑容。公爵和叶明诚见此情景,互相看了一眼,眼神里写着满意。

这场晚宴就这样开始了。

"小乔这个年纪就拿了白银徽章,真是不简单。"公爵夸赞。

"我记得索伦更早拿到。"

说出口,叶乔才察觉出这话有点奇怪。这就好像自己喜欢索伦,故意替索伦说话似的。其实无论是索伦还是普莱德,她都不会考虑。她不想当联姻的棋子。何况……此时脑海中,为什么浮现出一个白痴的脸?

算了,那个白痴更不行。

普莱德却完全不在意叶乔提及索伦,他说:"哥哥从小由父亲亲自指导,当然很强。"

主菜吃完,叶乔没再等甜点。用餐巾擦拭嘴角后站起身,"我吃好了,各位慢用。"

"叶乔。"父亲稍微加重语气叫她名字。

"今天舟车劳顿,一定很累了。"普莱德帮叶乔解围,"你先回去休息。我明日再向你讨教。"

叶乔并未领情,只"嗯"了一声便离席。叶明诚还要叫住她,公爵摁了摁叶明诚手臂,"孩子们的事,让孩子们去解决。小乔性子直了些,无妨。"

翌日,叶乔本还担心与普莱德照面,结果他一整日都不在

## 第一章 死 局

家。她松了口气,上午再去看了会儿索伦,听莱昂唠叨一阵。午后下了场阵雨,阵雨过后,空气清新。叶乔最喜欢雨后的天气,便独自到花园散步。

她转过一大片种在花台里差不多有一人高的玫瑰花丛,却见普莱德坐在后面一棵矮树的枝干上。

那褐发红瞳的少年纵身从树上跃下,嘴角一挑,露出一个似邪非邪的笑容,"赏花吗?叶家小姐好闲情。"

"原来小少爷也在这里。是我打扰了,抱歉。"说着,叶乔要走。

"哎,等等。"少年语气正经了些,挥挥手中的剑,"我不是故意等在那儿看你的。我刚从父亲的驯兽场练习了回来,坐在树上歇会儿。"

少年已换了干净的衣服,但又被树上的积雨弄出几块水渍。脸上有两颗泥点没洗干净,邪气中透出一股顽皮。

"你这中文不是挺好的?"叶乔揶揄了一句。

普莱德不答,瞥见叶乔后腰上别着的双刀,只说:"武器不离身,好猎人。叶家小姐,介不介意和我过几招?"

叶乔挑眉,"听说你只练了两个月?"

"对,两个月。"

"那就算了。我对欺负新人没兴趣。"哦,真的对欺负新人没兴趣吗?有个白痴似乎没少被自己欺负。

"你是怕输给我吧。"

"激将我没用。"叶乔不再理会,只留给普莱德一个背影,举起手挥了挥,径直离去。

哪知普莱德又几步追上来,"你不想试一试,只练了两个月

## 零日传说 Ⅲ · 弑神

的我到什么程度了？"

叶乔呼了口气，看来不教训一下他，是甩不掉的了。她出其不意地抽出双刀，转身一个交叉斩击。在她的计划中，此刻刀该架在普莱德脖子上了。却不料普莱德比想象中要敏锐，竟一矮身躲过了这一斩，同时回剑轻挑，将叶乔的刀拨开。

"现在我配向你讨教了吗？"

"如果输给我，今天都不准再来烦我。"

少年见计划得逞，笑道："好，我保证。"

两人在花园中比划起来。普莱德和索伦学习的都是兰彻斯特家的剑术，但索伦要更轻盈，更流畅。普莱德的剑很急，很重，倒更接近公爵的风格一些。

花园小径不是开阔之地，并非叶乔双刀最适合发挥的场所。普莱德果然比想象中强。叶乔虽未使出全力，但他也接连拆了五招。

刀和剑都很快，它们震荡空气的同时，激起了花丛中留下的雨露。水汽和花瓣随着剑气与刀锋的交战而飞舞散落，纷纷扬扬。

美貌的少年和英气的少女的身影，穿行在雨雾、青草、绿叶与红花之间。

普莱德到底还是新人。十几招后，他跟不上叶乔的速度，不小心绊倒在草丛。叶乔俯身将刀压在他胸前，"你输了。记住你答应过的。"

"我会变得更强，比你还要强很多。"少年完全不恼，只直直注视着叶乔双眼。那眼神里写满真诚的欲望和野心，他一字字认真说道："那时候，你会是我的妻子。"

· 018 ·

# 第一章　死　局

叶乔面颊一红，迅速起身，不再理他。却看见白凌霄站在不远处，傻乎乎地看着这边。她理理额发，"你什么时候来的？"

## 4

"队、队长……"叶乔语气似乎有些不悦，小白也不知道自己做错了什么，小心解释道，"我刚到。不是说要一起去看索伦吗？"

小白缠着林修平，终于让林修平同意带他一起来奥地利。会议将于明天举行，他们是今天下午到的。抵达后，小白听说叶乔昨天就来了，想叫她一起去看索伦，又听仆人说叶乔去了花园，便去花园找她。

却没想到一来就看见这样一幕。

因为隔得远，没有太听清那两人说了什么，若隐若现飘来几个词，听是没听真切，但总觉得是调情的话……这场面，傻子也看得出有点暧昧吧？不，不是有点，是非常、十分、极其暧昧！

只是，自己已经不像以前那么幼稚了。

白凌霄稍微定了定神，掩藏着心中那一抹失落，看着刚才输给叶乔的那名少年从草地上站起身朝这边走来，故作轻松地问叶乔，"这是……"

不等叶乔介绍，少年主动朝小白伸出手，"我是公爵家的次子，普莱德。"

公爵家的次子？小白问询地看向叶乔，叶乔点头。小白满腹疑问，但也只得先伸出手，与那少年斜挥着一击，"我是林修家的白凌霄。"

## 零日传说Ⅲ·弑神

看得出,普莱德也很有疑问,为什么林修家的孩子姓白?不过小白没多做解释,两人彼此彼此。他们互相打量,那少年是如此俊美,令小白一个男生也感到惊艳。可比起那些意气风发不可一世的英俊少年,小白很难对普莱德产生敌意。因为他从普莱德的眼中,看到了自己也有的东西。那是曾经历过蛰伏与忍耐之后的不甘。只是自己把这份不甘化作了假装不在意,而普莱德将这份不甘,化作了不加掩饰的野心。

老实说,还挺羡慕这种人的。

普莱德开口,"奥斯汀给我讲猎户座历史时,提起过林修平前辈,说他是一名很厉害的猎人。很高兴认识林修家的人,我会向你请教的。明天如何?"

叶乔算是明白了,这人追着找人比武,还真的不是针对自己。他对变强的执念是那么强烈,所有可以当对手的人,他都不会放过。

小白习惯性地心虚了一下,如果输给他岂不是很丢人?于是推托道:"我成为猎人还不到两年,只是个新手……"

普莱德抢过话,"放心,我成为猎人才两个月。是比你还新的新手。"语气里带着一点骄傲与挑衅。

小白不得不应战,"好,那明天见。"

小白和叶乔去看索伦了。普莱德倒是遵守了今天都不会再烦扰叶乔的约定,没跟上来。

一路上,叶乔大致给小白说了说普莱德的来历。小白感慨:"私生子啊……"

"你有什么想法吗?"

## 第一章 死 局

"难怪他有那样的眼神和表情。在回公爵府以前,一定过得很辛苦吧。"

"哟,同情他了?你还挺好心。"

小白从叶乔语气中听出讥诮,"你不喜欢他?"可你们明明看起来已经很熟的样子……还那么暧昧……

"无仇无怨的,也不至于要专门讨厌他。"

小白琢磨着叶乔这句话,搞不太懂是什么意思。这到底是喜欢,还是不喜欢?

叶乔似乎不想再继续这个话题,于是提起别的,"林长官给你说过猎户座的事了没?"

"你是指很多人退出?这个说过了。"

"不仅仅是这样。"

"那是怎样?"

"最近新闻里失踪人口的报告变多了,世界各地都出现了失踪人口。后来我们发现,那些失踪人口,大部分是退出猎户座的猎人。"

"他们失踪了?"

"在现代科技下,短时间内世界各地出现上百个失踪人口,还都活不见人死不见尸的,你觉得会是怎么回事?"

"他们遇到了异兽袭击,被异兽吃掉了?"

叶乔点头。

"他们已经退出了啊,异兽为什么还要袭击他们?不是说异兽不袭击普通人吗?"

"他们只是关闭了猎户座的通讯器,不接任务,想回归普通人的生活。可他们身上流着猎人的血脉,这血脉并不会随着他们

· 021 ·

的退出而改变。你想想，主动放弃了与猎户座组织的联系，孤身一人，不再携带武器，这样的猎人，对异兽来说，是不是最好的猎物？弥诺陶洛斯从没放弃击溃猎户座的计划，此时找那些落单的猎人下手，是再好不过的时机。而又因为他们关了通讯器，所以他们失联了，猎户座竟无法第一时间知晓，后来还是从民生新闻上看到失踪人口的报道才发现的。"

小白替那些猎人感到不值，"他们太傻了。就算留在猎户座不知道以后要面对什么，也比退出后死在异兽口中强吧。"

"或许他们不这样想。对于失去信念的猎人，很多人都觉得自己的人生不再有意义。那个外星文明从哪里来？"叶乔指了指天空，"从猎户座来吗？猎人曾将传授我们狩猎技巧的先祖奉为神明，甚至以猎户座命名猎人组织。可如果它们创造出猎人，只是让猎人成为实现它们目的的工具，猎人到底是什么呢？"

"就算是外星人的工具又怎么样？我们已经存在了，我们也知道了它们的存在。我们可以反抗啊……"

"反抗'神'吗？除了像四脉那样真正心智坚硬的，越是资深的猎人，越接受不了那个真相。反而你这样的新人，并不拿猎人的使命和信念当回事，倒更容易转变思维，不去钻牛角尖。"

"那你呢？队长，你的信念动摇了吗？"

叶乔顿了一会儿，"有一点。"又补充道，"一点点。"

她的声音听上去有些疲倦，小白不知怎么安慰。两人默默走了一会儿，小白为了活跃气氛，说："队长，还记得你刚带我加入猎户座的时候吗？我说要退出，你差点揍我。"

叶乔笑了笑，却并不像开心的样子，很快又恢复心事重重的表情。

## 第一章 死 局

小白说："所以你不要退出啊。"

叶乔看了看小白，他好似随意一说，却满脸写着担忧。她拍了拍他的背，"好了，什么时候轮到你来操心我的事。"

去看了索伦，又听莱昂发了一通关于普莱德的牢骚。

莱昂说到激动处，就忘了叶乔的尴尬，抱怨道："公爵大人一直希望以后能让索伦少爷娶叶乔小姐。现在索伦少爷也不是没了，只是一时昏迷而已，公爵居然开始考虑让普莱德娶叶乔小姐，这实在是……啊，我不应该在背后说公爵大人坏话，但这实在是太儿戏了！这是关系到索伦少爷和叶乔小姐终身幸福的大事，怎么能这么草率，说变就变，像挪动一颗棋子一样那么简单？"

叶乔咳了一声，莱昂才意识到自己失言，又补充道："当然了，这些只是公爵一厢情愿的想法，如果叶乔小姐不同意，他还能强迫吗……"想了想公爵的行事风格，莱昂觉得强迫也不是不可能，又说，"不过，压根不用担心这些。那个普莱德只是暂时小人得志，索伦少爷一定会醒来的。等索伦少爷醒来，就没他什么事了。我会照顾好索伦少爷……"

"我总算知道索伦以前的感受了。"叶乔不得不打断莱昂。

莱昂疑惑，"什么感受？"

"就是……你话实在太多了。怪不得他老嫌你啰嗦。"

莱昂捂住嘴，"抱歉。"

小白看着沉睡的索伦，自己曾经羡慕他强者的血统，高贵的出身。现在知道了自己也是四脉后人，自己身上同样流淌着强者的血脉，而自己的父亲林修平，是比兰彻斯特公爵还要强的猎

# 零日传说Ⅲ·弑神

人。可是，又怎么样呢？自己还是一点都不强。

真的可以变成强者，然后争取自己想要的东西，不再畏缩吗？

脑海里浮现出下午见到的普莱德那张脸。公爵是想和叶家联姻吗？叶乔怎么想？

虽然多年的习惯和本能让小白想像乌龟那样缩进壳里，只要躲起来，不去听外界的声音，不去看对手的样子，将自己麻痹，失去时就不会那么痛了。

但这一次，小白捏起了拳头。绝对，不能再退了。他定定神对莱昂说："我们有空会再来探望索伦的。"

莱昂连连点头道谢。

小白侧头叫上叶乔，"我们走。"

第二天，因为前一晚想着心事很晚才睡着，天大亮了小白才醒。他起床洗漱好，从客房下到一楼，大人们好像已经在开会了。他想去后厨找点吃的，穿过侧厅时，却被一个声音叫住，"喂，林修家的，你好晚啊。"

小白转头，见普莱德抱着剑坐在沙发上。他面子上过不去，编了个借口，"我昨天看资料，睡得晚。"心中暗暗发誓，以后一定每天早起练习，再也不睡懒觉了。

"快填饱肚子，没有力气会输给我的。"普莱德晃了晃手上的剑，"吃好来找我，我在草坪等着。"

虽然约定了今天比试，但也没想过一起床就要比。小白无奈，点头答："知道了。"

他在后厨随便吃了点东西，便回屋拿了武器，去了庄园的

## 第一章 死 局

草坪。

普莱德抱手坐在草坪旁的一棵树上。见小白来了,他三两下从树上滑下,将剑抽出剑鞘,"好了,我们开始吧。"

还不等小白回过神,他的剑已经刺了上来。小白赶紧集中注意力,往后退去几步,用手中的棍刀挡过普莱德的剑锋。

普莱德试探出白凌霄的实力,"林修家的,这就是你练了两年,还参与了很多次实战的实力吗?"

小白咬牙不语,但他知道,当对手出现轻敌的情绪,那此刻就是他反攻的最好机会。可他攻了几次,却不见普莱德的防守松懈。他找不到普莱德的破绽。这人真的只练了两个月?

为什么除了自己以外,其他所有人都那么强?!

小白不顾难看,像逃跑似的快步往远处跑了一段距离。普莱德没想到小白会逃,稍微愣了愣神。就趁他愣神的片刻,小白将手中的盾旋出锯齿,回旋掷出。圆盾的齿牙划破空气,嗖嗖飞向普莱德。普莱德没料到小白还有这种攻击方式,慌忙中用剑挡开圆盾的飞行轨迹,却被盾牌掷来的力量推得往后一个趔趄。

普莱德咧嘴一笑,"这次攻击还像点样子。白凌霄,再来!"

圆盾回旋到小白手上。小白不敢松懈,使出全力攻向普莱德。又缠斗了十几分钟,终于,普莱德的剑尖停在小白喉前。而小白的刀也停在了普莱德的下颌线上。

两人喘着粗气。

打成平手,对普莱德而言,不丢人。对小白而言,却几乎是一种耻辱。

普莱德比小白高出一截,他漂亮的眼睛微微俯视小白,这令小白更加不爽。"你如果不加紧练习的话,我很快就要超过你了。"

　　白凌霄紧紧握着手中的刀柄，可他知道，无论此刻嘴硬说什么大话，都只会让自己更加难堪。他咬了咬牙，只淡淡说："我会加紧练习的。"

　　普莱德脸上挂着一种似笑非笑的表情，提起另一件事，"你们林修家，也想和叶家联姻吗？"

　　小白摇头，"不，不是联姻。"

　　普莱德故作松了口气的样子，"那就好。"

　　小白轻轻说："但是，你接近叶乔，是因为喜欢她，还是因为联姻？"

　　"好问题。"普莱德终于将停在小白喉前的剑收进剑鞘，"你是因为喜欢她？"

　　小白没有回答，只是默默收起刀，转身走向远处。

## 5

　　公爵府上的会客厅里，猎师四脉的当家人，外加一个叶明诚，正进行密谈。

　　公爵先说了自己的想法：就算猎人是外星人的工具，只有首先保住猎户座，才能考虑未来。为此，必须加强全球各区域猎人之间的合作，改变之前由各洲先锋官率领当地猎户座分头作战的组织方式，由四脉牵头，精编剩余的猎人，组建高效行动队，集中精力寻找弥诺陶洛斯，搞清楚他所谓的总攻计划，反被动为主动。

　　上次那场终极之战后，大洋洲区和非洲区的先锋官业已牺

# 第一章 死 局

牲，前段时间，欧洲的先锋官又退出了。现在的当务之急，就是把一盘散沙的猎户座再次聚拢。不能让弥诺陶洛斯的总攻计划得逞。

艾斯和图坦年纪不大，但经历这么多事后，比之前成熟了许多。他们虽不满公爵几乎已把自己当成四脉首领，其野心昭然若揭，但介于现在这个情况，他们身后的家族也确实没有实力能与公爵抗衡，只能暂时听命于公爵。

目前四脉中，能力和威信上唯一能和公爵抗衡的便是林修平，可他似乎对权力没有兴趣，全程很少发言，只是若有所思。

会议结束后，等其他人离开了会客厅，奥斯汀走进屋。

公爵瞥了眼奥斯汀脸上的表情，"说吧。"

"驯服异兽的实验又一次失败了。"

公爵皱眉沉思了一会儿，"这项实验已经推行快一年了？"

奥斯汀点头，"是的，还差两个月就一年了。"

"或许我可以换个计划，不再执着于此。"

"您的意思是……"

"我以为既然异兽与普通的兽类本是同源，那么普通兽类能驯服，异兽也就能驯服。看来是我想错了，异兽大概有更强的意志。我的本意是驯服一支听命于我的异兽大军，令它们自相残杀。不过，那名叫南宫的少年和弥诺陶洛斯本就水火不容，我又何必多此一举？"

"您相信南宫是真的愿意帮助人类？"

"这没什么信不信的，他不得不这么做，他那方的力量，暂时可以利用。但是，"公爵顿了顿，"等消灭掉弥诺陶洛斯一派后，我并不打算与南宫派的异兽和平共处。对了，你这会儿来，不会是专程来向我汇报实验失败的吧？"

"公爵阁下，的确有个新发现。"

"那就快说。"

"尼德霍。"奥斯汀口中吐出一个词。

"北欧神话里提到过的毒龙？但猎户座的历史记载里，从未有人见过这种异兽。"

"我们无意间发现，所有听到这个名字的异兽，都会陷入极度恐慌。"

公爵沉思了一会儿，"难道它极其凶残，在异兽世界处于食物链顶端，以捕食其他异兽为生？"

"四凶兽也捕食其他异兽，但从未有异兽在听到四凶兽的名字时产生那么大的反应。"

"如果这种名为尼德霍的毒龙的确是一种异兽，且它与其他异兽为敌的话，对我们倒是一个有利条件。"

"阁下，您还记得那叫白凌霄的少年，身体中曾封印过一只小青龙吗？异兽曾提过那是他们的神兽，那会不会就是尼德霍？"

公爵摇头，"应该不会。我曾见到那只小青龙与其他异兽在一起，但并不觉得其他异兽惧怕它。"公爵起身，"快到用餐时间了，我先去招呼客人。今天把客人送走，明天我亲自去一趟驯兽场。"

"是。"

公爵一边走一边下达指令，"继续搜集有关尼德霍的线索。"

"是。"

# 第一章 死 局

## 6

从奥地利回到树城,白凌霄去沈放家里找沈放。聊天时随口说起不少退出猎户座的猎人在落单时遭到了异兽的偷袭这件事。

沈放心中惊呼一声:糟了。他起身就要收拾东西出门,小白抓住他,"你要去哪儿?公爵他们这次在会议上决定要精编剩下的猎人,林修平,"小白很难开口用"父亲"称呼那个人,因此提到他时总是别扭地直呼名字,"林修平很快会召集大家,安排新的任务。"

"那是你们猎人的任务。别忘了,我不是猎人。"沈放快速拿出武器装进背包,随便收拾了几样随身物品,"宋禾姐姐有危险。"

小白立即明白了,"她退出猎户座了?"

沈放"嗯"了一声,已经在门口换鞋了。

"喂,"小白有点郁闷,"这是你家……"

"哦,"沈放交代,"我先走了,你待会儿帮我关好门窗。有新消息随时联系我。"

"好……"

沈放一边下楼一边叫网约车,有司机接单后,对方专门打电话来询问,"去南州市?"

"对。"

司机有点迟疑,"这有差不多五百公里……"

"钱不会少付你,返程的空车费也会照付。走不走?"

## 零日传说Ⅲ·弑神

"走,走。"得到顾客确认,司机放下心,语气里甚至有种接到大单子的轻快。可等他见到沈放,心里又打起鼓来。这少年看上去还不到二十岁,背一个大大的黑色登山包,本是清朗的相貌,却一脸焦灼不安。他忍不住多嘴问:"我说小哥,你该不会是跟家里吵架了,闹离家出走吧?"

这种不寻常的单子,司机怕惹上麻烦也是人之常情。沈放淡淡说:"不是。你只管去,我预付过押金了。"

"好……"

安静了没几分钟,司机还是忍不住好奇,"小哥啊,我看你年纪也不大,还上学呢?去南州怎么不坐高铁?那可比我开车走高速快多了。"

"没买到票。"沈放随便编了个理由。怕司机再问东问西,他干脆闭上眼睛。

没有深渊闪电的站点,要带武器出行果然很不方便。

那是六月末,还没放暑假的一日。沈放正在备考期末,突然接到宋禾电话。她说自己在学校门口,约沈放出来。

薛荣为救自己牺牲后,沈放并没有真正意义上与宋禾好好聊过。他知道自己已无法站在宋禾身旁,他只希望宋禾姐姐能平安,并重新得到幸福。守护宋禾姐姐的平安这件事,不管需不需要他,他都要这么做。而宋禾姐姐的幸福,并非他能给予。

沈放有些忐忑地见了宋禾。她一手拿着一杯奶茶,见沈放出了校门,递上一杯到沈放手中。两人站在梧桐树荫下,刺耳的蝉鸣划破闷热的空气。

宋禾咬着吸管,"很多年前,你还是个小屁孩,现在已经长

## 第一章 死 局

大了啊。"

"这里太热了,我们要不要找一家店坐坐?"

"不用了,"宋禾摆手,"我只是来告诉你一声,很快就走。"

"怎么了?"

"我要退出猎户座了,不想再当猎人了。"

沈放一惊。

宋禾笑了笑,"我很没用吧?不过,弥诺陶洛斯最后那番话,确实让很多猎人动摇了。我跟他们一样。如果我们是被外星人创造出来,对付地球原生生物的工具,就算我们把所有异兽都杀光,也没有意义,不过是成为他人的武器罢了。"

"可是……"沈放想要反驳。

宋禾打住他,"我知道,要讲大道理,有很多可以反驳我的话。但我只是累了,不想再当猎人了。我以为杀光所有异兽,就可以为他报仇。可如果杀光异兽并不是一切的尽头,我又该走向哪里?我累了,不想这样杀下去了。我已经关掉了通讯器,之后我打算去南州,我在那里找到了一个普通工作,以后会过普通人生活的。"

"宋禾姐姐……"沈放全程被动接受着,既插不上话,也不知该说什么。南州不是猎户座的重点城市,那里甚至没有深渊闪电的站台,历史上,那个区域几乎没有异兽活动的踪迹。去那边生活,说明宋禾是真的下定决心想放下有关猎人的一切吧。

她举起手,像以前那样揉揉沈放头发,"那我走了,你也别太勉强自己。"

虽然对宋禾的退出有些不舍,但一想到她退出后,就不用再面对这些危险,沈放心中释然。他送宋禾上了车,目送着她远

· 031 ·

## 零日传说Ⅲ·弑神

去。他因为硬要当猎人而被薛荣救下,现在的他背负着薛荣的遗志,没有退出的资格。即便只是为了守护作为普通人的宋禾,他也只能继续作为猎人的一员继续作战,不管有没有血脉。只有解决了异兽和人类长达万年的恩怨,甚至解决了那将人类制作出来的造物主,所有人才能迎来真正的和平。

想着这些,在近六小时的车程后,沈放终于抵达了南州市。

他拨通宋禾的私人手机,铃声响了很久,对面才接通。

"宋禾姐姐,我……我到南州市了。能给我你的地址吗?我想去看你。"

"我记得你不是个缠人的小鬼,怎么过来了?"

"小白说,弥诺陶洛斯手下的异兽在偷袭退出猎户座的猎人。我担心你。"

对面沉默了一会儿。"啧,还真让他说中了。你来吧,我在医院。"

"医院?"

"放心,死不了。我把地址发给你。"

沈放按地址找到南州市人民医院的骨科病房,看见躺在病床上的宋禾姐姐,她整个上半身被缠得跟木乃伊似的。见了沈放,她倒一脸无所谓,"好啦,我真的没事,你那是什么表情?"

"你怎么把自己搞成这样啊!"沈放急道。本来想说"我来晚了",可是,凭自己的能力,就算真的早一点来,赶在宋禾受伤以前,就一定能保护她不受伤吗?哪怕自己已经很努力地训练了,可越练越碰到了瓶颈,那种被身体束缚住的感觉越来越强烈。这一副普通人的身躯,是这样僵硬、脆弱。有猎人血统,乃

## 第一章 死 局

至有四脉的血统,那种轻易就能变强的感觉,到底是什么感觉?自己真的还能变得再强一些吗?

一个想法闪过沈放脑海——猎人是被"神"创造出来的。

这个想法还没有被沈放仔细捕捉到。宋禾小声说:"一周前,我遇到弥诺陶洛斯了。"

沈放回过神,"他竟然亲自出手。"

"我没带武器,确实打不过他,差点就被他KO。不过我包里揣了瓶防狼喷雾,捡回条命。就是他一掌拍断我三根肋骨!靠。"

听宋禾说话的语气还是那么生龙活虎,沈放稍稍放下心来。"现在落单的猎人很危险,还是带上武器,和猎户座一起行动吧。"

"你知道吗?"宋禾扭头看向窗外,"这一个多月的时间,我不再想任何与异兽有关的事,我像普通人那样上班下班,有时叫外卖,周末去买菜下厨。呃,虽然厨艺有限,做得并不好吃,但我觉得,这样的生活挺好的。"

那个想法重新回到沈放脑海,并从一点火花,扩展成一片光——

猎人是被"神"创造出来的。

沈放深深吸了口气,只感到肩上扛起了千钧重担。他很认真地叫她,"宋禾姐姐。"

"嗯?"宋禾转过头。

"等这一切结束,你会过上想过的生活。"

"结束?"

"我保证,这一切很快就结束了。我会……竭尽全力。在那之前，你不要出事。"

"我说过了，你不用这么勉强自己。"

宋禾的言下之意，是指沈放甚至都算不上猎人，根本没必要把这一切扛在肩上。目前来看，这的确是事实。所以沈放没有急着反驳，只是叮嘱，"如果你不想回猎户座，想继续在南州生活，那就千万小心，不要一个人走小路，待在人多的地方。防狼喷雾，我会再送你的。"

"好了好了，姐姐我没那么容易出事。"

等离开医院时，沈放对接下去要做什么，已经有了坚定的想法。

## 第二章　弗兰肯斯坦

### 1

按照公爵府中会议的安排，林修平重组了亚洲区的猎人团队。

那名叫沈放的少年很出乎他的意料。

他有印象，沈放没有猎人血脉，却始终有成为猎人的执念。自薛荣为救他牺牲后，他虽明面上退出了猎户座，没参与猎户座的正式行动，但也一直在从旁协助。因此这次组队，林修平并未将沈放排除在外，而是让小白、沈放、陆星移三个孩子继续跟叶乔队长组成小队。

他并不愿这群孩子涉险，尤其是白凌霄。但目前的情况，猎人落单只会更危险，因此他就让这帮孩子一起行动，只给他们分配一些简单的任务，主要是去劝说退出的猎人回来。

## 零日传说Ⅲ · 弑神

可是,沈放拒绝了。

林修平不相信沈放会在这个时候退出,小白也对沈放主动放弃归队很诧异。可沈放并没有多做解释,只说自己有些别的事要做。

少年的眼神,是那样平静和坚定。

这眼神,让林修平放弃了问沈放具体要去做什么事的打算。他只是点头表示默许。总之,那孩子并没有猎人血统。即使落单,也不会被异兽主动攻击。

离开前,沈放给出情报,弥诺陶洛斯近日曾在南州市现身。有了这条线索后,叶明诚只身前去探查。林修平则独自追寻穷奇的踪迹。

一旦再次以林修平的身份紧握屠兽的刀刃,这名曾经名噪一时的猎人找回了金属斩入异兽肉体的感觉。他不再为了伪装成穆云而用一柄回旋钩,换上林修家世代专用的长柄刀后,"林修平"时隔二十年,重新成为令异兽们闻风丧胆的名字。

弥诺陶洛斯已派了三拨异兽来斩杀林修平。最后一次,更是派出了两头朱厌加一头猰貐的阵容。终极之战后,弥诺陶洛斯手下除四凶兽之外的其他异兽伤亡也很多,让三头战斗力均在第一梯队的异兽种去围剿一名猎人可谓浪费,因为已经失败了两次,弥诺陶洛斯这次是抱着一击必杀的决心。这三头异兽的偷袭时间甚至选在了后半夜,这是人类最昏昏欲睡的时段。

鬼知道林修平是怎样从这三头异兽的攻击下活下来的。不仅活了下来,他还将这三头异兽尽数斩杀。一番鏖战之后的山林中,连虫鸣声也不再有,只剩掠过耳边的风。

## 第二章　弗兰肯斯坦

林修平还是受伤了。背上被朱厌抓了一爪，现在撕裂了几道极深的口子，火辣辣地疼着。即使他已算得上当今最强的猎人，却还是无法以一当十，更无法避免在与异兽的战斗中受伤，甚至可能死去。说到底，猎人血统，或者更强一点的四脉血统，也只是在普通人的基础上，有限地强了一些。猎户座千百年来与异兽的战斗，从来都只是在异兽数量不多的情况下，猎人结队对它们进行围捕，将它们逐一驱逐或杀死。在异兽数量大于猎人数量的情况下，猎人没有胜算。

但是，猎人没有胜算，不等于人类没有胜算。

那个制造出了人类的外星文明，在创立猎户座后立下规训，猎户座的使命是驱杀异兽，不得让异兽存在的痕迹暴露于世，因此才要求猎人以特殊钽所制的冷兵器与异兽战斗。现在既然知道了他们的秘密，知道了他们所担心的，正是人类起源于兽人这一真相曝光，以至于让他们自身的存在曝光。因此，猎人根本没必要再帮他们掩盖异兽的痕迹了。如果正面开战，政府派出军队，以枪炮为武器，异兽除非跑回异界，否则几乎没有招架之力。

难的是战胜了异兽后，要怎么对付那个外星文明……

林修平脑海里想着这些，喘气看着面前三头异兽的尸体在浓重的夜色中逐渐消失。垂握的刀刃上，沾染的异兽之血还在一滴滴落下，泅湿泥土上疯长的杂草。

通讯器就是在此时响起的。

他抬起左手手腕，通讯器提示收到一条新消息。奇怪的是，发信人那一栏是空白。即使是没有添加为联系人的猎人发来消息，那一栏也应该显示对方的通讯码才对。

林修平略一沉吟，点开了消息。

只有几个字：你还想变得更强吗？

通讯器自动启动了投影模式，一张光屏在黑暗中投射出来，这几个字也被投到了光屏上。惨白的幽幽荧光在这夜幕之下的山林中，显得更为瘆人。

直觉告诉林修平，是——他们。

他紧绷起神经，低声问："你是谁？"

果然，通讯器自动打开了麦克风，并采集到了他的声音。但对面并未出声，而是继续在光屏上用文字回复：尼德霍。

林修平又问："尼德霍是什么？"

对方回复：你们的创造者。

林修平心中一紧，"你在哪里？"

对方回复：不能告诉你。

林修平顿了顿，"为什么找我？"

对方回复：帮你变得更强，帮猎户座打败异兽。现在的猎户座战胜不了弥诺陶洛斯的，我会进一步强化你。

林修平好奇，"怎么强化我？"

对方答：我可以改造你，赋予你新的能力。

林修平却问："我能得到什么？"

对方似乎对他这个问题有些费解，过了一会儿才回复：你能变得比现在更强，强得多。以后猎户座里没有猎人可以与你匹敌。这还不够吗？

林修平轻轻笑了一声，"猎户座里已经没人能跟我匹敌了，我对权力也没兴趣，不需要进一步变强。是你为了确保猎人能战胜异兽而求我变强，不是我求你把我变强。"

## 第二章　弗兰肯斯坦

光屏抖动了几下,对面仿佛也在笑:你没有选择。你若拒绝被强化,弥诺陶洛斯会打败猎户座,进而如他所愿灭绝全人类。

林修平摇头,"谁说的?谁说只有猎人和异兽战斗?"

对面想了想:哦,你是指翼人那一派会与你们联合么?一点残兵败将,不值一提。

这语气满是不屑,但很快,对面反应过来,林修平指的并不是南宫,而是……人类军队。光屏再次抖动了一下,屏幕上快速出现好几行字:林修平,你这个疯子!你最好放弃将异兽的存在公之于世的想法。你上次曝光我们的存在,已经害得猎户座几近溃散。这个教训还不够?

对方急了,看来对方真的很怕自身的存在曝光。林修平眉头紧锁,双眼盯着光屏,与对方无声地对峙着。

光屏上显示:考虑好再做决定。我给你十分钟。

林修平摇头,"不需要十分钟,我拒绝你。"

对方恢复了平静。光屏上冷冷打出几个字:你会后悔的。

随后,光屏投影自动关闭。四周重新落入黑暗。

是黎明前的黑暗。


林修平没想到报复来得这样快。

呼呼的风声吞没了那阵轻微的、不易察觉的哔音。他只感到心绪不宁,似乎第二意识又要失控。二十年前那场北境狩猎战的场景浮现在眼前,无法面对朋友牺牲的他,被狂躁的第二意识控制住,整个人杀红了眼,甚至没注意到战场中怀有身孕的妻子。他深知,第二意识下的自己虽然会比平常更强,但那会是个可怕的杀戮者、毫无人性的暴君。因此,濒死之魄尽管是林修家特有的能力，他这些年来却一直在学习抗拒这个能力，尽量不让这个能力被激发。

复出之后，除了与海德拉作战那次被薛荣的死刺激，他还没让第二意识出现过。

可是此刻，他没有面临危险，也没发生什么会让他情绪剧烈波动的事。他却明显感到，那个被压制在表层之下的意识正蠢蠢欲动。他额上浸出汗水，抬手去擦时，才注意到左手腕上的通讯器正哔哔响着。是一种高频、尖锐的声音。像一把利剑直插入脑海。

糟了！

林修平瞬间想到，这通讯器本也属于超出人类科技范畴的物品，是由"神"授予的技术，建立了遍布全球的监测网和通讯网，以及这造型酷似手表的小巧却信号极强、功能极多的通信终端。既然是他们的技术，他们一定可以远程控制它发出这种干扰精神的电波。若只对激发林修家的第二意识起效还好，若它可以让所有猎人陷入疯狂，那就意味着，只要猎人佩戴着这玩意，他们就随时能处决不听话的猎人。

太危险了。

林修平大口喘气，用仅剩的意志力摘下通讯器，刀锋一震，将其斩得粉碎。确认它报废、无法再发出干扰波后，林修平迅速往回赶。

因为此次已在户外驻守了五天，手机完全没电了。他目前在山林深处，要跑出去还有一段不短的距离。他必须在彻底失控前把这个信息传递回去。

天色渐亮。山谷里回响起一串跌跌撞撞的脚步声和喘息声。

## 第二章　弗兰肯斯坦

男人如一头野兽，在林间飞身奔驰。

## 2

白凌霄很郁闷。

沈放那家伙脱离集体独自行动，目前不知所踪也就罢了。林修平给了他们一个中国这边退出组织的猎人名单，他们的任务就是挨个去把人劝回来。这事虽然简单且毫无挑战性，但他们已接连失败了三次。

第一位是一名年长的青铜猎人。小白劝得口干舌燥，却连他家的门都没敲开。最后他说："我这把年纪还只是青铜猎人，一看就不是当猎人的料，对猎户座未来的成败也无足轻重。你们就放过我吧。"

小白有点生气，较上劲了，还想再劝，却被陆星移和叶乔架走了。阿星帮他顺气，"算了，算了。"

第二位是一名颇有资历的赤金猎人，就是小白上次去林修平的指挥室见过的那人。他很耐心地听三人说明了来意，在小白他们以为有希望时，他却斩钉截铁地说："你们说的没错，但我也不会改变主意。"

叶乔叹气，"除了林修平长官，您是中国这边仅剩的赤金猎人了。"

他却一词一顿道："玄铁，青铜，白银，赤金。曾经费了很多心血走到最后一步，现在却只觉得好笑和没有意义。"

见这人态度坚决，三人只好悻悻离开。

第三位是一名也曾有过亮眼表现的白银猎人。三人这次铆足

## 零日传说Ⅲ·弑神

了劲，轮番上阵劝说。结果不知哪句话惹恼了她，三人被她轰出了门外。

他们决定改变方式，不再贸然找到对方就开始讲大道理。连他们自己都觉得自己很招人烦。这一次的劝说对象是一名唤醒计划中扩招进来的年轻猎人，他所在的小队成员牺牲的牺牲，退出的退出，所以他也脱离了组织。

三人找到他住处，但并未立即找他说明来意，而是暗中跟着他。如果说落单的猎人迟早会遇到异兽攻击，那就等他遇到危险时去救下他再劝。毕竟事实胜于雄辩。

周末一大早，天都还没亮，这年轻猎人就背了个包，骑一辆山地车出门了。

小白他们是搭深渊闪电来这个城市的，叶乔的车没开过来。现在要跟踪人又不好打车，他们只好解锁了三辆共享单车，跟在这人后面。

哪知偷偷跟着他骑了一小时，这人还没有要停下的意思，居然越骑越远，似乎要出城。

虽然经过锻炼，加上猎人能力的加持，小白体力比普通人好很多，但共享单车毕竟只适合城市街道短距离骑行。现在他满腹牢骚，根本不知道这哥们到底要去哪儿。更气人的是，这哥们那辆山地车看上去省力多了。他蹬一圈脚踏，小白得蹬两圈才能跟上。小白看了眼阿星，阿星郁闷地回看小白，两人同时叹息着摇头——

哎，能怎么办，自己决定要跟的，跪着也得跟完。

两小时后，那人终于将车停在离城区四十公里外的一座无名

## 第二章 弗兰肯斯坦

的山下。这山没怎么开发,还保持着半天然的状态。市民习惯叫它北山。年轻人似乎之前就是常客,来得轻车熟路。只是苦了小白他们,叶乔虽嘴上不说,但看得出也很窝火。

毕竟,骑四十公里共享单车,对体力是不小的消耗。而且,这人居然独自跑来爬野山?于异兽而言,这绝对是一个完美的偷袭对象。尽管很累,三人都打起了精神,一丝不敢松懈。

那哥们往山林深处已走了有三个小时的样子,来到了荒无人烟的地方,四周放眼望去,全是几十米高的大树。三人与他保持着十几米的距离。

因早上出发得太急,他们没吃早餐,现在又到了午餐时间,小白饿得前胸贴后背,肚子不争气地发出咕咕声。那哥们倒好,从背包里摸出一只三明治,靠着大树席地而坐,怡然自得地吃起来。

小白很想吐槽:大哥,你是在享受美好生活吗?

哪怕隔着十几米,小白还是闻到了三明治的香味,甚至能分辨出里面夹了煎得焦香的鸡蛋和培根。他咽了口口水,却不敢抱怨。叶乔见状,从自己裤兜里摸出一块巧克力递到小白面前,"吃吗?"

小白本能地想伸手去接,但还是不好意思地说:"你吃吧。"

叶乔又在裤兜里摸了一阵,再掏出一块巧克力,将两块巧克力一起摊在手心,"就这两块了。我们三人分。"

小白和阿星赶紧点头。

叶乔将巧克力掰成几块,小白拿了自己的那份,吃下去后却没有饥饿缓解的感觉,只能说聊胜于无。此时,那哥们又拆开一

## 零日传说 Ⅲ · 弑神

袋薯片吃起来。吃吃吃，就知道吃，小白真的很想上去打爆他的狗头！

人在饥饿的时候，嗅觉会变得特别灵敏。

小白精神一震，他嗅到了随风传来的那股异兽特有的腥臭。

叶乔已在一秒之内，抽出双刀拿在手上。小白和阿星也赶紧掏出武器，准备应战。

那哥们倒不算迟钝。他伸进包装袋里拿薯片的手停住了，然后他皱起眉，警觉地四处观望。

三人此时现身，挡在手无寸铁的他前面，将他保护起来。哥们声音里满是疑惑，"你们是……"

叶乔用冰冷的声音喝止了他："有问题等会儿再问。异兽来了，准备战斗。"

几秒之后，一片金色的翎羽从树丛间飘落。一声尖啸震得几人耳膜发颤。

小白抬头看向翎羽飘落的方向。陆星移的箭已搭在弦上。

不远处的大树上，停着一头长着巨翅的猛兽，它双眼犀利而倨傲地盯着下方的几个人类。

他们料到了异兽会来，但没料到来的是四凶兽之一的穷奇。

如果说异兽暗中监视着猎人的行动，那它们一定也会发现，小白、叶乔、阿星三人偷偷跟着那名退出的年轻猎人。那么，这次让穷奇来，大概是想把这四名猎人赶尽杀绝，不让一个人活着回去。

究竟谁才是狩猎者，谁又才是猎物？

叶乔声音前所未有的紧张，"听我说，我们几个没有胜算。

## 第二章 弗兰肯斯坦

不要恋战,不死就是胜利。找机会跑!"

那哥们声音发颤,"这这这,这就是传说中的穷奇?它飞,我们跑,怎么可能比它快,怎么逃得掉?"

小白嘀咕,"要不是你作死来爬山,能遇上吗?"

阿星向那人解释,"这里树丛比较密,它要攻下来不是那么容易。我们通过树丛往山外跑,只要去到人多的地方,它应该不会再追了。毕竟异兽不愿意暴露自身的存在,如果有武装部队用热武器来对付它们,它们不占优势。"

那哥们还想说话,被小白瞪了回去。

四人现在站成一个菱形,叶乔站在最前方,小白和阿星在她身后两侧,那哥们则被护在后面。他们和一头兽就这样对峙着,谁先动,就会把这微妙的平衡打破。

叶乔发话,"你对这里的地形还算熟悉吧?"

那哥们朝两边看了看,"你在问我?"

小白急道:"除了你还能有谁?我们都是第一次来这个山。没记错的话,你叫姚策?"

"是,"那哥们点点头,"我以前上中学时就经常来,我很喜欢爬山。"

"好。"叶乔说,"你在前面带路,挑树多的地方跑,尽量不要经过空地。我们殿后。"

"行……"

叶乔盯着穷奇,"想好路线了吗?"

"想好了……"姚策的语气却不是那么确定。

"脑子里过一遍。好了,开始跑!"

姚策还有些迟疑,小白催促,"还等什么,快跑啊!非要等

## 零日传说Ⅲ·弑神

穷奇扑过来才跑?"

"欸!"姚策应了一声,将背包往肩上一甩,转身开始狂奔。小白、阿星和叶乔赶紧跟上。

可是下一瞬,穷奇也开始了行动。它一爪扇在树干上,竟将一棵树拦腰扇断。露出空隙后,它朝下直扑而去。

阿星回身放了一箭,这箭虽伤不了穷奇,但稍微阻滞了一下它的行动。

按理说,这箭根本扎不穿它坚硬得如同铁片的羽毛,对它的肉体不会造成任何损伤。按往日的战斗经验,它是不会把这种新手青铜猎人射出的箭放在眼里的。可它似乎对受伤有些忌惮,想确保自己不会被特殊钽标记,因此为了躲避这根箭,它还稍微转了个弯。

几人趁这机会,争分夺秒逃跑。

小白饿得眼冒金星,全靠意志力撑着两条腿挪动。叶乔和阿星也没好到哪儿去。可叶乔嘴硬惯了,再困难也不开口示弱。小白看了看她,她明明额角渗出了汗珠,脸色也有些苍白。小白再看看跑在前面带路的姚策,背包在他背上一甩一甩,小白赶紧加紧几步追上他,"喂,你还有吃的吗?"

"啊?"姚策有点茫然,"还有几个小面包。"

"快拿给我们吃,我们一上午没吃东西了。"

"哦。"姚策反应过来,一边跑一边拿下背包,掏出里面的食物,递给小白等人。三人见到面包双眼放光,一边跑,一边拆了包装狼吞虎咽地吃下。

穷奇与猎人战斗这么久,可能还没见过有猎人在面对它时还

## 第二章　弗兰肯斯坦

有闲心吃东西。它被激怒了,又是几爪扇断四五棵树,并将它们扔开,四人顿时暴露在它的攻击范围内。它一个俯冲,眼见着直攻上来。

叶乔举刀,滚身躲过了攻势,同时打算攻击穷奇颈下柔软的部分。穷奇果然有所忌惮,并未正面迎击,而是扇动双翼,卷起一阵狂风,地上的树枝和枯叶被扑腾起来,一时阻挡住了叶乔的视线。

她大喊:"用通讯器在猎户座网络内广播SOS,发送我们的坐标,向林修平先锋官汇报!"

"是!"小白忙不迭在通讯器上操作,发送坐标加SOS的操作很简单,两三下按键就能完成。随后他又给林修平发去通讯请求,但没想到的是,通讯器上闪烁起警报:对方通讯器损毁失联。

小白脑海中一阵空白。通讯器损毁失联?那个男人那么强,会遇到什么?

此刻的林修平还在山林间穿行着。但脚步已不如之前轻快。为了控制意识,他耗费了太多精力,目前跌跌撞撞地跑着。

他的通讯器再也不会接到小白的通讯请求,因为他已经把它斩得粉碎。

## 3

现在不是担心林修平的时候。小白晃晃脑袋,强迫自己集中注意力面对眼下的战斗。这才发现,叶乔已被穷奇逼至绝境。阿

## 零日传说Ⅲ·弑神

星从后方射箭,想帮叶乔解围。但箭矢撞在穷奇的铁羽上,如一根轻飘飘的木棍被挡落在地。其实阿星这一支箭射出去的力道并不轻,箭尖与铁羽相撞产生的震荡甚至震裂了箭尾。可阿星毕竟只是一名青铜箭手。他的箭可以快,可以重。但没有能穿透铁羽的巧劲。

穷奇的利爪眼见就要扇到叶乔身上。

小白飞身上前,将叶乔护在自己身下,却已来不及躲避和反击,只能转头对着穷奇发出一声绝望的吼叫。没想到这一声还真让穷奇的攻击顿了顿,大概穷奇嗅到了小白身上属于林修家的血液的气味。

那是猎师四脉,是它唯一放在眼里的强敌,是多少年来,宿命与它绑在一起的猎人家族!

它眨了眨眼睛。它的对手,就是眼前这名少年么?

趁着它这0.1秒的停顿,小白搂住叶乔往旁边挪了挪。利爪拍下来,偏离了小白头部,没将他脑袋像西瓜一样拍碎,而是拍在了小白背部。胸腔内一阵震颤,小白疼得晕了过去。

但他很快醒了过来。

是第二意识的白凌霄。

挡过了这波攻击,叶乔也重新爬起身,恢复了战斗状态。她举着双刀挡在前面,就像白凌霄第一次见她时的模样。她下了命令:"你们跑出去,我拖着它!"

白凌霄不同意,"你们跑,我来。"

叶乔不耐烦,"别废话,听我的,我是队长。抓紧时间!"

可是白凌霄却没像之前那样唯唯诺诺地退却。他仿佛换了个

## 第二章 弗兰肯斯坦

人,语气里满是坚定,"听我的,我是猎师四脉林修家的人,与穷奇战斗是我的使命。叶乔,你相信我吗?相信我的话,就把这里交给我。"他故意没有称呼她"队长"。

叶乔旋即明白,这是另一个意识的白凌霄。她笑了,"那就一起。"

两人再次紧握武器,站到穷奇面前。

穷奇低吼一声,弓起背看着他们,弱小又强大的人类啊……它的爪子在树枝上磨了磨,准备发动再一次攻击。

姚策喊:"再坚持一会儿,前方不远是一片矮树林,树很密。跑进那边,它要攻击我们就更困难了。"

叶乔转头,"你快带路。"

姚策应声,继续加快了步子。穷奇要追,陆星移此刻想到了办法,他朝白凌霄和叶乔喊:"别正面与它打,砍树!两棵树相向倒下,可以支起一片它攻击不到的区域!"

白凌霄顿时明白。这里只有他和叶乔的武器是刀,所以只有他俩能砍树。陆星移朝穷奇放出几箭,将它逼退了一些。白凌霄和叶乔默契地分开到两侧,挑中那些不那么粗的树干,用尽全力砍向它们。猎人的武器极为锋利,他俩几乎都是一刀就能将树砍断。这些树倒下后搭在一起,支出三角形的空间,将穷奇挡在外面。但这毕竟是体力爆发型的举动,不可能无休止地砍下去。而且对穷奇的阻挡也是暂时的。

因此,在短暂地拖住穷奇后,两人不再继续,而是跟在姚策身后,朝前方的密林跑去。

矮树林和这片高树林之间,隔了一道小溪。

# 零日传说 Ⅲ · 弑神

溪水虽然不深，水流也不湍急。但在跑出高树林后，四人豁然进入一片上方没有遮挡的空地，大约有十米宽。

穷奇当然知道，这是它最好的机会。

它飞在高空中，早就看到前方的这处空当，因此才没急于进攻。毕竟树木枝枝丫丫地挡着，它也嫌麻烦。由始至终，它并未将这几个少年放在眼里。那少女是白银猎人，两名男孩是青铜猎人，另一个男孩不仅没有佩戴徽章，还没有武器，是一个近期退出了猎户座的胆小鬼。即使其中有人是猎师四脉血统，但也缺乏历练，不足为惧。

刚一进入空地，几人还没来得及蹚过溪水，穷奇便挥舞巨翅，快如子弹般朝他们攻来！

翅羽扇到几人，他们顿时被掀翻，锐利的羽毛甚至割破了他们的肩膀，伤口浸出鲜血，混入溪水之中。

穷奇四足着地，不给他们喘息的时间，以猛虎的姿态朝几人扑去。它认出了他们，因此非常愤怒，它上一次被封印，就有这几个小鬼参与！

叶乔来不及调整姿势，只能凭身体反应，挥刀为大家挡过这一击。她的刀"噌"的一声与穷奇的利爪撞在一处，甚至因急速摩擦产生的高热而碰出几点火花。可她与穷奇之间的力量太过悬殊，她被穷奇击飞，整个人撞在河滩的一块岩石上。穷奇继续朝她扑去。

情急之下，白凌霄奋力将手中的圆盾掷出，圆盾划破长空飞向穷奇，穷奇用翅膀一挡。但这圆盾比它预料的更有力道，它本以为翅膀一挥就能将其挡向一边，可这盾上的锯齿，竟扎入了它的羽毛之间。

## 第二章 弗兰肯斯坦

它微微一停。

白凌霄心中暗道,别小看我。自打从公爵府回来,我每天都有拼命练习。我也是——猎师四脉的继承人啊!

穷奇愤怒地震动翎羽,很快,随着几片金色翎羽的掉落,那只圆盾竟被震得碎成几块,从穷奇身上掉了下来。它仔细检查了一下,还好,锯齿并没伤到肉,钽金属没能和血液接触。

趁此时机,三人赶紧起身,飞奔上前扶起叶乔,一同跑进了密林之中。

穷奇紧追不舍,它不时用利爪扇开茂密的树枝,几人一边跑,头上一边簌簌掉落断枝碎叶。

叶乔刚才是左肩着地的,现在整条胳膊都动不了了。白凌霄被穷奇在背上拍了一爪,现在只觉得胸内传来阵阵剧痛。陆星移和姚策也没好到哪儿去,身上脸上都是血口子。

四个人不敢松懈,都忍着痛,谁也没多说话,只顾在密林中狂奔。

那种生死关头、迫在眉睫的感觉又涌上白凌霄心中。必须全神贯注地跑,忽略掉疲惫,忽略掉疼痛。他们没有第二次机会,稍有不慎,就会丢掉性命。

姚策说:"再坚持一下,穿过这片密林就能出山了。"

这座山虽在城外,但并不是荒郊野岭,只要出了山,就到了镇上。听到姚策的话,几人定了定心,继续全力冲刺。

不知跑了多久,前方终于隐隐传来汽车在马路上行驶的轰轰声音。穷奇气急败坏地掀翻好几棵树,到底还是盘旋着离去,凭

## 零日传说Ⅲ·弑神

空消失了。

　　几人大口喘气,一松懈下来,才发觉脚连一厘米都抬不起来了。姚策马上靠着一棵树滑倒坐下。

　　叶乔说:"不要停在这儿,跑出去再休息。"她看了看白凌霄,"我俩这伤得去医院。回树城,去猎户座医疗基地。"

　　白凌霄点头。

　　姚策抚着胸口,"我真的跑不动了,歇一会儿再走吧。"

　　陆星移说:"越歇越没力气,现在还不能确保百分之百安全,一鼓作气离开这里再说。"

　　今天是被这三人救了,姚策理亏,只能咬牙坚持着起身。

　　下了山,他们打了辆车,直奔深渊闪电站台。司机对他们都这样了还不去医院很好奇,一直从后视镜看他们。可看着这四人一脸不好惹的样子,最终什么也没问。

　　从这里搭深渊闪电去树城只要半小时。进了球舱,他们提着的心总算放下。

　　姚策这才来得及问:"你们今天怎么会出现在那儿?"

　　不知什么时候,白凌霄那个意识又退回了体内沉睡,小白恢复了平日的样子。他说:"异兽各个在偷袭退出猎户座后落单的猎人。我们是来劝你重回猎户座的,这几天一直跟着你。"

　　"谢谢你们救了我。但……"姚策沉默了,没说下去。

　　"你还是不想回来?"这些天的劝说失败了太多次,小白已经不抱什么希望了。不想去挑战未知的敌人,想活着,也不是什么错。

　　姚策"嗯"了一声。

　　阿星这时却提起另一件事,"你们注意到了吗?很奇怪。穷

## 第二章　弗兰肯斯坦

奇回了异界。"

叶乔说："我也注意到了这事。按理说，异兽从地球回异界很容易，但想从异界穿过通道来到地球却很难，因为要消耗大量能量。若不是危及性命，它们一般不会直接回到异界去。"

"所以，到底是为什么呢……"阿星思索着其中的原因。

很快，球舱停靠在树城的站台。大家直接去了医疗基地。

小白和叶乔伤得最重，两人相继完成了相关检查，都有不同程度的粉碎性骨折，需要做手术处理。陆星移和姚策则只是一些皮外伤，伤口消毒一下就行了。

小白和叶乔躺在手术准备室的病床上，等待主刀医生。

午后的阳光穿过水蓝色棉布窗帘，给病房里镀上一层安静的颜色。有护士进来，分别给两人挂上生理盐水，方便待会儿麻醉师来注入麻醉剂。

"今天很可惜。"叶乔轻声说。

"可惜什么？"小白不懂。

"那只圆盾啊。来头挺大的，你也很喜欢，猎户座的武器库里还没有差不多的替代品。可惜今天报废了。是为了救我，抱歉。"

"哦，这样啊。队长，"小白急忙支起身，"为了救你，一块盾算什么？我会更努力练习的，以后我不会再躲在盾后面，我会……"

护士拍了拍小白病床，"别乱动，躺好。"

"哦。"小白重新躺下。

叶乔说："用盾并不意味着是弱者。盾是责任。"

· 053 ·

## 零日传说Ⅲ·弑神

小白似懂非懂，只是喃喃说："队长，今天我没给你拖后腿了吧？"

"没有，今天很好。"

小白嘴角不由自主上扬了一个弧度，可却又有些失落地说："是……他在和你一起战斗。如果是我，肯定又会拖后腿的。"

叶乔知道他指的是谁，"他不也是你吗？"

"老实说……我并没有觉得他是我。这么说听起来像发牢骚，明明有个比自己强很多的意识，在危机时出来处理各种情况，这不挺好的吗？但……我还是对那个意识很陌生。甚至那个意识期间发生的事也只能隐隐约约感知个大概，并不会清晰地有那个意识控制身体时的记忆……"

"喊！"叶乔翻起身，拧起眉毛生气地训道，"你一个大男人这么敏感、扭扭捏捏地干什么？决定要救我，帮我挡过穷奇攻击的，不正是这个你吗？觉得自己不如他强，就拼命练习超过他啊！知道是发牢骚，就把这些话烂在心里，别说出口。"

护士又拍拍叶乔的床，"你也躺好。"

"哼。"叶乔气呼呼躺回病床上。

小白却真正开心地笑了。好吧，这个凶巴巴的女孩是队长本人没错了。

他正想再说什么，走廊里突然响起一阵骚动。他听见杂乱的人声里有人喊："林修平……是林修平！"

回想起今天林修平的通讯器损毁失联，小白一阵紧张，心想林修平一定伤得很重。他再不顾护士阻止，一把扯掉手上输液的针管，推开门跑了出去。

## 第二章 弗兰肯斯坦

林修平并没受致命伤。却只见他像换了个人般,双眼通红,头发凌乱,浑身散发着疯狂的杀气。他一掌拍在护士站的桌面上,几乎咬碎后槽牙,用尽最后的意志说:"给我注射……镇静剂。"

"林长官,"一名猎户座的主治大夫出面,"你这是……"

"马上注射,我已经控制不住了,用最大剂量!"林修平吼。

大夫还想询问,但见林修平这个样子,所有人都吓得不敢说话。大夫当机立断下了医嘱,"拿镇静剂来。"

还是叫不出口"父亲"这个称谓。

隔着人群,小白看着那个男人,轻轻"喂"了一声。

男人却像立即就听到了似的,目光飘向他,眼神中闪过一瞬的温柔,却转眼又被凛冽的寒气取代。但男人始终看着小白,开口交代,"小心尼德霍……"

"尼德霍?"

"尼德霍是什么?"

其他人七嘴八舌地问。

"不要戴通讯器了。会被他们……监控,会被他们操纵发疯……"林修平一边控制自己,一边费力地说着。

"他们?"

"是指那个……外星文明?"

"是最开始创建猎户座的神?"

"他们在哪儿?"

又是一堆七嘴八舌的询问。

林修平深呼吸着,艰难地张开口,嗓子却如着火般灼热干涩，再也吐不出一丝声音。他取下背包，从中取出那柄林修家代代相传的长刀，拨开人群，递到小白手中。随后终于失控，号叫着挥起一拳砸向墙面。那边护士急促的脚步声响起，"镇静剂来了！"

主治大夫评估了应该使用的剂量。

几名男性工作人员按住林修平，护士则快速将药剂吸进针管，然后，注射进林修平体内。

这个男人终于平静下来——不，不是平静下来。是陷入昏睡，倒了下去。

人们扶住他，用担架抬进了一间单人病房。

小白看着前方忙乱的人群，独自站在原地，手中紧握着从父亲手里接过来的这把刀。刀刃上还留有新鲜的兽血，是父亲刚战斗过的痕迹。

这刀，重似千斤。

## 4

奥地利，施泰尔马克州。

公爵待在自己府中的书房内，桌面上摊着一大堆资料。有页面泛黄的古书，也有新近打印的文件。

下午，他们得到叶明诚传来的消息：林修平基本上疯了。林修平在疯之前说了句莫名其妙的话，让大家小心尼德霍，同时还警告了另一件事，让猎人不要再佩戴通讯器，外星人有可能通过通讯器让人类发疯。

## 第二章　弗兰肯斯坦

这个消息不是什么机密，叶明诚很快用普通通讯手段通知到各个区的猎人，让大家注意。林修平目前状况不明，叶明诚暂时肩负起亚洲区先锋官的责任。

奥斯汀立在一旁，声音中带着歉意，"公爵阁下，所有能找到的资料都在这里了。明明是我们先发现和尼德霍相关的蛛丝马迹，可查了这么久，还是没切实查到有关这种异兽的记载。没想到它却在东方出现了。"

公爵沉默。前些日子，他们碰巧发现异兽们对"尼德霍"这个词的恐惧，以为找到了突破的线索。但几番研究下来，却始终不得要领。公爵费神地捏着眉心，"尼德霍到底……"

书房外响起笃笃的敲门声。府里的下人都清楚，书房是公爵的重地，只有他极信任的人可以入内，因此根本不会有人来敲门。公爵不耐烦地对门外道："我正在忙，有什么事晚点再说。"

门外响起普莱德的声音，"父亲，是我。"

普莱德这个孩子极有分寸感。他知道不该他问的事就不问，因此回到府上几个月了，他还没来过书房。这几个月以来，公爵焦头烂额，所有他计划中的事都没有突破。唯一欣慰的是，这个捡回来的亲儿子进步神速，他越来越能从普莱德身上看到自己当年的影子。因此，公爵很快收起了被打扰的不悦，语气缓和道："进来吧。"

奥斯汀前去拉开门，普莱德站在门外，向父亲微微俯身致意后，才径直走进屋内。他忍住了好奇，并未四处打量。

公爵指了指窗户下的一个单人小沙发，"你坐吧。怎么这么晚还没睡？每天五点就要开始训练，明早你还起得来吗？"

## 零日传说Ⅲ·弑神

"起得来。"普莱德肯定道,然后走到公爵指定的座位坐下,"父亲,我看您最近每天都在书房待到很晚,担心您的身体,所以想问问您有没有我能帮得上忙的。"

"你每天都在观察我?"公爵面无表情地说,也没任何语气。但看见普莱德坐到那张沙发上时,他心中突然触动了一下。曾经,索伦就坐在那里。索伦从小就由他亲自教养,也从小就能自由出入他的书房。说起来,是不是对普莱德这个次子不太公平呢……

普莱德并未被公爵这听上去很像反讽的问话震慑,他坦然答道:"我想知道父亲在忙什么。"

公爵对普莱德的态度和回答很满意,他不再端架子,而是爽朗地笑了几声,"林修平的事你应该知道了。关于尼德霍,你有什么想法?"

普莱德下午才第一次听说尼德霍这个词,一时拿不准怎么回答,求助地看了奥斯汀一眼。

奥斯汀看了看公爵的表情,认为公爵并不反对向普莱德透露更多信息,便介绍道:"公爵大人早就找到了有关尼德霍的线索。这种异兽应该十分凶残,我们捉到的那些异兽一听说它,都十分畏惧……"

"等等,"虽然有点不礼貌,普莱德还是忍不住打断了奥斯汀,"您是说,尼德霍是一种异兽?为什么这样认为?"

这个问题让奥斯汀和公爵都是一怔,从一开始,他们就下意识地认为尼德霍是一种异兽,从没往其他方向想过,反而陷入了盲区。

公爵最先醒悟,他立即想通了之前怎么也解不开的几个死

## 第二章 弗兰肯斯坦

结。林修平今天警告了所有人两件事,一是小心尼德霍,二是不要再佩戴通讯器,外星人有可能通过通讯器控制猎人。像所有人一样,公爵也以为这两件事是分开的。其实这两件事是同一件,尼德霍就是那个外星文明!如此一来,异兽为什么那样惧怕这个名字,也能说通了。

赶在奥斯汀和普莱德也想通这一点之前,公爵岔开了话题,对普莱德说:"今天不早了,你先回去睡觉。这几天我有别的事要忙,你暂时不要来打扰我。"

"父亲……"普莱德脸上闪过一丝懊恼。他不知自己刚才说错了什么,让父亲突然又拒自己千里之外。

公爵看到普莱德的表情,缓和语气道:"等忙完这几天,以后我亲自带你训练。"

普莱德听父亲这样承诺,懂事地不再追问,道晚安后便退出书房。

公爵看着普莱德离去,脑海里想着他打算马上要做的那件事。这事如果成了,利益太大;如果失败,代价太大。因此,他既不允许有人和自己共享利益,也不允许有人和自己共担代价。他要独自去做这件事。可他内心到底还是有些不服气。

尼德霍,还是先去找了林修平?

好在,尼德霍似乎并没跟林修平谈拢条件。

历史和机遇,都已经站在了兰彻斯特一脉这边。

奥斯汀的声音将公爵从思绪中拉了回来,"公爵大人,那孩子很关心您,怎么突然支走他?"

公爵只说:"去把我的通讯器拿来。"

收到林修平的警告后,为以防万一,府上所有猎人都暂时摘

## 零日传说Ⅲ·弑神

下了通讯器,统一存放在杂物间。奥斯汀不明白公爵这样做的用意,"阁下,您打算再将通讯器戴上?不管林修平说的是不是真的,这都太冒险了。"

"你只管给我拿来。"

见公爵心意已决,奥斯汀不再劝说,去杂物间取了公爵的通讯器来。

之后,公爵让奥斯汀也离开了书房。他将自己反锁在房间,等待尼德霍的降临。

当手腕上佩戴的通讯器自动启动,并投出光屏时,公爵脸上甚至滑过一瞬胜券在握的笑容。他猜的没错,而且,尼德霍比他想的还要急,竟这么快就来了。

这是后半夜,所有人都已熟睡。

光屏上开门见山打出一行字:你在等我?

公爵低声道:"幸会,尼德霍。"

很快,光屏上继续跳出字符:很好,看来我已经不需要自我介绍了。

公爵开门见山道:"我说话不喜欢绕弯子。说吧,要我做什么,我能得到什么?"

尼德霍也坦诚道:现在的猎户座岌岌可危,弥诺陶洛斯不可小觑。我需要一个强力的领导者,再次率领猎户座,确保赢得与异兽的战争。为此,我要加强你的实力。

公爵没有质疑尼德霍的目的,于他而言,尼德霍的目的以后再管,尼德霍也留以后再解决。至少这个阶段,他的诉求和尼德霍的一致。那何不利用尼德霍来强化自己?只有林修平那种不

## 第二章 弗兰肯斯坦

懂变通的人才会拒绝。他更关心的是另一个问题:"怎么强化?"

尼德霍说:去强化舱。

公爵问:"什么是强化舱?"

尼德霍说:你可以理解为一个自动手术舱。

公爵内心一哂,他明明想知道的是强化舱到底从何而来,又是如何工作,尼德霍的回答却避重就轻。但显然尼德霍并不愿意向他透露太多机密,他也不再追问。以后有的是时间弄清楚,先抓住这个机会要紧。于是公爵只问:"我要怎么去?"

光屏上显示道:搭深渊闪电。但你们的地图网络中并未标注那个地点。你进入球舱后,我会帮你设定路线,球舱会带你去那里。

公爵点头,"好。天一亮我就出发。"

尼德霍警告:兰彻斯特,强化手术对身体素质要求极高,我建议你好好睡一觉再去。另外,从今往后你要一直戴着通讯器。

公爵哼了一声,"你想监视我?"

尼德霍没有隐瞒:我冒险强化你,这是你变强的代价。

公爵问:"如果我不呢?"

尼德霍说:兰彻斯特,你非常自信。但有时太自信不是好事。不要想着搞小动作,一旦被我发现,我既然可以创造你,也有一万种方法毁灭你。

虽然没有声音,只是光屏上的几行文字,但可以感到尼德霍冰冷的语气。公爵目前还并不想与尼德霍为敌,他没再挑衅,只一边起身一边淡淡道:"你一开始就该来找我。我去休息了,明天见。"

尼德霍沉默了一会儿才说:你野心太大,并不是最合适的人

· 061 ·

选。但我现在既然选了你，兰彻斯特，我会给你你最想要的能力。希望你不要让我失望。"

　　翌日，公爵交代奥斯汀自己有急事外出，便带着佩剑匆匆出发了。他没向任何人透露自己与尼德霍的交易。

　　公爵府后院就有一个深渊闪电站台，他从站台出发，其他人并未察觉异常。

　　果然如尼德霍所说，进入球舱后，球舱很快开始自动运行。显示屏上并未显示路线，也未显示目的地。但根据路程耗时，可推测目的地与奥地利相隔并不遥远。公爵暗自估算，范围应该在亚欧大陆、再加上非洲北部以内。

　　球舱停下，公爵步出站台。

　　眼前应该就是那个所谓的"强化舱"了，屋子并不大，天花板、地板加上四面墙壁都是泛着冷光的金属材质。墙面上，很多玻璃管道纵横交错，管道中保存着各种颜色的液体和试剂。应该有自动降温措施，保持管道内的低温，因为那些管道散发着寒气。房间中间，是一台可供一人躺上去的大型仪器。

　　通讯器响了，公爵接通，这次尼德霍没再用文字与他交流，而是用电子合成音，"脱掉衣服，躺到那上面去。仪器会自动完成手术。"

　　"手术？"

　　"噢，不用担心，一个小小的手术。你们四脉血统的人已接受过强化验证，不会有太大的不适和排异反应。"

　　"你的意思是，我的先祖们，第一代猎师四脉的猎人，就是通过这种方式完成的强化？"

## 第二章 弗兰肯斯坦

尼德霍没有否认,"你很聪明,也很危险。"

看来他的猜测是对的。公爵不动声色,躺到了仪器上,并按指示戴上面罩。有一瞬间,他迟疑了一下,如果这是某种阴谋,现在他已任人摆布,有人要在此时要他性命的话,他没有任何还击之力。但他很快驱散了这个念头。他这一生冒了太多次险,他明白要想得到更多,就要冒更大的风险的道理。

他很喜欢中国的一句古话:不入虎穴,焉得虎子。

气体上来了,他感到意识正被抽离脑海。脊椎处一阵冰凉,随后,是一阵刺痛。但很快,便什么感觉都没有了。公爵进入了麻醉状态。

当公爵再次醒来,发现自己还活着,他得意于自己再一次赌对了。

他睁开眼睛看着天花板,冰冷的金属表面映出他的身影。他坐起身,稍微集中精神,但并不觉得体内的能力有变强。借着金属墙面的映像,他仔细前后观察自己身体,也看不出什么变化。正在疑惑,尼德霍的声音适时响起,"恭喜你,手术很成功。"

"你给了我什么能力?"

"兰彻斯特,你不是一直希望能建立一支听命于你的异兽大军吗?可你的驯服计划几乎没有进展。我如你所愿,赋予了你异兽历史上最伟大的帝王——奥丁之血。只要你集中精神,这奥丁之血的气味会从你身上源源不断散发而出。人类察觉不到不同,但敏锐的异兽却很容易感到来自远古帝王的威严。它们将会臣服,被你控制,为你所用,甚至照你的意志行动。好好学习如何运用这项能力吧。我再说一遍,兰彻斯特,不要让我失望!"

## 零日传说Ⅲ·弑神

狡猾的尼德霍。公爵没有说话，心中却腹诽。这项能力对付异兽很有用，对人类却几乎无效。他如果有更大的野心，这能力压根不够用的。尼德霍果然还是防着人类，只给人类刚好够用的能力，绝不让人类多强一点。不过也好，至少他在驯服异兽大军的事在猎户座早已不是秘密，他可以神不知鬼不觉地使用这项能力。

他接受了外星人强化的事，在他愿意公开之前，不会有人知道。

回到府中，公爵没有休息，而是吩咐奥斯汀，"立即去驯兽场。"

奥斯汀稍作准备，便与公爵一同往驯兽场去。

普莱德此时正在驯兽场练习。他并不是练习驯兽，而是与异兽进行实战。毕竟他还没机会参加真正的实战，只能找这些异兽练手。

他趁驯兽人布鲁去方便的时间，又支开了教练，独自偷偷放出了那头凶残的尼米亚猛狮。

能被捕捉关押起来的异兽大都是些小喽啰，因此这头尼米亚猛狮便显得极为珍贵。普莱德听管家讲过，为了捕捉这头猛狮，公爵还受了伤。它是所有在押异兽中最危险的，与其他小喽啰完全不在一个等级。

为了安全，普莱德并不被允许与它接触。可普莱德进步实在太快，其他普通异兽不够他打的了。他早就想挑战它，他想像一个猎人那样真实地战斗一次。而不是被布鲁和教练精心看护着，进行一些根本不会有真正危险的对战训练。

## 第二章 弗兰肯斯坦

笼门一开,尼米亚猛狮便猛冲而出。普莱德侧身一躲,转头便挥剑而上。剑光映入他红色的眼瞳之中,少年的眼神是那样专注,而又透出一丝狠恶。

他没有退路。他是一个溺水之人,只有拼命抓住稻草往上爬,才能上岸。不择手段变强,是他唯一的选择。

只有当他成为最强的强者,手握权势,才能带着母亲离开泥淖,并向那些曾经践踏他们的人复仇。

尼米亚猛狮飞身扑向他。普莱德举起剑,找准了时机,正要往前划去。剑尖眼看就要挑破猛狮脖颈,但猛狮的利爪似乎将更早刺破他的胸膛。

公爵走来,正看到这一幕。他屏气凝神,对尼米亚猛狮喝道:"停下!"

普莱德以为这声"停下"是对他说的。他不敢停,对他而言,收起武器意味着死亡。难道父亲宁愿他死,也舍不得这头尼米亚猛狮?他还是举着剑,只是没再往前一步。

奇迹发生了。向来最不受驯服的尼米亚猛狮却真的停止了攻击。它望向公爵,微微俯下头颅。之前在攻击普莱德时还闪着凶光的双眸暗下,它此刻的眼神中既有敬畏,更有恐惧。

公爵站在高处,威风凛凛地扫视驯兽场。

那些关在笼子里的普通异兽看到公爵,更是驯服地匍匐在地。

奥斯汀一脸不可置信。

普莱德这才放松下来。他跑到公爵这边,"父亲,您回来了。"他没打算解释猛狮为什么被放到了笼外这件事。

公爵摆摆手,似乎也没放在心上。他脸上藏着一股深沉的笑

· 065 ·

意，他朝奥斯汀解释道："我这次外出，找到了驯服异兽的方法。"

事情显然没这么简单，但奥斯汀并未多嘴，只道："恭喜阁下，您的心愿和计划终于达成了。"

公爵仔细思考着这个能力要怎么使用。他半眯双眼，"把我驯兽成功的消息传出去。"

"这消息一定能鼓舞猎户座士气。大家已经消沉太久了。"奥斯汀顺着公爵的话说。

"不仅仅为此。"公爵道，"叶明诚追踪了很久，也没找到弥诺陶洛斯。既然这弥诺陶洛斯行踪难觅，我就让他主动来找我。"

## 5

沈放早就想到，既然外星人制造出猎户座的目的，是让猎户座对抗异兽，外星人显然不愿意让人类被异兽消灭。目前猎户座濒临溃散，而异兽那边甚至连四凶兽都还没出场。猎户座被异兽击败几乎板上钉钉，外星人绝不会坐视不管。他们一定会想办法强化猎户座，让猎户座足以和异兽抗衡。

他近段日子之所以没和小白他们一起行动，就是因为想清楚这些后，他一直在寻找外星人的踪迹。无论未来要做什么，首先要使自己变强。而要想变强，这是一个千载难逢的好机会，哪怕过于冒险。

他也知道，自己连猎人血统都没有，不可能被外星人选中。因此他决定主动。

但是，他一无所获。

## 第二章　弗兰肯斯坦

从小白那儿得知林修平的事后，因为从未听过尼德霍这个名字，他不像公爵那样进入了思维误区。他几乎第一时间就明白过来：尼德霍就是外星人，外星人找了林修平，但林修平拒绝了。

这件事证实了他的猜想，因此，他更努力试图联系上外星人，却依然没有头绪。

直到，林修平出事没两天，公爵突然宣布他驯服异兽的实验取得重大进展，他找到了控制异兽的方法。沈放立即猜出了真相。

他决定去找公爵。这是他唯一有可能联系上外星人的方式。

沈放是在一个午后抵达公爵府的。仆人认出了他，这少年曾作为客人来过，因此并未阻拦，而是引他到偏厅等候，告诉他公爵一般下午回来。

这些日子，公爵履行了承诺，亲自教导普莱德剑术，以及与异兽作战的经验。这天他们父子俩一直练到傍晚才结束。回府后，仆人向公爵汇报了有客人来访的消息。

公爵一去偏厅，就看到了沈放。他记得这少年，甚至对这少年印象颇佳。半年前，林修平家那孩子和他那一帮朋友到府上做客，他和奥斯汀观察后一致认为，白凌霄身上一点看不出猎师四脉的优良影子，倒是这名叫沈放的少年资质不错。公爵对沈放没有敌意，当然，也没把沈放放进眼中。他不以为意道："来探望索伦的？我叫人带你去。"

沈放站起身，说："兰彻斯特公爵，我是来找您的。"

公爵挑了挑眉，"噢？"

沈放看了一眼站在公爵身后那名褐发红瞳的少年，又看了看

# 零日传说Ⅲ·弑神

来迎接公爵回府的管家奥斯汀,加重语气道:"就找您一人。"

公爵深不可测的双眼盯着沈放,却转而笑道:"什么事非要单独找我谈不可?"他看了看时间,"这么晚了,先一起用个餐吧。"

"不必了,"沈放不卑不亢地说,"公爵,我找您谈完事就走。"

普莱德感觉得到,父亲藏了秘密。但既然父亲暂时不想让人知道,他便说:"父亲,我先去更衣。"

听到他叫公爵父亲,沈放稍微愣了愣,但很快猜到了普莱德的身份。

奥斯汀见状也说:"我去厨房看看晚餐准备得怎样了。"

普莱德和奥斯汀离开后,偏厅便只剩下公爵和沈放二人。沈放靠近公爵低声道:"我也想联系上外星人,接受他们的改造。"

公爵一时有些吃惊。他并不是吃惊于沈放竟推理出猎人可以被外星人强化这件事,这并不难。他是吃惊于,这名他曾高看一眼的少年,竟幼稚得如此可笑。这孩子怎么会以为只要来问他,他就会把强化的方式拱手相告?公爵摇摇头,"我不明白你在说什么。"

"他们强化了您,因此您才得到控制异兽的能力,不是吗?"

公爵继续装傻,"我倒希望这样。但很遗憾,这只是你的幻想而已。孩子,你找错人了。回去吧。"

"我愿意接受改造。只要能确保击败弥诺陶洛斯,给我喜欢的女孩一个和平的世界,不管多痛苦,我都愿意!"沈放仍自顾自地说。

## 第二章 弗兰肯斯坦

公爵有些不耐烦了，他说："孩子，且不说我根本不知道你说的什么被外星人强化是怎么回事。就算我真的被外星人强化了，我怎么可能与他人分享变强的方式？"

这话倒是公爵的心声。

沈放一脸失望的表情，"所以，无论怎样，您都不肯告诉我了。"

"我说过了，这些全是你臆想出来的。根本没这回事。我找人送你出去。"

"不必了，我自己走。"沈放转身离开。府外昏黄路灯的映照下，少年脸上浮出一丝阴沉的笑意。

望着少年离去的背影，公爵突然反应过来。那少年并不愚笨，相反，和自己第一次见他时的判断一样，他心思缜密，临危不乱。是自己太过大意而中计了！

那少年刚才在这里说的每句话，都是对尼德霍说的。他并不是来求自己帮他联系上尼德霍，他是猜到自己处于尼德霍的监控之中，而来说这番话给尼德霍听。只要尼德霍得知他的心意，觉得他有利用价值，就会主动去找他。

看来，那个少年留不得了。他一旦被强化，就将是尼德霍用来制衡自己的砝码。

公爵顾不上吃晚饭，亲自驾车重返驯兽场。他集中精神控制住那头尼米亚猛狮，将沈放刚才喝过水的茶杯给它嗅了气味，对它下令，"去猎杀这名少年。"

笼门开启，猛狮飞身而出，很快融入夜色之中。

· 069 ·

# 零日传说Ⅲ·弑神

沈放知道，自己的把戏瞒不住公爵太久。他只是利用了公爵把谁都不放在眼里的傲慢，公爵发现自己被利用是迟早的事。为了不被公爵钳制，他刻意没从公爵府的深渊闪电站台离开，而是打算搭车去另一个城市的站点。

今天天色不早，已经没有末班车了。同时，为了验证自己刚才的说辞是否被尼德霍听到，为方便尼德霍现身与自己联系，沈放故意往人烟稀少的地方走。

尼米亚猛狮的追踪很顺利。在郊区一片无人的草林中，它找到了那名少年。它的双眼在黑暗里闪着凶光，如两团青色火焰。

没有猎人的直觉。没有过人的听力。没有超常的嗅觉。

直到猛狮已经很近了，沈放才察觉到自己成为了猎物。

很难说是运气不好恰巧遇到了异兽，还是公爵准备杀自己灭口。沈放猜测是后者。毕竟，异兽不主动攻击没有血统的普通人。

危机的来临让沈放紧张了一瞬，然后，这紧张很快激发了他肾上腺素的飙升。他双手紧握爪刀，缓缓转过身子。

那两团青色火焰正耸动着向他靠近。

借着月色，沈放辨认出这头异兽，是之前未曾交锋过的尼米亚猛狮。他在资料库看到过它的信息，战斗力A级，与A+级的狮鹫格里芬相差无几。

沈放心中没有畏惧。

如果尼德霍刚才听到了他的话，已在暗中观察他，那他必须向尼德霍证明，自己是一个值得的人选。

## 第二章　弗兰肯斯坦

如果即将接受成为最强猎人的改造,那么,这一战就是他必须通过的试炼。

狮子从草地上一跃而起,如离弦之箭般朝沈放扑来。

沈放赶紧侧身,趁狮子落地的刹那,他一个跨步反而骑到了它背上。沈放环抱猛狮脖子,交叉双刃欲割破它喉咙,但很快被甩了下来。爪刀触到猛狮皮肤,果然如资料库中所记载,它的皮肤极为坚硬,如一层铁皮。

尼米亚猛狮速度极快,又拥有极大的力量。几个回合后,沈放被它压在了身下。它张开血盆大口,朝沈放颈部咬去,沈放将爪刀交叉在胸前,拼命抵挡着。

此时沈放已一身是伤,整个背部血肉模糊。而尼米亚猛狮的眼睛则被沈放弄瞎了一只。它愤怒至极,一声声嘶吼着,爪牙不断逼近沈放脸前。它受伤的眼眶涌着鲜血,血液滴滴答答落到沈放身上,带着一股腥甜的气味。

沈放的力气将要用尽,如果不能完成绝地反击,他很快就无法再与猛狮抗衡。他知道,在这异国他乡,不会有人来救他。他必须靠自己一人的力量,从狮口中活下。

为了那名因救自己而死去的朋友。

为了那名朋友的恋人最终能生活在一个和平的世界。

击败这头尼米亚猛狮只是第一步。他决不允许自己第一步就失败!

狮子再次张开大口。

抓住机会!

沈放松开交叉护在胸前的爪刀,如电光石火一样快速击进猛狮口中。爪刀的利刃从猛狮咽部直刺到胸腹。猛狮发出痛苦的呜咽,两排尖齿眼见就要合上将沈放手腕咬断。沈放用另一只手掰住它上颚,双腿用全力将它蹬向一旁。它口中源源不断喷着黑血,直到它咽下最后一口气,尸体逐渐消失。

## 6

　　沈放喘着粗气倒在草坪里。他活下来了。
　　洒在草丛中的兽血带着浓烈的气味,随着阵阵夜风的吹拂,向沈放迎面扑去。
　　通讯器响起。
　　来电显示是空白。
　　沈放一个激灵,压抑着心中的激动,接通了通讯。
　　因为他躺着,跳出的光屏很贴心地平行于地面,方便他阅读。
　　是这样几个字:我就是你要找的尼德霍。

　　于尼德霍而言,究竟把猎人强化到什么程度,需找到一个微妙的平衡。猎人不够强,则打不赢异兽;猎人太强,对自己而言又是个威胁。
　　目前强化舱只剩一个能用,无法对所有猎人进行普遍强化,也没必要。他决定挑一个人选。他需要人选在猎户座有一定号召力,本身也有一定实力。他不可能去强化一个名不见经传的猎人。符合条件的人选便只有林修平和公爵。
　　他先选林修平,是因为林修平有在乎的人,这是软肋,令林

## 第二章 弗兰肯斯坦

修平相对公爵而言更好控制。

林修平却毫不给他面子,拒绝得那么决绝。他只好退而求其次找了公爵。

可公爵是个心狠手辣的人,要想控制他,让他真正听命于自己确实很难。尼德霍也正头疼这个问题,刚好听见了少年找公爵的谈话。

他立即调出有关这个少年的资料。

通讯器的确是一个监控终端,猎人们的日常对话以及所有通讯记录,都会自动保存在尼德霍的系统之中。只因为这些信息太过繁杂,大部分又都是无关紧要的垃圾信息,因此尼德霍并不会全部检阅,只偶尔翻查一下几个重点对象。

看过沈放相关的记录后,他发现,沈放确实是一个合适的人选。

那少年竟连猎人血统都没有,却一路走到现在,可见素质不低。他对得到血统的欲望是那么强烈,加入猎户座这么久以来都耿耿于怀。更重要的是,他极重义气和感情,他有在意的朋友,也有喜欢的女孩,这样的人最好拿捏。强化他后,既能进一步提升猎户座实力,确保击败弥诺陶洛斯;又能让他听命于自己,用他去钳制公爵。这是件一箭双雕的好事。

根据沈放的经历,尼德霍想出了一个极好的筹码。用这筹码去威胁那少年,就不怕他造反了。放在以前,他是想不出这么变态的计划的。如果他有双手,他简直要为自己鼓几下掌。可惜他没有,就只能内心愉快地期待着计划的推进。

很好,一切万无一失。

说起来,是不是该感谢人类这种生物?监测了他们上万年,

· 073 ·

# 零日传说Ⅲ·弑神

看着他们从蛮荒时代一路发展到信息时代，自己竟也习得一丝人类的狡诈。

他等待了这么久，最后的目的很快就要达到了。按他的预估，应该就在一百年内。

与一万年相比，一百年几乎只是弹指一瞬。在这最后即将成功的紧要关头，他决不许出现任何意外。

看着光屏上的字符，沈放笑了。他如释重负地说："强化我吧，尼德霍。"

光屏上出现了新的文字：小少年，你很勇敢。但你不先问清楚如何强化吗？

沈放垂下眼睛，"没必要知道。无论强化的方式有多恐怖，我心意已决。"

人类啊人类……尼德霍想着。不得不说，长久的等待太寂寞了，而与人类打交道竟很有意思。每个人都是那么不同。他通过光屏表达道：好。那你找到附近的深渊闪电站台，上球舱后，我会设定路线，自动带你到强化舱去。

他没说的是，等到了强化舱再反悔，就来不及了。这少年已经知道了太多秘密，如果不能为他所用，他会将他灭口。在这里，他奈何不了这名少年；而要在强化舱杀死这个少年，简直易如反掌。

沈放没有退却。他点头，"我知道了。"

为避免再次被公爵的异兽偷袭，沈放拖着精疲力竭的身躯到了市政广场。他待在市政广场中心花园的座椅上，直至天明。然后搭了最早一班车去另一个有深渊闪电站台的城市。

## 第二章　弗兰肯斯坦

因身上的伤口感染，沈放发起了高烧。看来，没有猎人血脉的身体果然很脆弱。不过，这点麻烦很快就会解决。球舱载着沈放往强化舱飞驰而去。

沈放勉力支撑，奔赴他所选择的未来。

躺上强化舱时，沈放几乎已高烧到意识模糊。尼德霍未急于对他进行强化，而是先给他注射了抗生素，为他治疗身上的伤口。

在营养液和修复液的支持下，沈放躺了三天，身上的伤总算好了大半。等他从昏睡中醒来，却并未感到身体和往常有什么不同，他疑惑地问："强化完成了吗？"

一个电子合成音哈哈大笑，这笑声有些瘆人，"如果强化的过程能这么舒服就好了。"顿了顿，对方继续说，"我只是先治好了你的伤。强化对身体素质要求极高，浑身是伤可不行。"

沈放默然。

"小少年，你现在需要好好想清楚了。"尼德霍道，"普通人完成基因改造，从而成为猎人的过程极为痛苦。我制作最早一批猎人时，很多人都因为熬不过排异反应而暴毙在了强化舱上。而要获得猎师四脉的能力，乃至比猎师四脉还强的能力，更是比常规改造要痛苦百倍千倍，排异反应的发生率也直线上升。普通人接受强化，可以说是九死一生。"

沈放轻声说："我想清楚了。"

"不要答应得这么快，仔细想想。你现在是在和魔鬼做交易。"

沈放仍旧没有犹豫，"我想清楚了。"

## 零日传说Ⅲ·弑神

尼德霍如果有一张人脸,那他此刻一定露出了一个阴恻恻的表情,"很好。我采集了你身上沾到的尼米亚猛狮的血液,并提取了其中的基因表达。就用这如此新鲜的材料来强化你吧!强化之后,你将获得尼米亚猛狮的速度和力量。更重要的是——别忘了感谢我——我会对你们的基因进行一个之前从没给别人做过的深度融合,你的皮肤会开始拥有硬化能力,从而在一定程度上刀枪不入。你如果能熬过这关,就会成为现今,不,是猎户座有史以来最强的猎人。"

沈放并不为此高兴,但也没有畏惧。他只是很平静地问:"代价是什么?"

尼德霍语气中充满赞许,"小少年,你问到点子上了。"这正是尼德霍那个变态计划的关键所在,他很乐意向沈放介绍,"普通人,普通猎人,猎师四脉,兽人。你觉得他们的区别在哪里?"

经尼德霍这么一提醒,沈放似乎想到了什么,但还想不真切。

不等沈放回答,尼德霍解释,"猎人并不是凭空强化出来的,而是普通人的基因融入了少量异兽或者兽人的基因。你们也知道了,普通人类本就是兽人删减某几条基因片段改造而成。那么如果把删减的再加回去,普通人岂不是又变回了兽人?普通人、猎人与兽人之间,只是一个量变到质变的区别。而即使是猎师四脉那个程度的强化,他们仍然属于人类的范畴。但到了你这个程度的强化……"

沈放猜到了答案,"我就成为兽人了。"

尼德霍补充,"如果你能活下来。"

沈放没有说话。

## 第二章　弗兰肯斯坦

尼德霍追问："现在你有没有改变主意？"

沈放依然坚持，"我想好了。"

"那就祈祷你能熬过排异反应吧。小少年，我对你很满意。你好好当我的爪牙，等这一切结束，我会重新把你改造回人类，你也好和心爱的女孩结婚生子。而背叛我的下场是什么，不用我说了吧？"

"我将再也无法变回人类。我将至死都是兽人，再不可能和任何一个人类女孩在一起。"

"知道就好。"尼德霍启动了强化舱，仪器开始对沈放的健康状态进行全面检查。他最后对沈放说，"戴上面罩，祝你顺利。"

沈放拉起手边的面罩，心无波澜地扣向脸庞。

强化开始了。

这场手术持续了很长时间，饶是全智能精准操作的自动仪器不知疲惫地连续作业，亦几乎花了一天一夜。

当麻药的效力过去，镇痛泵也停止了泵药，沈放逐渐恢复了知觉。先是如无数虫子在皮肤上撕咬，然后，所有血液像沸腾一般在血管中灼烧。体内仿佛有一股火在流窜，沈放咬着牙，浑身却被冷汗湿透。他忍不住痛苦地呻吟起来，无论他有多么坚强的意志，在这噬骨之痛下，还是意识恍惚地开口向尼德霍祈求，"再给我一些镇痛剂……"

"不能了。"是尼德霍冰冷的电子合成声，"这是你原来的身体在抗拒新的基因。你现在恢复了知觉，你要仔细感受这副焕然一新的身体，学着接受它，适应它，控制它。这个过程在没有知觉时是无法完成的。很多人都挺不过这阶段，从而死在强化舱

## 零日传说Ⅲ·弑神

上。小少年,你主动要求我强化你,现在我已经做了我能做的。能不能成为最强猎人,剩下的就看你自己能不能挺过去。让我看看你的决心,让我看看你为了变强,为了保护心爱之人,究竟能承受多大的痛苦?"

一旦明白这是必经之路,沈放不再浪费力气说话。他拼命忍耐着,自己是有罪之人,即使是迈步行走于锋利的刀尖,即使是要蹚过灼热的火海,他都不能回头,不能退却。这一点痛苦,必须忍耐!

感觉像是过去了一百年那么久,那些尖锐而绵密的疼痛终于渐渐消散了,就像乌云散开。这副被强化后的身体,终于臣服于沈放的意志之下。少年坐起身,感到前所未有的自如、敏捷与有力。

我胜利了。他心中淡淡地想。这是他曾期待的。现在是他既期待又害怕的。他本意只是想拥有猎人的血统,现在却说不清还能不能算是猎人。他抬眼望向前方,在金属墙壁上看见自己身影,不算太坏,至少还保持着人类的外形。只是,少年双眼中闪过一抹青色光耀。

那是尼米亚猛狮的瞳色。

电子音居然也能听出情绪,尼德霍似乎比沈放本人还要激动,"恭喜你,小少年!你竟完成了从人类变回兽人的逆向改造。这是有史以来的第一例,居然第一例就成功了。要知道,当年我制作猎师四脉,哪怕那些候选人提前经过体能和意志的训练,也基本上十个人才有一个能成功。我果然没有看错你!"

沈放穿好衣服,背上背包,准备离开。背包里装着他的武

## 第二章 弗兰肯斯坦

器,当年冥冥之中选中那副爪刀真像一个预言,他已成为没有利爪的猛狮,这副爪刀就是最完美的补充。

电子音恢复了冷静,尼德霍说:"好好替我办事。"

"我会的。"沈放内心却说——我会消灭你的。

"记住背叛我的下场。"

"记住了。"沈放内心却说——我已接受这个下场了。我没想过要再变回人类了。

## 第三章　红眼少年

### 1

白凌霄和叶乔已经在猎户座医疗基地住了十天。

他们十天前完成了清创和固定手术，粉碎性骨折的部位打上了钢钉。以小白猎师四脉的身体素质，本来第五天便可以出院，过几个月来取钢钉就行。可他很享受和叶乔一起住院的生活，赖着不走，整天装疼。

他拙劣的演技叶乔一眼就看穿了，可叶乔竟没拆穿他，而是由他装。

今早，主治大夫来查床。小白一如既往皱眉靠在床头，"医生，我觉得我胸口还有点疼。咳血的症状也没好，咳出来的泡沫里一直有血丝。"他早在去执行劝猎人归队的任务时，就跟家里说过是在外地完成学校的暑期社会实践课题，所以也不急着

## 第三章　红眼少年

回家。

大夫有点疑惑,"不应该啊,昨天的拍片结果,你肺内的血污已经吸收得差不多了。怎么会咳嗽还有血?你是不是咳得太厉害把咽喉咳伤了?"

小白装无辜,"不知道,我就是疼。"

"你骨头刚接上,疼是正常的。不行我再给你开点止痛片。"

"哦,好。"

大夫接着检查邻床的叶乔,"你呢?你肩骨碎得厉害,恢复得慢些,不过从昨天拍的片子上看着愈合得也不错。"

叶乔笔直地坐在床沿,"嗯,我感觉已经没什么问题了。今天可以出院了吧?"

小白一听,急了,噌地从床上坐起,"别呀,别急着出院啊,你伤得那么严重,万一出院了恢复不好怎么办?"

叶乔回头白他一眼,意思是没拆穿你装病已经够给你面子了,别顺杆往上爬。

小白自知理亏,摸着胸口假模假样地哎哟了几声,重新靠回床头。

大夫看出了少年的心思,脸上坏笑一下,对叶乔说:"你如果感觉好了的话,待会儿让护士帮你拆了绷带再看看。没问题就可以出院了。"

叶乔点头,"谢谢。"

大夫扶了扶眼镜要走。

小白喊道:"哎,医生,我,我觉得我好像也不痛了。你看看我能出院了吗?"

大夫故意问:"你刚不是还痛着?怎么现在不痛了?"

## 零日传说Ⅲ·弑神

"就，突然不痛了……"

大夫无奈地摇摇头，"行，待会儿让护士给你俩一起拆绷带。"

小白喜笑颜开，"谢谢医生，你人真好。"

拆完绷带，护士又交代了一些出院后的注意事项，等要出院，也快到十一点了。

小白去另一间单人病房看了看仍在昏迷状态的父亲，轻轻叹了口气，自言自语地问："林修平，接下去该怎么办？"

上次他们拼死救下的那个姚策，居然也没被说动，后来干脆玩失踪不接电话。劝猎人归队的任务，几人商量后决定不再执行。只是通知那些退出的猎人，让他们平日少去人少的地方，自己小心些。可如果弥诺陶洛斯真的还要发动总攻，仅靠四大家族和剩下的这些猎人，能对付四凶兽吗？

像是猜到小白的担忧，叶乔在一旁说："做好我们该做的。即使猎户座不复存在，人类也不会轻易输掉。林长官太累了，让他好好休息吧。"

继使用镇静剂后，林修平便一直陷入昏迷。大夫说，已检测过他体内，镇静剂全都代谢完了，却不知为何仍不醒。可能是两个意识的冲突导致大脑过载。

想起同样昏迷的索伦，小白只觉得心里堵得慌。虽说两人昏迷的原因不同，身边重要的人却一而再再而三地因异兽的事受到伤害。好在索伦和林修平还留着性命。只要没死，就有希望。因此，不管未来该怎么走，会走向何方，他都得一直走下去。只是，他现在完全没有方向。

## 第三章 红眼少年

"林修平,你放心吧。我每天都有练习,不会给猎师四脉丢脸的。说不定等你醒来,我们已经把事情解决了。到时肯定会吓你一大跳,你呀,就好好躺在这里偷懒吧。"小白用故作轻松的语气说。

他总是这样,无论心里多难过,表面却总装作满不在乎的样子。

叶乔以前不了解他,老是被他满不在乎的样子惹得很生气。但相处这么久了解了他,开始为他满不在乎的样子感到有些心疼。一定是从来没得到过自己想要的东西的小孩,一定是总是失望的小孩,才终于开始学会用一副满不在乎的样子,来假装不在意失去吧,这样就不会被别人嘲笑了。她拍了拍小白,"好了,走吧。会有办法的。"

小白眼中一亮,"队长,真的有办法?"

叶乔站到小白面前,伸手拭去小白别在胸前的徽章上一小块青铜氧化后的污渍,"大人们累了,未来就交给我们了。你会成为独当一面的猎人,在这之前,你要加紧练习,拼命练习。等我们都足够强的时候,问题一定能解决。"

小白脸上泛红,使劲地答应道:"嗯!"

叶乔却语气一转,"我们不能被动地等待。即使暂时不知道要做什么,也不能闲着。等出院后,想不想再来一个地狱特训2.0?"

小白猛地一阵胆颤,"啥?"刚加入猎户座时,关于叶乔那地狱特训的可怕记忆涌上脑海。虽然理智上很理解叶乔这个做法,心里也很愿意参与叶乔这场特训,身体却从头到脚都在抗拒。小白再也不想被吊在铁轨上了好吗?鬼知道2.0版叶乔又会发明出

# 零日传说Ⅲ·弑神

什么恐怖玩法？小白很想表现得风平浪静，却忍不住生理性地干呕了几下，终于他还是硬着头皮说："那就，拜托队长了。"

看着小白的脸色变化多端，叶乔脸上闪过一个魔鬼般的笑容，"好。你通知沈放和阿星，后天起，地狱特训2.0开始。"

"可是沈放……"小白不想让叶乔担心，把后半句咽了回去——可是沈放这几天联系不上了，给他打电话都没接。

叶乔回头，"你在说什么？"

小白挤出一丝笑，"没什么。我会准时参加特训的。"

两人走出大楼，夏末正午的阳光晃得人睁不开眼。

等适应了强光，小白这才发现，这医疗基地背后的破败小巷中，停着一辆格格不入的豪华轿车，站着一名格格不入的挺拔少年。

那少年的褐色头发在阳光下泛着金光，他倚着车身，双手捧一本暗红色书皮、烫金文字的书仔细阅读，口中则随意叼着一枝香槟色玫瑰。

少年听见动静，抬头，见到小白和叶乔后，双手将书本一合，从车窗放进车中，再用空出的手取下口中玫瑰，信步走到叶乔面前，将玫瑰递上，"听说你受伤了，我来接你出院。"

叶乔有点蒙，"你怎么在这儿？"

"未来的妻子受伤了，我不可以来探望吗？"

叶乔嘴角一抽，"普莱德，谁要做你妻子？你别乱说话。"

普莱德只抿起嘴笑笑，转身走到轿车前拉开副驾驶车门，"大小姐，请上车，我送你回家。"他视线终于往旁边移了移，看着小白，"哦，林修家的，你也一起？"

## 第三章 红眼少年

小白又心酸又生气。他习惯性地逃避，将书包往背上一甩，"不用你送，我自己回。"说完，他在事情变得更尴尬之前，赶紧大步走开了。

叶乔在后面喊："喂，白凌霄！"

小白赌气——虽然他也不知道在跟谁赌气，可能是自己，转头说："我还有别的事，先走一步。"

叶乔也气道："地狱特训，后天早上六点在树城广场集合。不准迟到！"

小白背对叶乔，只举起手比了个OK的手势，居然不争气地鼻子一酸。他吸了吸鼻子，干脆不管不顾跑了起来。直到跑出去很远，回头再也看不见那两人，他才渐渐放慢脚步，心里又开始懊恼。

未来的妻子？为什么那个人可以面不改色地说出这种话。想着普莱德耀眼的模样，小白眼前被太阳晃成白花花的一片。他踩着脚下缩成一团的影子，暗暗想着，下次，下次一定不能再这样逃走了。可是，就算不逃走，在那种场合下，他又该作何反应？

普莱德听到了一个他感兴趣的词，"地狱特训？"

叶乔冷声说："与你无关。"

普莱德不再追问，反正时间地点他都听到了，到时赶来就行了。

其实他这次来中国并不是为了叶乔。是父亲交给他的一个任务，让他到中国，盯住沈放的动向。沈放目前行踪不明，他只能先来找和沈放相熟的小白。至于和叶乔培养感情，那是掩饰他此行真正目的的幌子。爱情过于奢侈，从来不在他人生的必备选项

· 085 ·

零日传说Ⅲ·弑神

之中。于他这种命运的人而言，他既不配，也无暇去思考和爱相关的事。

他得全力以赴地活下去。存在下去。往高处爬，以永远离开那些阴暗脏乱的角落。

兰彻斯特公爵在发现尼米亚猛狮猎杀沈放失败后，沈放便成了他的心病。他又陆续派出几拨异兽，却一无所获。他并不确定沈放是否已接受尼德霍的强化，出于锻炼普莱德的想法，而且普莱德与那帮中国少年年龄相仿，要混入他们之中也更为容易。多方考量之下，他把这个任务交给了普莱德。但他并未告诉普莱德和尼德霍相关的事，也未告诉他之所以要监视沈放的原因。

普莱德也没问。他只知道，父亲生性多疑。既然父亲只让他盯住沈放的动向，以及试探沈放真正的实力，他照做便是。

这事是个长线，不急于一时。他再次邀请叶乔，"上车吧，我送你回家。"

本以为叶乔会拒绝，没想到她望了望白凌霄跑走的方向，闷不吭声，无视普莱德拉开的副驾驶门，自己气呼呼拉开后座车门一屁股坐了进去，"那就快点。"

普莱德颔首，"好的，大小姐。"被人颐指气使，他脸上表情没有一丝不悦，反而像个称职的司机般坐上驾驶席将车子启动。

这是一辆S级奔驰，对兰彻斯特家来说算不上什么豪车，普莱德一到中国，便有人给他这车的钥匙，应该是管家安排好的。对于开什么车，他倒无所谓。以前和母亲在一起时，一辆两千多欧元的二手车也开得挺开心。

叶乔瞥见普莱德放在车上那本红皮烫金标题的书，是德语。"在看什么？"

## 第三章 红眼少年

"《北欧神话》。"

叶乔点头,"尼德霍就是北欧神话里提到的。不过经过神话的演绎,很多形象和真正的事实多有出入。"

"所以,你认为尼德霍到底是什么呢?"

"事太多了,我还没来得及想这些。"叶乔老实回答。

沉默了一会儿,普莱德从后视镜注视叶乔,"我可以和你们成为朋友吗?"这句话大概五分真心,五分别有用心。

普莱德难得用不戏谑的语气说话,叶乔正色,"为什么这么说?"

"我从小没什么朋友。听父亲说你们总在一起,我哥哥索伦跟你们关系也不错。我很……"普莱德自嘲地笑了笑,"羡慕。"

叶乔不置可否。

树城不大,不到二十分钟车程便到了叶乔住处。普莱德将叶乔送到楼下便告辞离去。

他并未主动问起和沈放有关的事。不着急,慢慢来。

## 2

回家后,小白再一次联系沈放。本来没抱什么希望,没想到对面接通了。沈放轻轻"喂"了一声,沙哑而疲惫。

"喂!"一听见沈放声音,小白焦急说,"你这几天去哪儿了,怎么不接我电话?"

"没事了。都忙完了。"沈放说。

"你态度怎么这么无所谓啊?知不知道我都急死了……"

"对不起。"沈放赶紧道歉,打断了小白的抱怨。

# 零日传说Ⅲ·弑神

"你……"小白像一拳打在棉花上,气道,"算了算了,人没事就好。对了,队长说要搞地狱特训2.0,后天早上六点在树城广场见。你能来吗?"

"能来。"

小白还想再问几句,但听沈放不想说话的样子,只好挂了电话。总之,等后天碰面时再聊好了。他又通知了阿星,阿星刚听说要地狱特训有些惊讶,但他很快欣然接受,"上次你和沈放训练时,我还没加入呢。我倒很想感受一下叶乔队长会怎样训练我们。"

"相信我,你不会想感受的。"听着阿星期待的语气,小白忍不住泼冷水。

"啊,为什么?"阿星不解。

"等尝试一下你就懂了……"

到约定这天,小白跟老妈说跟沈放约好了每天晨练,所以他天不亮就出了门,老妈没有多疑。

但等他赶到,还是晚了五分钟。

叶乔那辆打眼的橙色FJ酷路泽停在树城广场路边,小白喘着气跑过去,只见叶乔黑着脸站在车旁。她穿着运动短裤和T恤,露出修长的四肢,脚上蹬一双跑步鞋。哎,谁知道这么好看的女孩居然那么令人心惊胆战?

小白心虚地低着头挪到车旁,给沈放和陆星移递眼色,招呼两人快上车。

他伸手去拉后座车门,却被叶乔挡开了。叶乔举起手机,待机面板上显示着大大的几个数字,"06:05"。她说,"你迟

## 第三章 红眼少年

到了。"

"我……我下次会注意的。队长。"

"今天多跑五公里。"

"五公里?"小白一阵腿软。

"要不就六公里吧。"手机屏幕上的数字跳成了"06：06",叶乔摆出一副反正我无所谓的样子。

小白不敢再有异议,点头认栽。阿星向他投去同情的眼神。沈放却一脸平静,似乎有什么心事。

没人敢坐副驾。挤后座三人组照常挤在后面,小白夹在中间。叶乔坐上驾驶席,刚关上车门,另一侧车窗上突然笃笃几声轻响。四人同时朝轻响传来的副驾车窗看去,只见一张俊美的少年脸庞。

他怎么来了?看着那张脸,小白心情跌入谷底。

叶乔摇下车窗,"你来干什么?"

晨曦微明,在那少年的额发上映出如火的红光。少年蹙眉摆出一副祈求的样子,"地狱特训带我一个?"

叶乔呛声,"公爵府上的教练不够好吗?"

少年用半真挚半调笑的语气朗声回答,"不如你好。"

"你……"叶乔一阵恼火,当着自己队员的面被调戏,太没面子了。

陆星移更同情地看了看小白,又看向那少年,悄悄问后座的另两人,"那是谁啊?"

"公爵的私生子普莱德。"小白轻声说。

"哦……"阿星消化着这突如其来的人物关系。

不知普莱德是听见了小白的话,还是只是巧合。他目光投向

· 089 ·

## 零日传说Ⅲ·弑神

后座,看了一眼被夹在中间的小白,"既然你们还专门给我留了座,我就不用自己开车了。"说着,他拉开车门,若无其事地坐到了副驾驶上。

小白内心一顿捶胸顿足,他们在这儿挤后座,却便宜了普莱德!可他再也不像以前那样幼稚地什么都表现在脸上了。他装出一副内心毫无波澜的表情,扭头看向窗外。

叶乔此时并无充分的理由拒绝一名新猎人想接受训练的请求。她只得吓唬道:"你真想参加特训?"

普莱德微微颔首,"当然。我说过,不久的将来我一定会比你强。在那之前,我会竭尽全力,不放过任何机会。"

"那你就不要后悔。"这么说着,叶乔在内心把训练计划增加了一倍,她挂上挡,狠狠踩下油门。

阿星无辜地坐在后座角落,他心里已经有了一股不好的预感。

越野车稳稳驶上高速公路,朝出城的方向而去。

普莱德回头招呼,"沈放,白凌霄,我们又见面了。"他视线装作不经意地扫过沈放,只见沈放眉宇间是沉稳和坚定的神色。第一次见沈放是在府上,当时沈放来找公爵,说有事要谈。那时的沈放虽也坚定,却浑身带着一阵焦急的迫切,少了这份沉稳。普莱德没想到这么顺利就找到了沈放,比他预计的还要顺利。接下来,他会仔细观察这名令父亲感兴趣和提防的少年。

沈放警觉地回看了普莱德一眼,但只看见普莱德一脸坦然。他点了点头,算是回应普莱德的招呼。白凌霄不情愿地嗯了一声。普莱德又朝另一个男生伸出手,"我是普莱德。"

## 第三章　红眼少年

"啊，你好。"鉴于好友的立场，阿星不便表现得太亲昵，只礼貌地伸手和普莱德握了握，"我是陆星移，叶乔小队的成员。你叫我阿星就好。"

普莱德抽回手，重新坐正，两眼平视前方，"你们不欢迎我，是因为我是私生子吗？"

想不到他会主动提及自己的身份。

"没有没有，"阿星赶紧摆手，"我们不是这个意思……"

普莱德轻笑一声，"那是怕我比你们强？"

"谁说你一定比我们强？"小白忍不住还嘴。

"所以我才要向你们学习嘛。"

面对这种厚脸皮的无赖，小白彻底没话说了。

此时，一路铁青着脸的叶乔发话，"普莱德，你闹够了没有？"

普莱德摊手，"抱歉。我只是希望大家对我能热情些。"

"公爵府上的教官，对你一定很热情吧。你如果吃不了苦想所有人都拥戴着你捧着你，现在就可以下车了。"叶乔说。

"他们怎么会对我热情呢？无论是教官还是父亲，都对我严厉有加。叶乔小姐，"普莱德正色说，"被所有人拥戴着捧着的人，是我的哥哥索伦啊。府里的人即使给我提供锦衣玉食的生活和最好的训练，他们心里难道不腹诽我的身份？所以我才想加入你的小队，跟着你训练啊。"

哼，扮什么可怜。小白在心里吐槽。

车内沉默了一会儿，叶乔点头，"我知道了。你可以跟我们一起，但你不准胡闹。"

普莱德举起手，"就这么说定了。"

## 零日传说Ⅲ·弑神

"叶……队长,我们今天要去哪儿训练?"小白插话。他本来为了在普莱德面前表现自己和叶乔关系亲近,想直呼她名字的。可刚开口,又不敢直呼其名了,于是临时改口喊队长,连在一起却叫出了"叶队长"这种不仅完全不亲近,还生分有加,更土得掉渣的称谓。

叶乔显然也被这个不伦不类的称谓搞得一愣。她从后视镜瞥了小白一眼,眼神写着"你没病吧"。她说:"今天并不算在我的正式训练计划内。今天其实是专门针对你的。"

"针对我?"

"这就到了。"说着,叶乔一脚油门到底,车开上一条大坝。她一个漂移,将车靠边停好。后座三人被甩得东倒西歪。

"队长,下次开车能不能别这么……"小白思考着怎样用一个温和些的词语形容叶乔这生猛的车技。

叶乔打断道:"少废话,快下车。"

几人鱼贯下车。这是一座水库,他们所站立的这条大坝横贯水库中央。因为这个水库位置偏僻,四周没有人烟。大坝顶头的守卫亭里,也没有看守的工作人员。或许是还不到上班时间。

叶乔抱着双臂发话,"这条大坝大约有两百米长,所有人跑十个来回吧。"

阿星弱弱地举手确认,"往返一趟,算一个来回?"

"当然了,要不然呢?"

男孩们见叶乔威严的样子,不再异议,列成一排准备开跑。普莱德心里觉得跑步的训练方式挺傻的,但他没说。

叶乔说:"白凌霄留下。"

## 第三章　红眼少年

本来今天因为迟到要多跑六公里，加上现在的四公里，总共要跑十公里，小白还有点叫苦不迭。现在突然被点名留下，小白有些好奇叶乔要自己做什么。

等其他人跑远了，叶乔才说："你也知道，因为不会游泳，你给团队拖了好几次后腿吧？"

原来是这件事。

这事戳中小白痛处，他神色一下子黯然下来。他点点头。怎么会不知道呢？上次在海上对战海德拉，如果不是因为自己落入海中又不会游泳，导致林修平分神来救自己，说不定薛荣就不会死了。只因为一直没时间，学游泳这事就放在一旁。这个暑假发誓要变强后，他还真的报了个游泳班。只是对于游泳这件事他一直很自卑，所以没向其他人提及。他才上了四五次课，目前勉强能游个蛙泳浮在水面，姿势不好，速度也不行。这个程度，仅限于掉进水里能自救，但若说要在水中作战，或是水况复杂，还远远不够。

叶乔说："今天带你来这里，希望你能学会游泳。"

小白再次使劲点点头。原来队长想得这么周到，这么久以来，队长一直注视着他们，关注着他们的弱点啊。

"在水里要放松，不要紧张。越挣扎越往下沉。普通人或许做不到想冷静就冷静，但你作为一名猎人，也经历了那么多次命悬一线的作战，你必须要冷静。想象自己是一块漂浮的木板，或者其他什么。将身子放平，舒展。你会浮起来的。浮起来后，双脚交替拍水，往前游。"

这话和游泳教练说的完全不同。小白回忆浮起来的感觉，好像确实是这么回事。"嗯。"他轻声应着。

## 零日传说Ⅲ·弑神

"你很在意普莱德?"

"啊?我没……"

"所以我把他们支开了,不想让你丢脸。"

小白不再否认,"谢谢队长。"

"这里离远的那个岸边大概有一百五十米。在他们跑完十个来回前,我要看到你出现在那边岸上。"

"啊?"转折来得有点突然,小白一时觉得自己听错了。叶乔不知道他去学游泳的事,他本以为叶乔之前说那些,是要教他游泳。可现在是什么状况?她明明知道他不会游泳,还让他游到对岸?太强人所难了吧……

"我建议你把衣服脱掉。"

"不要吧……"小白双手捂住胸口,一阵害羞。

"衣服会影响行动。快点,我才没兴趣看你。"

"哦。那你呢?"小白怀抱最后一线希望,至少她应该和他一起下水吧,万一有危险,也好救他。

"我什么我,我当然是在岸上看你挣扎的蠢样子了。还有什么问题吗?他们又跑完一个来回了,你再不快些,就输定了。你比他们慢的话,我就让普莱德知道你不会游泳。"

小白心想,还好本大爷留了一手,现在已经不是旱鸭子了。他脱掉上衣,看到左胸时,稍稍愣了一秒。不会游泳,都是因为左胸上那个难看的胎记。可现在没有胎记了,泥巴再也不在他体内了,这么久以来都不知所踪,心竟空落落地疼了一下。他摇摇头,甩开这些杂念,又脱掉了鞋。正在犹豫要不要脱掉短裤时,屁股上突如其来地挨了一脚。他一个趔趄,坠下大坝,往水中掉去。

## 第三章　红眼少年

"喂——"他拉长了嗓子大叫。叶乔训练起队员来，果然是个心狠手辣的女人！

天才刚亮不久。经过一夜，哪怕是夏末，水库的水也寒气逼人。刚没进水里，小白就被冷水激得浑身僵硬，无法动弹。

此时他才发现，哪怕在游泳池里可以漂起来了，在这里却和游泳池完全不同。游泳池水深刚到胸口，脚能踩到池底，教练又守在旁边，因此在游的时候是没有心理负担的。可这个水库水深四五米，一旦水没过头顶脚还踩不着地，整个人就本能地开始慌乱，学会的那些游泳技法也不起作用了。

小白下意识胡乱挣扎，却怎么也浮不起来。这时，叶乔的话如细语般在耳边呢喃——你作为一名猎人，也经历了那么多命悬一线的作战，你必须要冷静。想象自己是一块漂浮的木板……

小白定定神，强迫自己镇定。如果这次还是失败，之前的游泳课不就白上了吗？而且，他必须学会游泳。他再也不想当拖后腿的人了。

这么想着，他的身体渐渐放松。他抛开一切胡思乱想，只心无杂念地趴在水里。他变得轻盈，并一点点上浮。终于，他用双臂推开水花，头冒到了水面上。他大口呼吸了几次，找准方向，朝叶乔规定的岸边游去。

他侧头看了看大坝上的叶乔。她脸上似乎镀上了一抹笑意。可隔得太远，耳边的水声又让人彷如与现实隔了一层，小白不知道这抹笑意是不是真正存在的。

不过——

队长，我总算没让你失望吧？

## 零日传说Ⅲ·弑神

过了第一个难关，第二个难关便是速度。一百多米的距离跑起来很近，对游泳不熟练的人来说，却非常遥远。小白用蛙泳的姿势游了好一会儿，却似乎也就游出去二十来米。他干脆潜进水中用双脚拼命拍水，这样还游得快些。

终于，他气喘吁吁上了岸，一边排耳朵里的水一边往坝上走，却见其他几人早就跑完十个来回了，正和叶乔站在一起等他。

被普莱德看到自己刚才游泳的狼狈样子了？小白一阵不爽。

他走过去，阿星跑上前举起手欲与他击掌，"太好了，你终于学会游泳了！"

小白不好意思地看了普莱德一眼，见他脸上没有轻视的神色，才举掌与阿星相击庆祝，嘴里谦虚道："还好……"

沈放表现得没那么激动，但也上前来拍了拍小白肩膀，"不容易。"

小白觉得沈放变了很多，或者说，从加入猎户座起，沈放就在慢慢改变。他从一个爱耍帅的二货，变得越来越沉稳，甚至沉默。小白有种和沈放渐行渐远的感觉。他看不透沈放眼神背后的东西。沈放究竟在想什么呢？

叶乔的话打断了小白的思绪，"我还以为得下去救你了。"

"你会救我？也不知道是谁把我踢下去的！"小白抱怨。

噗嗤一声，叶乔居然笑了。"我原本打算，如果过了90秒你还没浮起来，就去救你。"

"你怎么不早说！"

"早告诉你，还能逼你靠自己掌握游泳的技巧吗？一旦知道有后路可退，人就不会被激发出潜力了。"

## 第三章 红眼少年

阿星奇怪道:"可是,就算队长不说,你的潜意识也应该相信着她会来救你的吧。她怎么可能真的放任你被淹死不管?潜力到底是怎么激发出来的呢……"

"不,我根本没想过她会来救我,一点这种念头都没有。你是不知道啊,她可是一个把我和沈放绑在铁轨上,居然还记错了火车经过时刻的人!所以,我真的完全没想过她会救我。"

"哦,你这么不信任我啊?"叶乔挑着眉说。

"大小姐,别跟他们一般见识。"普莱德适时补刀。

小白瞪了普莱德一眼,向叶乔行了个猎人礼,郑重道:"队长,虽然我说了很多抱怨的话。但是,谢谢。"

"别谢。你今天还有六公里要跑,忘了吗?跑完再说吧。"

"什——么——"小白发出惨叫。

"我和你一起。"普莱德却说。

"干吗和我一起,我自己能跑,不用你陪。"

"不是陪你。只是,我训练从来不会松懈。"

听普莱德这么说,阿星有点不好意思,只得加入,"我也一起跑好了。"

原本以为,这种氛围下,沈放不加入不行了。可沈放就像没听见几人说话似的,仍自顾自站在一边。

"你不参与?"普莱德问。

"不了。"

"大小姐,看来有人看不上这种程度的训练呢。"

叶乔意味深长地看了沈放一眼,她早察觉到沈放与往日有所不同。她说:"没关系。既然小白学会了游泳,明天我们就开始真正的训练吧。"

## 3

  小白很好奇真正的训练到底是什么，叶乔却不说。
  这天集合后，叶乔带大家去深渊闪电站台。还是树城广场背后那条街的那家蒸汽朋克风摩托车模型店，只是，这家店里连联络员都没有了。
  也是，大规模的猎人退出后，哪里还有多余的人手整日在站台守着。
  于是，这些隐蔽在各个小城里的站台，就那样孤零零地变成一间间废弃的门面。这些本来生意就不好的小店即使关张，也并不会太引起市民注意。
  叶乔打开锁上的卷帘门，几人进去后，叶乔又重新把门锁上。没了联络员后，站台的钥匙交由暂代先锋官职位的叶明诚保管，叶乔要拿到钥匙很容易。
  球舱运行起来，载着几人在真空管道里飞驰。陆星移终于还是忍不住问："队长，你要带我们去哪儿？"
  "带你们去见见真正的野兽。"
  小白精神一振，"有任务了？"
  叶乔摇头，"现在袭击我们的异兽都是潜伏在地球上的，很少有从异界直接来的，空间波动监测网没用了，大家也都不再佩戴通讯器，弥诺陶洛斯又行踪不定，我们都不知道上哪儿找异兽了，哪还有什么任务。"
  "那你说的野兽是……"
  "当人没有了人性，甚至会比野兽恐怖许多。"

## 第三章 红眼少年

叶乔只是随口说的，普莱德听了这话，却不禁神色一暗。小时候和母亲住在棚户区，美丽的脸在那个污糟的世界是原罪。在那里，所有人只想将美丽的东西揉碎，因为泥泞的荒野上不允许有清丽的鲜花存在。男人们欺负母亲，大一点的孩子欺负普莱德。他脸上浮起一抹凄然又阴冷的笑，轻声接话，"人没有了人性才比野兽恐怖吗？不，正因为有人性，人才比野兽更恐怖。"

叶乔一愣，转而赞同，"说得没错。"

"喊，"小白在一旁不服，"说什么故作高深的话。"

普莱德并未与小白针锋相对，他只笑着摇摇头，一副不跟小白计较的样子。小白感到自己又输了，什么时候才能成熟一点？他决定以后还是少说话吧，少说少错，不说话最酷。这么想着，他郁闷地坐在座位摆弄手机，但没有信号，什么都玩不了。

就这样，大约一小时的路程，球舱抵达了目的地。

这站台位于一个港口，伪装成一间仓库。他们出了站，空气裹挟着海腥味，热烘烘地迎面扑来。码头上，搬运货物的工人要么是皮肤黝黑的本地人，要么是一些华人面孔。陆星移打量了一圈四周，"这里是东南亚？"

叶乔点头，"欢迎来到槟城。"

槟城是马来西亚的一个州，分为槟岛和威斯利省两部分。他们所处的这个港口城市在威斯利省西部，不如槟岛上繁华，但也人来人往。

几人先打车去一家旅馆落脚。旅馆是私人开的，有些破旧。有几名青年在过道抽烟，大声聊天。叶乔经过时，他们的眼神恨不得贴在叶乔身上，叶乔没理会，小白则狠狠瞪了他们几眼。有

# 零日传说Ⅲ·弑神

女人刚从公共浴室洗了澡出来，正裹着浴巾擦头发。这里看上去什么人都有。直到办理入住时，竟没查验身份和护照，小白才明白叶乔为什么带他们住这种地方。旅馆老板只问："开几间房？"

叶乔愣了愣神，她还没想这个问题，主要是临时多了普莱德这么个麻烦的人物，她对怎样安排住宿有些犯难。

普莱德却主动站出来对老板说："两个标间，一个单间。"说完，他转头问沈放，"咱俩住？"

这就是说，小白和阿星住，叶乔单独住。

看来这普莱德果然是公爵派来监视自己的。沈放笑笑，"兰彻斯特家的少爷不介意住这种破旅馆吗？"

"我成长的地方比这里还要破很多。"

"既然你不介意，我当然也没意见。"

两人都对对方的意图心知肚明，小白却不明白这两人什么时候这么熟了。不过，反正只要普莱德不缠着叶乔，对怎么住他无所谓。

大家回房间休息，叶乔说，好戏晚上才开始。

标间在二楼，单间在三楼。下午时，小白正在房间向阿星讨教一些关于异兽的知识，突然听见楼上传来一阵喧哗。他再一听，是入住时遇见的那几名抽烟青年的声音，他们说的英语，又带着马来西亚口音，小白听不太懂他们在说什么。阿星听了一阵，说他们好像在邀请女孩子陪他们玩。

想起他们看叶乔的眼神，小白刷地站起身，"叶乔有麻烦，我去看看。"

他刚推开门，见隔壁屋的普莱德也推开了门。两人对视一

## 第三章 红眼少年

眼,一起往楼上跑。阿星和沈放跟在后面。

等上了三楼,果然看见几个青年围在叶乔房门外,脸上带着轻浮的笑容,语气也极尽轻浮,还时不时动手。叶乔倚在门框上,一脸不耐烦地听他们调戏,并巧妙地将那些咸猪手拨开。

普莱德见状,回想起自己小时候同样被围住的经历,忍不住要上前替叶乔解围,却被小白拉住了。

小白数了数,青年有四人,这几个混混还不够叶乔热身的,他默默在心底为他们点了只蜡。

果然,叶乔打了个哈欠,"你们说完没?"

四名青年被这个女孩淡定的反应搞得有点懵。其中一人伸手拉她胳膊,"说完了,说完了,走,我们去玩点刺激的。"

"玩点刺激的,"叶乔一边说着,一边反手扣住这人肩膀,再一个飞踹,这人直接从敞开式走廊翻了出去,直直摔到楼下。"这样够刺激了吗?"

剩下的三名青年面露凶色,他们不再客气,想去拖走叶乔。叶乔顺势"被"他们拖到楼梯口,再反客为主,三下五除二将这几人蹬下楼梯。三个人接连从楼梯滚落,躺在下方哀嚎一片。

他们骂了声"bitch",又放狠话,"你死定了。"

等几名青年走了,围观的人群也散了,旅馆老板走来,"小姑娘,你们走吧,房费就算了,今天你们别住这儿了。"

小白争辩,"为什么让我们走?明明是他们先挑事的。"

老板是名华人,他说:"那几个人是宏哥的马仔,宏哥虽然不正眼看他们,但他们毕竟是宏哥的人。等宏哥找来,你们就麻烦了。还是快走吧。"他这话听起来是为叶乔着想,实际上他才不关心别人死活,他只是怕到时两拨人在他店里打起来,他这小

## 零日传说Ⅲ·弑神

店可承受不住。

叶乔见天色也不早了,便道:"老板,我们不会给您添麻烦的。房间留着,房费我们会照付的。我们晚点再回。"

说完,她朝小白他们侧侧头,几人跟着她出了旅店。

他们在路边吃了些小吃。当地时间晚八点,夜幕降临。叶乔从随身的背包里摸出一副墨镜戴上,又掏出一支口红涂了嘴唇。有了这两样行头,叶乔看上去比平时成熟不少。她指了指街对面一家灯火通明金碧辉煌的豪华酒店,"好了,特训开始。"

知道这个地方,还是四年前叶乔满十四岁时,父亲带她来的。当时她给不少人留下了深刻印象,今天为了避免被认出,她才故意戴上墨镜。

她清清嗓子,"普莱德,咳咳,公爵应该给你准备了经费吧。或者说,零花钱?"

普莱德不知叶乔为何要这么问,疑惑地回答,"是有一些。"

"那就好。待会儿借点,等赢了就还你,很快的。"

普莱德更疑惑了,但还是说:"叶乔小姐有需要,是在下的荣幸。"

小白问:"要多少钱啊?队长,你到底要带我们去干吗?"

本以为叶乔会继续卖关子,但叶乔停下了脚步,回头答道:"打黑拳,听说过吗?"

"打黑拳?"

还没来得及解释,几人已走到酒店门口。进了酒店,穿过一条铺了地毯的通道,搭电梯到地下二层,出电梯,沿过道左右转了几次,前方豁然开朗,看着像一家剧场的入口。

## 第三章 红眼少年

两名穿黑西装的工作人员分站在入口两侧。入口被一副丝绒幕帘挡住了,看不见场内的情形。

叶乔小声道:"这是一个地下赌拳的地方,入场每人要交一百美金。普莱德,麻烦你先垫付一下。"

普莱德颔首。

原来她找普莱德借钱是因为这个。不过,既然是赌拳,那就是奔着赢去的。小白心里盘算着,要赢回来应该很容易,他可不想欠普莱德一百美金的人情。

叶乔摆好范儿领了几人信步走过去,黑西装伸手拦住他们。叶乔勾勾手指,普莱德会意,拿出一张支票签了五百美金。黑西装连看都不看,"这位小姐头次来,不懂我们这儿的规矩。我们只收现金。"

叶乔说:"噢,普莱德,那你去酒店前台换一千的现金过来。"每人一百只是入场费用,待会儿押注还需要钱。

普莱德正要走,黑西装却说:"等等。小姐,我们只接熟客,还不知道你的介绍人是谁?"

对此叶乔早有准备。几年前,父亲带她来时,便说是一位"查尔斯先生"介绍的。她学着父亲的语气,"查尔斯先生。"

两名黑西装对视一眼,其中一人用耳麦在对讲机里讲了几句。过了一会儿收到耳返,他朝叶乔说:"抱歉,查尔斯先生说今天没有邀请新客人。"

场面一度有些尴尬。几人僵在现场,进退维谷。小白倒想帮忙打破僵局,可他看了看自己一身学生仔的打扮,连出现在这里都很奇怪,肯定没人听他说话。

黑西装下了逐客令,"小姐,还请你理解,不要妨碍我们

## 零日传说Ⅲ·弑神

工作。"

后面又来了一拨客人。为首的是名穿着米色休闲衬衫和五分短裤的男人。他身后一个马仔见到叶乔后，有些激愤地走上前道："宏哥，就是她！"

白凌霄这才认出，那马仔是今天在旅馆找叶乔麻烦的几个青年之一。为首这名男子就是旅馆老板口中的"宏哥"了。

宏哥面带微笑，看不出喜怒哀乐。他走上前朝叶乔问："怎么在门口不进去？"

黑西装答："宏哥，他们是新客。"

宏哥马上明白了情况，他说："没关系，我当他们介绍人。让他们进吧。"

"宏哥做介绍人，自然没问题了。"黑西装脸上堆着笑，"那入场的保证金……"

"别为难几个小朋友，我出了。"宏哥话音刚落，他手下便掏出钱包，点了五张百元面额的美金朝黑西装递去。黑西装要接，叶乔说："不必了。我们自己出。"她转头朝普莱德使眼色，普莱德赶紧去前台换现金。

宏哥没坚持，他对叶乔道："听小辉说你身手不错，让他们吃了苦头，叫你见笑了。小姐，今天是来当观众，还是拳手？"

叶乔笑而不答。

宏哥倒不介意的样子，说："那我们先进去了，很期待等会儿再见到你。"他指指里面，捞起门口的丝绒幕帘，步入场内。

见宏哥对叶乔客客气气的态度，那名叫小辉的马仔有些不忿。但碍于宏哥的威严，他不敢抱怨什么，只狠狠瞪了叶乔一

· 104 ·

眼，跟在宏哥屁股后面入了场。

没等一会儿，普莱德换好现钞来了。缴了保证金后，他们五个人也入场了。

场内中央是一个高出地面一米、五米见方的拳击台。和普通拳击台不同的是，它的四周并不是围绳，而是绳网，令台上比试的拳手们更像困兽。

比赛正在进行。白凌霄平时不怎么看拳击赛，倒不太清楚正规比赛的规则。但这里的比赛显然没有规则可言。只见拳手们没戴拳套和头盔，甚至场上也没有裁判，两人都以将对手击倒至彻底丧失战斗力为目标，拳拳直击要害。而每当选手被击中，台下的观众就欢呼；如果被击中的选手流了血，欢呼声便更响。

小白抬头，二楼的卡座也坐着观众。在二楼能更清楚地观看比赛，二楼的那些观众显然也要沉稳许多。他们并不声张，和同桌的人有说有笑。再高一层的三楼则是包厢，只能隐约看到些人影。

现在，他明白叶乔要让他们干什么了。"队长，你该不会是想让我们……跟那些拳手打？"

叶乔推了推墨镜，"对啊。我小时候就这么训练的。"

正在进行的这场比赛以一名选手倒地不起为终。新一轮比赛又开始了。叶乔问小白，"你觉得谁会赢？"

小白仰头看了半分钟，"更壮实的那人目前看占优势，但瘦一些的那个人更敏捷。如果他摸清了壮实那人的拳路，在后期应该能扭转局势。我觉得瘦的那人能赢。"

"唔，"叶乔点头，"我也这么看。"

## 零日传说Ⅲ·弑神

　　他们去了吧台,叶乔用食指和中指夹着一张百元美钞递过去,对服务生说,"下一注,买红方胜。"

　　红方胜目前的赔率是一比三。因为下了注,小白紧张地盯着战况,可看了一会儿就兴味索然了,"队长,跟他们打真的能得到锻炼吗?他们好像也不是很强啊……"

　　普莱德和陆星移虽嘴上没说,但看上去也这么想。沈放则一直一脸波澜不惊,完全看不出他到底在想什么。

　　叶乔说:"前面这几场比赛只是暖场。好拳手还没出来。"

　　暖场赛又打了两三局,他们通过下注赢了几百美金,今晚的花销刚好回本了。新一轮比赛的两名拳手走上拳击台。台下的观众爆发欢呼,人声分成两拨,喊着自己押注拳手的名字。

　　小白问:"厉害的出来了?"赢钱让他变得跃跃欲试,"这次我们下注大的,今晚多赢点,我下学期的零花钱就有着落了。"

　　叶乔却摇头,"后面我们不下注了。"

　　"啊?为什么?"

　　阿星也奇怪,"多赢点钱不好吗?毕竟我们到处跑,总有需要花钱的地方。"

　　叶乔压低声说:"赢太多引起庄家注意就麻烦了。好了,比赛开始了,快看。"

　　身旁一个穿背心的男子见叶乔漂亮,之前押注又连赢几次,便主动向她搭话,"嘿,美女,这一场你看好谁?"

　　叶乔摇头,"这两名拳手我不熟。"

　　背心男显然是其中那名年轻拳手的支持者,眉飞色舞地介绍,"那是奥马尔,刚冒出来的新星。今年目前为止打了十多场,从未输过。"

## 第三章 红眼少年

见背心男跟叶乔搭讪,小白故意作对,"我倒觉得另外那人不错。"

"你说另外那人?那是老将谭彪,他和奥马尔此前还没对战过。我听说谭彪女朋友怀孕了,他打完今年就要退役,回去结婚。这个关头,他肯定不能输,至少不能被打残。因此他也会拼尽全力。不过嘛,心里有了牵挂,就会心软。在那台上,最忌讳的就是心软。就得跟个疯子一样地打,最好打得血肉横飞,我们观众才有看头啊。要不然谁来看?"

谭彪的防守很严密,攻击时机也抓得很准;奥马尔则胜在年轻气盛。两人胶着十几分钟后,谭彪打出决定性的一拳,将奥马尔击倒在地上。这一拳力量不小,奥马尔捂着肚子,一脸痛苦。谭彪则俯在奥马尔耳边说了些什么,奥马尔略一沉吟,没在倒数计时内起身,算是输了。

背心男一脸愤怒,"妈的,奥马尔怎么回事!他明明没受致命伤,完全可以站起来继续打的。拖下去,谭彪体力就跟不上了。为什么不站起来继续打?他这是放水,亏我压了他的注,赔钱!"

又有两三个人支持背心男,他们围到吧台四周怒道:"对啊,这是放水!老板,你他妈还做不做生意了?不能保证公平,当什么庄家?信不信老子让你店开不下去?"

他们文着花臂,看起来很不好惹的样子。听他们的话里的意思,似乎在当地也有一定势力。

服务生快速按了呼叫器,脸上则职业性地微笑着说:"先生,愿赌服输,您也看到,奥马尔都站不起来了。"

"谁说他站不起来,老子不信!老子这就去候场区把奥马尔

· 107 ·

## 零日传说Ⅲ·弑神

那小兔崽子拎出来看看！"

　　这人说着，欲愤然转身，却刚一动就感到自己后腰被一个硬物顶着。他顿时定在原地。

　　原来，几名身高超过一米八、穿黑西装的保安不知何时已来到他们身后。黑西装们手中露出漆黑的枪管，一对一地"照顾"着他们。

　　见到真枪，小白吓一跳，不由自主往旁边挪了挪。阿星也是一脸震惊。

　　又一名拳场经理模样的人出面，他对那几个闹事的人笑道："没让大家看得尽兴，我给几位赔个不是。不过，几位既然不懂我们赌场的规矩，下次还是别来了。"他脸上笑容一收，冷冷道，"送客。"

　　花臂脸上挂不住，"是扎拉克哥介绍我们来的。你们不怕得罪他？"

　　拳场经理淡淡一笑，还是只有两个字，"送客。"

　　叶乔故作镇定地给大家暗示，大家悄悄从事发现场溜走了。见了这种场面，小白心情不再那么轻松，"队长，你真的要我们在这种地方打拳？要不算了……"

　　"怕了？"叶乔问。虽然嘴硬，叶乔现在也有点疑惑——父亲带自己来的到底是什么地方啊？！那时候全程都由父亲安排，他让自己上拳台自己就上拳台，用尽全力击倒了一名二十五岁浑身肌肉的男性对手。当时心无旁骛，完全没注意周围的情形，真的不知道这竟是个这么黑暗的地方啊！可现在来都来了，总不能啥也不干就回去吧？再说了，也是为了锻炼大家嘛，要不是这种极

## 第三章 红眼少年

端的场合,怎么能得到锻炼?这么想着,她铁了心道:"你们都做好上场的准备。"

见叶乔没有饶过大家的意思,小白和阿星同时叫苦,"队长,你太无情了……"

叶乔往下拉了拉墨镜,从镜片上沿给小白投去一个眼神,"你又不是第一次参加我的特训,现在才知道我的为人?"

普莱德却看出了叶乔的踟蹰。不知是出于安慰叶乔,还是有感而发,只听他轻声说:"这不是很有意思吗?"

小白以为自己听错了,"有意思?"

"一个没有秩序的世界,以权势为规则,为了生存却又将性命作为赌注去格斗的拳手……"普莱德停止了描述。无需他多言,耳畔的喧嚣与嚎叫,混杂的汗臭与血腥味,陌生人防备又癫狂的目光,楼上观众高高在上的姿态,这已然与斗兽场无异。在普莱德内心深处,他其实很想当一次野兽,不顾一切地,不背负什么地,发泄与撒野一次。他从来没有过这样的机会。所以他说"有意思",是真心的,并不是装腔作势。

拳台上,新一轮比赛又开始了。今天不是擂台赛,按理双方都该换人的。但刚才没注意到拳台上发生了什么,不知怎么回事,谭彪还在场上。另一边上台的,是一名光头壮汉。他嘴边一圈胡子,眼神冷如寒冰。双方刚较量上,小白就看出,这光头壮汉每一击都下的是致命狠手。他顿时替谭彪担心起来。

旁边观众脸上带着亢奋的笑容,"谭彪完蛋了。这一场不死也得残废,有看头!"

来看地下黑拳的人,除了赌博,就是冲着暴力而来。越血腥

## 零日传说Ⅲ·弑神

暴力他们越起劲。小白急问:"这一轮怎么还是谭彪在打,不用换人吗?"

那人道:"还不是怪他心软!他年轻时打残过好几个拳手,现在临到要退役了,想积点德,都是点到即止,上一场谁看不出是他放水劝奥马尔认输的?之前好几场也是这样。如果要搞友谊赛,还打什么黑拳?我听说刚有人闹事,虽然闹事的人被清理了,但他明着放水也不能不管。所以对家提出让他再打一轮。宏哥够狠的啊,派出了黑狼,这摆明了没想让谭彪活着下台。"

小白没来得及吐槽黑狼这种土得掉渣的名字,他只越来越替谭彪捏一把汗,"你说黑狼是宏哥派的?谭彪的对家是宏哥?"

"小兄弟,你不知道?"那人瞥了瞥小白,"除了拳庄自己养的拳手,不少拳手是外面老板带来打比赛的,打赢了能帮老板赢得不菲的收入。奥马尔和黑狼都是宏哥的人,谭彪是理查德先生的人。不过,谭彪既然要退役,对理查德先生就没什么用了。看这样子,理查德先生不打算保他。"

小白点头,原来如此。

谭彪毕竟经验丰富,虽在力量上完全不及对手,但他仍奋力抗衡。他自知面临生命威胁,因此也不再留手,而是全力出击。可如果是刚出场的他,或许还有机会。已经打了一场的他,体力完全无法与黑狼相提并论,没撑多一会儿就节节败退,应付不暇。

黑狼一拳直接砸向谭彪太阳穴!

只见谭彪晃了几下,一口血从口中喷出。

打拳是这样,一旦受了重击,反败为胜的希望就更为渺茫。

谭彪因站立不稳,只能用最后的力气将黑狼下半身死死钳

## 第三章 红眼少年

住。黑狼拼命挣脱后,又是一脚踩在谭彪后脑勺。谭彪趴在地上,已经像条死狗,而台下的观众还在疯狂叫着:"干他!干死他!"

这些人到底是怎么回事?

小白心中一颤,"队长,让我上场吧。"

啊,这泛滥的同情心。在这种场合下同情心泛滥,会不会害死自己,害死同伴?可是,管不了那么多了。再不去,谭彪要被打死了。他不是还等着退役后跟女朋友结婚吗?

没等叶乔回答,小白迈步向前而去。阿星在后方担心地叫他,小白已跑上拳台,隔着绳网朝里面喊,"别打他了。他已经输了。我来当你的对手!"

沈放虽没出声,但一直静如死水的脸上,掠过一抹忧虑之色。

## 4

拳台上,黑狼阴翳的眼神看向网外这名不速之客。

两名黑西装上来押住小白,欲把这名扰乱秩序的少年拖出去。

三楼的一间包厢里,宏哥认出小白是叶乔一伙的。他掏出手机打了个电话,"让他上。"说完,他对陪在一旁倒酒水的小辉说,"让黑狼帮你们教训一下他们,如何?"

小辉满脸堆笑,"谢谢宏哥!谢谢狼哥!"

黑西装的耳返里接到老板指令,"别拦那赶着送死的,让他进去。"

· 111 ·

# 零日传说Ⅲ · 弑神

小白有点奇怪，刚刚还把自己往外拉的黑西装突然松手了，害他一个趔趄扑在绳网上。黑西装没说话，只打开绳网的入口，让小白进去，又把已晕死在拳台上的谭彪抬走。

黑狼抬头看向三楼，他的老板宏哥朝他点点头，示意他不用留手。他会意，再次看向这名身材中等一脸学生气的孩子。啧，一头免费送上门供自己虐杀的玩物。他嘴角勾起一丝让人不寒而栗的笑意。

小白紧盯着黑狼，对方身上散发出暴戾和野蛮的气息，所带来的的压迫感，不亚于一头顶级异兽。

场内广播响起，"本场比赛开放下注。无名少年对黑狼，初始赔率，一赔十。"

一赔十？很好，是一个逆袭的剧本。无人看好的无名少年，击败凶残暴虐的资深拳手。黑狼一定会轻敌的。想到这些，小白脸上竟也浮现出笑意。

台下眼尖的观众捕捉到白凌霄这一抹笑，"他笑了，哈哈，他居然笑了，该不会是个傻子？"

"我就说，哪有人会看着拳突然跑上去要挑战黑狼的，肯定是精神不正常。他难道没看见谭彪是怎么被黑狼打趴在地上的吗？"

"他好像是想替谭彪出头，我看是活腻了。"

在这样的议论纷纷中，叶乔再次走到吧台，递上一张钞票，"我买一注，押无名少年胜。"

话音刚落，其他押注的人不由得对她侧目。"美女，有魄力啊。"

## 第三章　红眼少年

陆星移在一旁悄声问:"队长,你之前不是说不下注了吗?"

叶乔接过服务生递来的凭条,"我改变主意了。赔率这么高,不赢白不赢。"

"小姑娘,你是说那小子能赢黑狼?不可能的。谭彪这样的老将都完全不是黑狼的对手,你根本不知道黑狼有多恐怖。死在他手下的拳手,少说也这个数了。"说话的人伸出一个手掌,"他的对手,不是死就是残。"

叶乔轻轻一笑,但不理会那些人。见叶乔这样,阿星发自内心高兴。不是因为能赢钱,而是因为——"队长,所以你认为小白能赢的,对不对?"他本来担心极了。

叶乔抱起双臂注视拳台上,"我并没有百分之百的把握。"

陆星移心里再次一紧。

队长向来冷冷的,她这么说倒也罢了。可不知沈放怎么回事,他以前明明最担心小白,可现在就像变了个人,再也没什么话,一直一副让人捉摸不透的表情。阿星看了看沈放,最终还是没跟他说什么,只轻轻叹了口气。

拳赛开始了。

小白分神看了一眼台下,却没在之前的位置看到叶乔。他心里一空,却也就是这刹那,黑狼的拳风已袭到耳边。

不好!小白心里暗叫一声,大幅往旁边一歪,虽躲过了这一击,却也一个踉跄。

台下观众发出嘘声,甚至是哄笑。他们当然不认为这无名少年能打得过黑狼,但他既然主动上台迎战,多少得有几把刷子吧。现在看来,那少年比他们想象的还要弱,简直不堪一击。

## 零日传说Ⅲ·弑神

　　小白发现了问题所在。如果对面是异兽，他是以击杀对方为目的，下手就不会考虑太多；而当对面是人，他便无法肆意杀戮。可黑狼本又与野兽相差无几，当面临一头野兽，却又顾虑着这头野兽的性命，在进攻时就会有诸多掣肘。这让实力本就逊于黑狼的小白更是居于劣势。

　　而黑狼并不顾及对手的性命。

　　眼见少年节节败退，人群中的嘘声越来越高。此时场内广播又响起，"无名少年对黑狼，赔率提升至一比十五。"

　　绝大部分人都买了黑狼赢，这个赔率下，赢了也赚不了几个钱，但他们很乐于看到黑狼如何打死一名不自量力的蠢货。他们脸上泛着的油光在射灯的照耀下忽明忽暗，带着宿醉与烟味的口中发出的叫喊声此起彼伏。

　　小白的耳边回荡着这些嘈杂的呐喊——"打他啊！打死他！"

　　他已结结实实挨了黑狼几拳。鼻血挂在唇峰，脸颊大约也肿了。大脑一阵眩晕，响着嗡嗡的回声。不对啊，不该是这样的。他已与异兽战斗过多次，他是猎人，是战士，怎么可能连一个打地下黑拳的区区拳手都打不过。

　　想到这里，他脑中怔住了。

　　原来轻敌的不是黑狼，而是自己。因为一直与异兽作战，就不把人类放在眼里了吗？可队长说过的，失去人性的人，比野兽更恐怖。不知怎么，脑海里闪过普莱德的脸。又或者就像他这个讨厌的家伙说的那样，正因为有了人性，才比野兽更恐怖吧。这场比赛，应该比面对异兽时更认真对待才是。

　　"喂。"是黑狼的声音，"你再不集中精神，就要被我打死了。抱歉了，到此为止。"

## 第三章　红眼少年

一个飞踢腿冲着小白喉咙而来。

广播声再次适时响起,"无名少年对黑狼,赔率提升至一比二十!"

沈放悄悄做好了战斗准备。如果真到了最危急的关头,他当然要出手救下自己的好朋友。

普莱德皱眉,"那林修家的一直这么莽撞吗?不顾实力差距就冲上去。叶大小姐,再不救他,他可能真要被打死了。"

"他不会输的。"叶乔淡淡道,"你好好看着。"

小白躲了躲,那一脚没踢中他喉咙,而是踢在他颈侧。大脑仿佛失血了几秒,再清醒时,他已是处于第二意识状态的白凌霄了。

他摇摇晃晃从地上站起。他再次看向台下,叶乔回到了之前的位置,正凝望着这儿。看到叶乔,白凌霄心中变得安稳。

黑狼眼神中充满疑惑。

白凌霄笑了笑,用食指揩去鼻血,"是不是在奇怪,为什么受了你那样一击,我竟还能起身?"

黑狼眉头紧锁,显然并不轻松。

此前在观众看来,完全是黑狼全面压制着那少年。可黑狼自己清楚,那少年并不如想象中好对付。很多在他经验里足够一击必杀的攻击打过去,那少年都能堪堪躲过致命部位,让这一击歪向别处。而那少年的还击也并不好躲,消耗了他不少体力。

"黑狼啊。"白凌霄意味深长地念着这个名字,"也可以当做野兽去对付吧。"

## 零日传说Ⅲ·弑神

　　黑狼不太明白这句话是什么意思。他只感到少年好似换了个人，比刚才更难对付。那少年眼中闪着猎人特有的光，是坚毅的，专注的，带着一击必胜的信念。他活动了一下身上的关节，这是他面对危险时，潜意识的习惯。

　　沈放紧握的拳头渐渐松开。他知道，那个需要他出手的危急关头不会再来了。

　　普莱德旋即懂了，"这就是林修家的特殊能力，濒死之魄？"他学习猎户座相关知识时了解过四脉各自的能力，公爵对这些能力还有更进一步的研究。四脉所谓的特殊能力，其实来自某些异兽的能力。而濒死之魄所谓的第二意识，正是一种在兽性驱使下的意识。林修平在兽性的影响下，会变成一个比平常更为暴躁的人格。那白凌霄在兽性的支配下，有什么改变呢？普莱德饶有兴味地看着。

　　白凌霄并不了解这些。但第二意识的他，不会像表面意识那样瞻前顾后、畏首畏尾。他遵从本能，率性而为，正因如此，这个他做出攻击的直觉更准确。这是他比表面的他更强的原因。

　　他死死盯着黑狼，黑狼还是先出手了。黑狼如一道巨大的黑影朝他扑来，白凌霄竟没有躲，而是正面迎接了这次扑攻。这个反应出乎黑狼意料。要知道，黑狼有一米八五，九十公斤。两人体型差得太远了。在这种体型差的压迫下，怎么可能不害怕？要知道，躲避，是人类的本能。

　　白凌霄稳稳站住，用肩背抗住了扑来的黑狼，再一个反手将其重重摔倒在地。

　　场内突然安静了。没人看清刚才发生了什么。

　　普莱德不由得轻轻击掌，"漂亮。"他明白了。他或许能和表

## 第三章　红眼少年

面意识的白凌霄打成平手，但现在的他，赢不了拥有第二意识的白凌霄。

又是几个回合，白凌霄终于将黑狼击败。心悸的感觉又来了，但他早已习惯，只是下意识地揉了揉心口。

黑狼躺在地上，紧咬牙关，但也认命地闭上了眼睛。他手上沾了太多人命，在他的世界里，败北意味着死亡，这很公平，没什么好抱怨的。

然而，他耳边响起少年稚嫩而清澈的声音。

"我不会杀你。"

本已平静准备接受死亡的他，心中亮起一缕光。

"我知道你们迫于生计，才成为搏命的拳手。大家都不容易，下次如果再击败对手，就饶了别人吧。"

黑狼喉咙里卡着血块，他说不出话。可他在心底回答着——别天真了。拳场上不可心软，这是游戏规则。可是，第一次，这早已磨灭自我意识的男人脑中有另一个念头闪现——为什么要遵守这种规则？为什么要把自己的性命，当做那些高高在上的老板们游戏的砝码？

人群这时才反应过来，这场比赛，竟是无名少年赢了。

昏黄迷醉的灯光下，尘埃纷纷扬扬，喧哗声扰动着它们，让它们身不由己地起飞、旋转、降落、沉陷。白凌霄微微抬头，看向楼上。而三楼的包厢里，宏哥的视线亦穿过这些尘埃，看向拳台上那名本不起眼的少年。他点燃一根雪茄，放在嘴里深吸了一口，颇为玩味地说："这帮孩子，有点好玩啊。"

话音刚落，包厢门外响起笃笃几声。一名服务生进来道：

## 零日传说 Ⅲ · 弑神

"宏哥,理查德先生想邀请你去他那儿坐坐。"

宏哥和理查德手下的拳手虽经常交战,但这更多是搭台开盘,俗称割韭菜,赚那些下注的散客的钱。两人并非对头,甚至多有生意往来。

宏哥大概猜到理查德的打算,他也正有此意,便握着一杯酒去了。

拳场经理在一楼的人群中找到叶乔,"小姐,看不出你手下的拳手真是深藏不露。既然是带着拳手来的,那就是我们的贵宾,干吗跟这些散客混在一起?"

叶乔摇摇头,表示不懂他的意思。

拳场经理直说道:"你明天还来吗?专门为你开个盘。"

这摆明了是个火坑。叶乔发现这里发生的一切都完全脱离了她的控制,再带大家来太危险了。但白凌霄打伤了宏哥的人,贸然拒绝也不好。她思索着要如何措辞。

拳场经理笑着,"赢一次就走,江湖上没这种规矩。就是牌桌上,也没有赢家先走的道理。"

普莱德看见,暗中有几名拿枪的黑西装盯着这边。正好,不陷入危险,如何逼沈放展示实力?这是难得的机会。想到这,他走上前对拳场经理道:"没问题。我们来。"

叶乔诧异地看他。

普莱德没做解释。

拳场经理递上一张拳场的名片,"那我给各位在三楼留个包厢。明天到了,会有专门的人带你们上去。"

事已至此,只能走一步看一步了。叶乔接过名片,"多谢。"

第三章　红眼少年

完成了任务，拳场经理去向理查德先生汇报。

理查德和宏哥相视一笑，他们已联合准备好了最强的拳手，要在明天教训这几名闯入者。

## 5

翌日，叶乔带着众人准时赴约。昨晚出了拳场，她想过带大家溜走的。但她看见暗中有几个人一直盯着他们，只得作罢。

服务生见了她，毕恭毕敬引他们一行人到三楼的包厢中。这真是绝佳的观战位置，没有任何遮挡，一切尽收眼底。而从这个角度看去，楼下那些人如同蝼蚁，果然有种人上人的错觉。拳场经理亲自送来酒水单和小吃单，"各位请随意，今天给你们免单。"

等拳场经理离开，他们几人面面相觑。

叶乔心中有些忧虑，但她没在其他人面前表露出来。

普莱德目光扫过沈放，激道："他们一定会派出更强的人与我们交手。"

大家默然。

黑狼已经很强了，而且，小白不知不觉已比他自己以为的强了很多。第二意识下的白凌霄，更是比在场所有人都要强。如果对方要派出比黑狼还强的对手，他们应该怎样应对？现在要逃也来不及了。

普莱德本以为沈放不到万不得已不会出手，他还需要再激几句。没想到一直沉默的沈放很快便说："让我出战。"

## 零日传说Ⅲ·弑神

按目前的情形,在大家的认知中,除叶乔之外,几人里最强的是白凌霄的第二意识,沈放次之,小白的表面人格和普莱德差不多,陆星移因为是远程弓箭手,这种近身格斗上去就是送死。因此,沈放出战的确是最好的选择。

沈放心想,他只需要发挥出自己普通的实力就可以了。

叶乔早看出沈放有事瞒着大家,他身上的气场也非昔日可比。虽不知道发生了什么,但沈放似乎并不想让别人知道他的秘密。叶乔站起身,"算了,是我带大家来的。我去。"

沈放也站了起来,拦在叶乔面前。他朝叶乔轻轻点头,"队长,相信我。"

叶乔愣了愣,以前,沈放都是叫自己"大姐头"的。她看着沈放的双眼,那双眼是那样沉静,就像林修平的双眼,或任何一名在猎户座历史上有名有姓值得完全依赖的猎人的双眼。多少祖先与前辈的目光在沈放那双眼睛中凝聚,多少次的围猎,多少次的死亡与新生,历经几千年的风霜与洗礼,就那样包罗在那双眼睛里。那双眼睛的主人再次说:"相信我。"

就在叶乔还没回过神的时候,沈放已走出包厢,向楼下拳台而去。

小白无力地喊着,"喂,沈放,你小心啊!"

阿星在一旁拉了拉小白,"不觉得他变得不一样了吗?"

小白点了点头。

到底是哪里变了?

沈放的对手是一名长脸的黄种人,有点像史泰龙。

刚交手几回合,沈放便察觉,这人比昨天的黑狼厉害得多。

## 第三章　红眼少年

他的攻击又准又快，且拳路出人不意，你根本猜不到他下一拳会打向哪儿。在快速与随机的进攻下，人很容易失去判断，从而乱了阵脚。

这是兽人沈放第一次战斗。他很快发现了，各种战斗技巧成为了身体的本能，往往大脑还未发出指令，身体就自己行动了，要想隐藏实力，几乎是不可能办得到的事。或许多战斗几次，多加练习之后能控制身体如何行动，但至少现在的他完全成为了本能的提线木偶，所有躲避、进攻都是下意识的。

好在包厢离得远，即使不小心露出些蛛丝马迹，他们应该也看不到。

这么想着，沈放稍稍放松了些。

一旦放松，他作为兽人的战斗本能更不加抑制地展露了出来。要不是"史泰龙"很强，怕是要不了两下就被沈放解决了。

沈放发现自己最大的难题，竟不是如何击败对手，而是如何收着自己的力量以致不要太快击败对手。

饶是如此，这一局开场才几分钟，"史泰龙"甚至连沈放的身体都没碰到，却已吃了沈放好几个拳头。

对于他这样一名实力超群的拳手而言，这是何等的屈辱！

如果就这样落败，也太难看了。"史泰龙"集全身之力，爆发出一招攻击。他以掌为刀，朝沈放心口劈去。

击中了！

但还来不及高兴，"史泰龙"的手骨便已粉碎。他击中的地方，竟如铁般坚硬。

沈放也是一愣。他知道自己可以令皮肤硬化，但刚才前胸的皮肤完全是自动硬化的。可随之而来的，是一股血腥味从嗓子涌起。"史泰龙"刚才那一击完全不至于伤到他,这难道是使用力量的代价?沈放皱了皱眉,将这口血咽了回去。

对方穿了金属背心?"史泰龙"不服,大喊道:"你作弊!"跟着另一只手便上来扯破了沈放的T恤。少年的躯体展露无余,可那是一副真正的肉体,甚至还带有一些生动的疤痕。"史泰龙"看着这具肉体愣了几秒,竟哭了出来。

他从没见过像这名少年这样强的人。他的拳手生涯结束了。最后一战输得如此难看。

观众听不到他喊了什么。大家只看到,那个名震一方,每次都令对手闻风丧胆的拳手,此刻颓然跪坐在一名毫发无损的少年面前,嚎啕大哭。

工作人员疑惑地上前询问。

"史泰龙"承认道:"我输了。"

下台之前,他不甘地问沈放,"你是怎么做到的?"

沈放脸上没有了杀戮的神色。他的表情带着悲悯,好像并不为自己拥有如此强的战斗天赋自豪,而是有些伤感地回答:"我付出了很大代价去交换。"

这是普莱德第一次看沈放战斗。显而易见,沈放比叶乔强,甚至比公爵给自己请来的教官还要强。因为沈放很强,普莱德心中升起一阵兴奋。他喜欢强者。这些日子以来,他总在找寻强者去模仿他们,学习他们,追逐他们,然后自己也成为强者。没什么比一名强者的出现更令他兴奋的了。他也并未忘记公爵交给他的任务,试探着问:"沈放一直都这么强的吗?"

小白和阿星已经被沈放震呆了,不过小白想挫挫普莱德的锐

## 第三章　红眼少年

气,故意回答:"对啊,沈放本来就是我们几个中最强的。"

这个回答无心插柳,反而没让普莱德试探出什么。

沈放赢了,大家以为今天总算安全度过。正松了口气,一名工作人员来包厢问:"小姐,下一局要开始了。你这边派出的拳手是……"

叶乔愣住,"还要打?"

工作人员虽面带微笑,却是不容置否的语气,"当然。观众都等着呢。"

叶乔看了看陆星移和普莱德。这种近身格斗训练,本来只打算让阿星跟暖场赛选手打的,现在这局面不可能再让阿星上场了。而普莱德呢,他毕竟是公爵的孩子,如果出了意外,不好向公爵交代。

看来还是只能自己上了。

可她这次还没来得及站起身,普莱德便站了出来,"我去吧。"

叶乔以为普莱德是替自己出头,她说:"你没必要逞强。"

普莱德一笑,"大小姐,你忘了吗?不是逞强,向强者发起挑战是我的本能。就像我之前向你发起挑战那样。"

"这不是儿戏,他们可不会跟你点到即止。"

"没关系的,我同样对击杀对手没什么心理负担。"普莱德看着叶乔,"还是说,你在担心我?"

"才……没有。"

普莱德凑到叶乔脸前,"那你等我回来。"

小白在一旁气道:"你要去就快去,哪来这么多废话!"

## 零日传说Ⅲ·弑神

还没等普莱德走到拳台，所有人便从现场解说的广播里听见，"现在出现在拳台上的，是拳王亚里克斯。"

普莱德一步步走上拳台的台阶，拳王亚里克斯？那就是最强的拳手了。很好。配当自己的对手。

三楼的包厢里，听到这个消息的小白探身出去，看着拳台上那稳如泰山的男人，"拳王……那他比黑狼强，也比沈放那个对手更强了？"

因为沈放赢得太容易，他们并没意识到"史泰龙"的恐怖。这时沈放刚好回到包厢，他接过小白的话说："如果亚里克斯比我的对手还强的话，普莱德赢不了他的。"

小白开始有点担心，虽然想让普莱德吃点苦头，但是，"他会被……打死吧？"

刚才又被普莱德调戏，叶乔很没面子。她故作不在乎地说："他继承了兰彻斯特家的血脉，能不能赢，就看他能发挥出多少潜力了。"

沈放看向叶乔，"队长，这里太危险了。我们不能再待下去了。"

这次叶乔没再坚持，她默认了沈放的意见。

沈放接着说："还要想办法救普莱德，总不能让他死在这儿。"他稍迟疑了一下，还是说道，"交给我去办。你们先想办法出去。"

小白拉住沈放，"你一个人去救他？沈放，你到底怎么了，是什么时候变得这么强的？"

沈放扭头躲开小白眼神，"我只是拼命训练而已。"

"不可能的，就算训练，也不可能一下就变强这么多……"

沈放打断小白的询问,"我先去救普莱德。"

"等一下,"陆星移叫住沈放,"你怎么去救?拳台被绳网围着,你打算直接冲进去把他带出来吗?那么多配枪的安保守着,就算你很强,也不可能办到。"

沈放沉默。阿星说的没错,而且,不到万不得已的关头,他并不想暴露自己的实力。

阿星推了推眼镜,"我有办法。"

小白立即围上去,"什么办法?"

"是队长刚才的话提醒了我。普莱德虽是私生子,但毕竟继承了兰彻斯特家的血脉,那他就有属于兰彻斯特家的特殊能力,对不对?"

叶乔最先明白阿星的思路,"你是说,暗神之眼?"

阿星点头,"我们去找电闸,偷偷把电线剪掉。待会儿没了照明,场内肯定一片混乱。我们趁乱逃出去,而普莱德能在黑暗中视物,即使拳王比他强,但失去视力的话,就不是普莱德的对手了。"

拳台上,普莱德和拳手都做好了战斗准备,就等着开赛的哨声响起。叶乔略一思忖,同意了陆星移的方案,"就照阿星说的做。我们去找电闸,断电之后在酒店外的喷泉那里会合。抓紧时间,普莱德撑不了太久。"

"可是,怎么通知普莱德我们的计划?"小白问。

阿星想了想,"这个好办。他的母语是德语,我们在手机上查好'在酒店外喷泉会合'的德语怎么说,待会儿撤退时,对着拳台上喊一嗓子。这里虽然混杂着不同国家的各种人种,但能听懂德语的人应该极少。即使有那么几个路人能听懂,也不影响我

## 零日传说 Ⅲ · 弑神

们的计划。"

"好。那你现在就学这句德语，去靠近拳台的地方，等一断电就通知普莱德。这期间你注意看绳网的入口怎样打开，你喊完话就去打开绳网，然后赶紧撤，不用等普莱德，在黑暗里他很安全。小白，沈放，我们三人分头去找电闸。"叶乔给每人的路线做出了安排。

这么久以来，这个行动小队已有了相当的默契。分配了任务后，每个人都立即进入状态，开始执行。

小白的路线是从拳场侧门出去，到卫生间之间。沈放选了去后台中控室这条路线。电闸在中控室的概率最大，但那边应该有不少工作人员。沈放说他去，想到他现在的实力，叶乔没有反对。

而从拳场侧门到卫生间之间这条路，有电闸的概率太小了。基本就是打酱油而已。

小白出了拳场，走在沾有污渍的红色地毯上。前方走廊的顶灯本来就坏了，滋滋响着，忽明忽暗。

剧场内哄闹的人声在此处也嗡嗡回荡着。

广播中的解说却听得很清晰，"拳王亚里克斯出手了。"

前方墙壁还真有个看上去像电箱的设施。小白走过去，但有几名来上厕所的客人经过。他暂时没有动作。

"不愧是拳王亚里克斯，刚开场两分钟，直接击中了褐发少年腹部。"

小白看四下暂时没人经过，赶紧去揭开电箱盖。里面却是空的。

## 第三章 红眼少年

"褐发少年中了拳王这一击,居然还能站着。看来这一局对战的结果还并不明朗。"

小白没空失望,继续寻找其他可能有电闸的地方。

"褐发少年开始反击了。他正面朝拳王挥出一拳!精彩!"

小白看了一圈,暂时没发现别的可疑目标。不知沈放那边怎样了,如果有工作人员守着,沈放应该能搞定吧?但万一对方有枪怎么办?

"可能还是存在实力悬殊,褐发少年这一拳并没击中拳王。他的手腕被拳王揪住了。嘀!拳王再次发力,直接将褐发少年揪向一旁。啊,褐发少年摔倒了。"

普莱德撑不撑得住?卫生间里传来抽水马桶的冲水声,有人出来了。小白赶紧装作也是来上厕所的。

"我们看到,褐发少年刚才那一下真的摔得很重,几乎是被拳王砸在地上。他还能不能站起来?"

小白又检查了卫生间内部,这里也没什么像是电闸的东西。

"他站起来了。可以啊,他站起来了。他这是……他直接冲向了拳王。他的目标是拳王的眼睛!他知道自己实力不如拳王,现在是孤注一掷的打法,居然想先把拳王双眼弄瞎。即使对手是拳王,这褐发少年从未放弃过要赢的念头!"

小白咋舌。普莱德真狠。

"哎呀,他还是失败了。拳王躲……"

广播中说了一半的话音戛然而止,四下"咔"的一声,陷入黑暗。

断电成功了!

拳场内闹起来。小白赶紧摸黑往外走。

## 零日传说Ⅲ·弑神

幸运的是,拳场这边是单独的电路,电梯还能运作。趁拳场工作人员出来以前,小白赶紧搭电梯到大堂,出了酒店,在约定的喷泉旁等待。

事情进展得很顺利,没等太久,叶乔、沈放和阿星都陆续过来了。普莱德要从拳台上下来,估计会慢一些。但几人又等了快二十分钟,并未见到普莱德。

叶乔担忧地向陆星移询问:"你朝他喊话,确定他听到了吧?"

"确定。我专门叫了他名字后才说的。虽然发音不那么标准,但他确实收到信息了,还跟我喊了'好的'。"

"门也打开了?"

"是的,绳网的入口并没有上锁,是一个可以从外面开关的插销。我拔掉了插销。"

"那我们再等等。"

又等了十几分钟,酒店里陆陆续续出来很多人,都是刚才在拳场里的观众。然而,并没有普莱德的身影。

沈放说:"你们在这里等着,我再去看看情况。"

"沈放,你……"小白还是想问清楚沈放到底怎么回事。

但沈放像是故意回避,"我先去了。"说完,便快步再次进入酒店内。

## 6

奥地利,施泰尔马克州。

## 第三章 红眼少年

自从有了控制异兽的能力,公爵的驯兽计划推进得还算顺利。现在,那批捕来的异兽成为了公爵的傀儡,但公爵发现,要建立听命于自己的异兽大军,仍然很难。

控制一头异兽好办,但一次性控制大量异兽需消耗极大精神力,通常持续不了太久。越高级的异兽,控制起来越费神。而要控制自主意识很强的兽人,更是双方精神与信念上的角力。这个能力只能说聊胜于无罢了。

哼,尼德霍。摸清这个能力的边界后,公爵愤愤不平。那个外星来的畜生果然防范着猎人。不过,他们算是彼此彼此。公爵也不是完全听命于尼德霍。他打算利用尼德霍去做点更有意思的事。

这天,公爵和管家奥斯汀从驯兽场离开,驾车行驶在山麓蜿蜒的小道上。

无人的荒野在月光的映照下泛着银色。

"公爵大人,小少爷去中国还不到十天,就找到了沈放的行踪,还成功与他们混在了一起。这孩子真是不错。"

公爵心情不太好,只哼了一声。

"您怎么突然对沈放那孩子感兴趣起来,还专门叫小少爷去盯着?"

"奥斯汀,好好开车。"

"是。是我多嘴了。"

突然,车胎好像碾上什么硬物,砰的一声爆了。奥斯汀赶紧打方向盘控制住车子,将车靠边停下。正因为他刚才分神,才出了这个意外,他感到万分羞愧,只想着抓紧弥补,"我下去

零日传说Ⅲ·弑神

看看。"

刚下车,奥斯汀便被一个高大的黑影攫住了。

奥斯汀虽是管家,但长期跟随公爵,多少有点身手。可此时身上没佩戴武器,他反手想攻击那黑影,却被箍得动弹不得。他嗫嚅着,"公爵大人……"

坐在后排的公爵察觉不对,推开车门走下车子。当看清黑影的面容,他反倒放松了,"我等你很久了,弥诺陶洛斯。"

弥诺陶洛斯道:"我今天也在这里等了你很久,兰彻斯特公爵。"

因为不知道弥诺陶洛斯口中能灭绝全人类的最终攻击计划到底是什么,猎户座陷入盲目状态。而弥诺陶洛斯行踪不定,叶明诚追踪了很久也没找到他。公爵之前传开自己可以控制异兽的消息,就是想引弥诺陶洛斯主动现身。

"你不怕我在这里杀了你?"公爵握住手中的剑。

"你可以杀我。但在这之前,他会先死。"弥诺陶洛斯捏住奥斯汀的喉咙。

"不,你做不到。"公爵轻蔑地一笑。他集中精力,开始控制弥诺陶洛斯。

弥诺陶洛斯只感到脑中神识一散,再回过神时,他已经放开奥斯汀了。"你果然可以控制我们。"弥诺陶洛斯一边说这句话,一边快速往山林中逃去。他今天是来试探公爵是不是真能控制异兽的,他的目的已经达到,没必要与公爵纠缠。在那个最终计划执行以前,不能出一点差错。

公爵没想到弥诺陶洛斯在几秒之内就能清醒,要想破坏他的

## 第三章　红眼少年

最终攻击计划，直接杀死他是最好的办法。公爵赶紧执剑去追。

而弥诺陶洛斯专挑崎岖的山路而遁，公爵发现自己根本没法追上。

更甚的是，在银色的月光中，弥诺陶洛斯竟回了异界，直接消失了。

"他怎么会这个时候回异界？"公爵疑惑。

奥斯汀刚被掐得喘不上气，他咳了半天，"对不起，公爵大人，都是因为我……"

公爵有些不耐烦地看了奥斯汀一眼，"与你无关。我不是为了救你才控制他的，刚才我控制他，只是想给他个下马威。没想到他会转身就逃。"

奥斯汀还是卑恭说："多谢公爵大人。"

公爵思索道："异兽好不容易把大本营搬到地球上，这也方便它们发动攻击。它们这个时候回异界，是为了什么？听中国那边的消息说，上次穷奇出现后，居然也回异界了。"

"不是说，血液被钽金属标记过的异兽，就无法再回到异界了吗？"

"短期来看是这样。但并不排除过上数日，等它们体内的钽元素被代谢掉后，它们又能重回异界的可能性。不，不是可能性。这已经被验证了是事实。"

"它们到底想做什么……"

"先回去再说。"

两人重新上车。公爵沉思着弥诺陶洛斯到底在打什么算盘，心情更加不好了。

快到家时，他手机响起。

是一个不常联系的人。公爵在世界各处投资了一些产业，但他一般不本人出面，而是与一些当地的财阀合作，让他们代理自己的股权。来电这人代理着公爵在东南亚投资的一家地下拳场。

公爵接起电话，"理查德先生，什么事？"

"兰彻斯特先生，你儿子身手不错啊。"

公爵敏锐地察觉到，对方没有像以往那样恭称他为公爵。自这几个月猎户座式微以来，他这因祖先击杀异兽而世袭的爵位，在政府高层那里就利用价值不大了。那些生意人的嗅觉比狗鼻子还灵，之前纷纷对他笑脸相迎，这段日子倒已有好几人有了反心。他们不愿再被公爵牵制，也不愿自己的商业帝国年年得向公爵进贡，便纷纷琢磨着把这无用又强横的老男人赶出去。想完这些念头，公爵才意识到对方的后半句提到了儿子。他问："你什么意思。"

只听见听筒那边的人对着另外的人说："小少爷，来跟你父亲打个招呼。"

理查德将手机递到普莱德耳边，普莱德冷冷地看着这人，没有开口。理查德收回手机，对听筒那边的公爵说："这孩子脾气还挺大。"

"理查德，我这人最不喜欢有人跟我绕弯子。你想怎样，直说便是。"

"公爵阁下，"这次对面虽然叫了公爵，但却带着讽刺的语气，"叶明诚的女儿带着几个孩子来我们拳场闹事。我虽没见过你那私生子，但一见到便猜出了他的身份，便让人盯住他。哪知他们自投罗网，想关掉电用暗神之眼的能力来赢我们的拳王。我的人早在拳台下等着，这孩子一冲出拳台，就被我们给押了。"顿了顿，"不过你放心，我这好吃好喝地招待着他呢，没让他受委屈。"

"你让拳王跟他打，这叫好吃好喝地招待？"

"我可没让，那是他自己冲上来的。好啦，我不跟你绕话了。公爵，拳场的事你别再操心了，孩子我给你送回去。他的朋友还在等他呢。"

这个拳场的产业对公爵来说不算什么，但被下面的人这样明目张胆地威胁，对公爵而言还是第一次。但他也知道，目前猎户座失势，众叛亲离本就是人之常情。他道："区区一家拳场而已。你想要可以跟我明说，用不着这样。"

对面嘻嘻一笑，"兰彻斯特先生果然豪爽。那我就愧受了。"

马来西亚，槟城。拳场所在的酒店某间客房内。

普莱德被人压跪在地，一柄手枪顶在他脑后。

被人抓了，还成为一个拿去威胁公爵的累赘，这令普莱德感到屈辱。但被抓是因为自己还不够强，怨不得人。

理查德与公爵通完话，命下人收起枪，再亲自上前扶起普莱德，"我这下属有点粗鲁，你别笑话。"

普莱德站起来，趁所有人放松警惕的瞬间，一个转身夺过身后那人手中的枪，转手便顶在理查德额角。其他几名理查德的下属忙举起手枪，指向普莱德。

普莱德邪笑道："理查德，只要我动一动食指，你脑袋就开花了。"

"那你也活不成。"

## 零日传说Ⅲ·弑神

"我无所谓。不过,你应该比我更惜命吧?"

"你想怎样?"理查德看着这少年眼中疯狂的神色,慢慢将手举起。

"放心,我没打算怎样。"见理查德紧张的模样,普莱德哈哈大笑,将手枪一扔,大步穿过玄关,拉开房门而去。

这弱者的屈辱,他将铭记于心。他会踏着这些屈辱铺就的阶梯,一步步爬到足够高的地方。

刚走出房间,便看见沈放站在走廊。普莱德吃惊地说,"你怎么来了?"

"本来是来救你。不过等我到这儿时,你似乎已经把问题解决了。我就在门外没进去。"

普莱德盯着沈放,"你怎么知道我在这儿?"

"抓了几个拳场安保问话。"沈放撒了个谎。他其实是通过气味找来的。他发现自己越来越像一只兽,那些往日不曾注意过的气味、声息,正数十倍地放大。

普莱德不置可否,只道了声谢。"你们应该都跑出去了吧。为什么还返回来救我?"

沈放却问:"是公爵让你来观察我的吗?"

既然被对方看出来了,强行掩饰也没意思。普莱德干干脆脆承认了,"可以说是目的之一。"

"那麻烦你转告公爵一声,"沈放压低声音,"他的敌人不是我,是尼德霍。"

"尼德霍?你知道尼德霍是什么?"父亲也对尼德霍讳莫如深。普莱德迅速猜到,父亲让他来盯沈放,一定与尼德霍有关。

沈放对此感到奇怪,"公爵没告诉过你?"

## 第三章 红眼少年

普莱德淡淡一笑,"父亲岂会这么快就完全信任我。"

"那你怎么会认为,我就会告诉你?"沈放反问。

普莱德斜睨沈放一眼,没再追问。

两人出了酒店,远远看见喷泉旁等待的伙伴。

双方会合后,叶乔告诉普莱德,"公爵刚才给我打电话了,他让你马上回去。"

普莱德眉头不易察觉地抖动了一下。他努力想让父亲刮目相看,想得到父亲认可。到头来,却因为莽撞害父亲受人胁迫。屈辱的感觉再一次涌上心中,在胸腔里震荡着。他眼中的光暗了暗,"我知道了。"

"我们现在去深渊闪电站台,在那里别过吧。你回家里,我们也要回树城了。"

普莱德点头。

"公爵在电话里还提到一件事。我们都要做好准备,弥诺陶洛斯应该快要发动最后的攻击了。虽然我们还不知道那攻击到底是什么。"

漆黑的夜幕之下,一行人再次回到海边的港口。湿热的阵阵海风缠在身上,令每个人都看不清有什么在前方等待。

普莱德上了球舱,其他人向他道别。他似乎想说什么,但最后只说了句"再会"。他发现,自己心底竟在期待与这几名同龄人的下一次相遇。

球舱合拢,疾驰而去。新的空球舱从地板下升上来。

"好了,都打起精神。"叶乔说,"这次特训虽然有点失败,但我确信了一点。你们不再是新人了,你们都变得很强,知

零日传说Ⅲ·弑神

道吗？"

叶乔嘴里居然说出这种鼓励的话。

小白顿时信心满满。"那当然了！所以，不管前方有什么，我们一定会赢的。"

阿星在一旁重复，"一定会赢的。"

## 第四章 极 昼

### 1

暑假结束了，大家回了学校。但弥诺陶洛斯宣称的总攻仍没发生。不仅没有发生，甚至地球上的异兽们纷纷回了异界，几乎没了踪迹。

在欧洲、南美洲和非洲，四方凶兽中的另外三头——海德拉、羽蛇神和卡托布莱帕斯同样在猎人的目击之下消失。有理由推测，之前来到地球上的异兽，大部分已回到了异界。

猎户座剩下的现役猎人数，不足一百。

这是所有猎人所经历过的最漫长而漫无目的的等待。虽然猎人习惯于蛰伏与等待，但这次等待前所未有地令人惶惑与不安。令人害怕的，不是强大的对手，而是未知。

就在这个时候，南宫羽从异界回来了。

## 零日传说 Ⅲ · 弑神

　　因为大家不再佩戴通讯器，南宫回来的空间波动由总部的电脑监测到后，监测人员以常规通讯方式通知到相关人员。

　　这是异兽销声匿迹后首次探测到空间波动。尽管幅度不大，猎户座仍对此很重视与谨慎，任务直接由亚洲区的代先锋官叶明诚领衔，叶乔、白凌霄、沈放、陆星移、何念念一同前往执行。

　　那日黄昏，众人在空间波动出现的地点——树城远郊等待狩猎。当空气中波纹扩散，一名兽人少年破空而出，白凌霄一眼认出那是他们的老朋友。

　　虽然才几个月，却好像分别了几年那么久。小白扔掉手中武器，冲上去一把将对方抱住，"你终于回来了！"

　　见白凌霄如此大意，指挥官叶明诚不满地"喂"了一声。若南宫的出现是个陷阱，他后面还跟着有异兽要出来，小白死八百次都不够。

　　南宫看到叶明诚不信任的眼神，拍了拍小白的背，抬头看向大家，眼神在何念念身上停顿了一瞬，再羞怯地移向别处，"我一个人来的，"他举起手，"好久不见。"

　　叶明诚盯着南宫，即使在之前的全体猎人会议上，这名兽人少年已表露出与人类合作的决心，但异类就是异类，任何时候都不可毫无防备地相信对方。

　　倒是其他几个孩子，连自己向来训练有素的女儿，都全然放松了警惕，相继收起武器，围向那男孩。

　　叶乔向其询问："怎么样，你那边的事忙完了吗？"

　　南宫这几个月回去与旧部谈判，进一步重新归拢自己的势力。并不是所有异兽都支持弥诺陶洛斯的做法，在南宫这段时间的奔走下，更多异兽站到了他这边。弥诺陶洛斯派的异兽族群已不多。

但弥诺陶洛斯仍掌握着绝对的力量。因为四凶兽在他麾下。

南宫说："本来还有几个族群可以去谈，但来不及了。弥诺陶洛斯和四凶兽都回去了，他们要发动最后的总攻了。"

叶乔点头，"是，我们知道四凶兽都回去了。你知道总攻到底是什么形式吗？就算四凶兽一同发动攻击，猎人或可一战，更别提人类还有军队与枪炮。弥诺陶洛斯要如何做才能做到灭绝人类？还是说，他在虚张声势？"

南宫问："你们知道那句传说吧，四方凶兽同时现身之时，便是世界毁灭之日。"

"是的，猎户座内一直流传着这句话。"

"以前我只以为这句话是种夸张的说法，但最近弥诺陶洛斯那边的行动让我相信，这句话描述的有可能是事实。四方凶兽为什么叫四方凶兽？因为它们要精确出现在四个地点，当它们精确出现在那四个地点时，会引发巨大的灾变。最近这些年，我们从异界打开通道的技术也在进步，尤其近两年，已可以实现精准定位，就是说，通道出口可定位在地球的任何地点，不再像以往那样是随机的了。这次弥诺陶洛斯把四凶兽全部召回异界，一定是想通过打开通道精准定位的方式，让它们快速准确地出现在那四个位置。"

"四个方位，是东南西北吗？是赤道面上的东南西北，还是沿着地轴的四个方向，或者其他的？"

南宫摇头，"我不清楚。"

## 零日传说Ⅲ·弑神

趁孩子们聊天,叶明诚给总部负责监测的人员打了电话。对方确认,空间已经稳定下来,波动停止了。看来南宫并未撒谎,他的确是独自来的。叶明诚这才走过去,正听见孩子们讨论四方凶兽的事。

他道:"情报我们会再做核实,至于具体的地点,交由猎户座的研究人员去确认吧。今天的行动到此为止。"他看向南宫,"接下去,你怎么打算?"

南宫还没回答,小白抢先道:"对了,南宫,有件事想请你帮我们。"

"有我能帮上忙的地方,荣幸之至。"

"才离开我们几个月,你怎么又恢复了这种古板的说话语气啊……"小白受不了地给了南宫一拳,转而担忧道,"索伦中了异兽的毒,说是影响到神经系统,已经昏迷快半年了。你有没有办法救他?"

南宫皱眉,"昏迷了这么久?知道是哪种异兽的毒吗?"

小白摇头,"不清楚具体的情况。他现在在公爵府里,中毒时他没跟我们在一起。你如果有空,可能得麻烦你亲自过去。"

南宫应承下来,"好,我知道了。我这次过来主要是通知你们小心弥诺陶洛斯的最终计划,配合你们行动。这几天我可以先去看看索伦,这耽误不了太久。对了,你父亲呢?他或许知道更多有关四方凶兽的传说,我们可以去问问他。"

"我们没法问他了,"小白低下头,"他……也在昏睡。"

"这到底……"

小白叹气,"说来话长,以后再说吧。现在想办法对付弥诺陶洛斯要紧。"

## 第四章 极 昼

"嗯。"南宫点点头。

叶明诚想了想,安排道,"目前,兰彻斯特公爵已是猎户座实际上的领导者。既然要商量如何对付弥诺陶洛斯,又要去看索伦,南宫羽,你明天跟我一起到公爵府上议事。其他人在树城待命。"

虽然不想被公爵指挥,但这是现在唯一的选择。猎户座不能再分地区、分家族地单独行动。面对弥诺陶洛斯孤注一掷的最终计划,猎户座剩下的人必须团结起来统一行动。而在林修平昏睡的情况下,南宫羽明白,他的情报也只能向公爵汇报。

叶明诚带着叶乔离开了。等叶明诚走远,少年们才放松下来。有他在时,大家总觉得不太自在。而如果是林修平先锋官在,大家就不会这样。

何念念走上前,踮起脚帮南宫理了理被风吹乱的头发,看着他说:"南宫同学,我很想你。"

南宫感到鼻子一酸,别过头去。

小白和阿星在一旁偷笑。沈放则一直与南宫保持着一定距离,站在稍远处。

南宫遥看了沈放一眼,走到沈放身旁停下。他深深吸了口气,有些疑惑地侧头去看沈放。

沈放也看向南宫。

南宫终于确定,他一直隐约嗅到的一股属于兽人的气息从何而来。他从沈放眼神中看到痛苦与坚定,那是同类的眼神。

风穿过低矮的山丘而来,再将这气息带向远方。于人类而言,这并不是能感知到的。

### 零日传说 Ⅲ · 弑神

面对南宫问询的眼神,沈放以不易察觉的弧度微微点了点头,再摇了摇头。

其他人走过来,"你俩愣在这儿干吗?"

南宫一怔,旋即收回疑惑的表情,一把搭住沈放的肩,嬉笑着对其他人说:"我好饿,一起去吃饭啊。"

## 2

奥地利,施泰尔马克州,兰彻斯特公爵府上。

叶明诚带着叶乔与南宫抵达,猎师四脉的另两家当家——艾斯小姐和图坦先生也在。

叶乔自然又被支开,让普莱德带着"在庄园逛一逛",其他人则进行了会议。

"兽人少年,麻烦你把情况再向各位说明一下。"

南宫告诉大家,弥诺陶洛斯那一派的异兽,包括四方凶兽都回了异界,它们很可能会用精准定位的方式,同时出现在地球上的四个地点,像传说那样引发毁天灭地的灾难。

他说完后,公爵只沉吟一声,并未发表意见,反而让奥斯汀带南宫去看索伦。

南宫明白,他们开会商讨要避开自己,便识趣地跟奥斯汀走了。

等南宫离开,艾斯立马表示了怀疑,"公爵阁下,那兽人如果是骗我们的,怎么办?"

图坦道:"四凶兽确实回异界了,这些我们都有目击证人。"

## 第四章 极 昼

艾斯继续质疑,"可是,他作为兽人,为何告诉我们这些?"

图坦没好气,"这位女士,你没参与上次的猎户座全体会议?你不知道他投诚了我们人类,要和我们一起联合绞杀弥诺陶洛斯一派?先不管他本来是什么目的,就算是利用我们猎人的力量也好,至少这个阶段,我们有弥诺陶洛斯这个共同的敌人,那就有合作的基础。他骗我们有什么好处?"

艾斯仍胡搅蛮缠,"万一他别有用意呢?"

"够了,"公爵呵斥,"吵吵嚷嚷像什么样子。"

其实,生性多疑的公爵当然不会轻易相信南宫。但前些日子,他已抓住过一名弥诺陶洛斯那一派的兽人。他通过控制对方问话,得知弥诺陶洛斯确实在准备让四方凶兽出击,与南宫给出的信息一致。艾斯此时的质疑根本没有实际意义,只是她向来爱与自己作对罢了。

公爵不满地说:"现在争论那兽人少年的立场有意义吗?反正我们得去迎战四凶兽,而且,它们很可能会同时现身。目前,除了技术类的监测员以及猎医,有战斗能力的猎人不过六十余名。我们必须通过这一战,阻止弥诺陶洛斯灭绝人类的计划,破除四凶兽同时现身会招致灭世的传说,没有任何后路可退。我已经想好了,留下三分之一的人以防猎户座全灭,其他就近分为四组,以猎师四脉领衔,我们分头带猎人行动,一旦凶兽出现,就立即将它们封印。"

图坦看了看在场的人,"但林修家那边……"

"他们那边的行动由叶先生率领,只要拿到林修家的'次元囚笼'就够了。毕竟林修平仍在昏睡,他儿子还太小了。"

虽然不满公爵自作主张地安排了一切,但现在确实也没有更

## 零日传说 Ⅲ · 弑神

好的办法。

公爵继续道:"我会联系政府,给我们交通和卫星通信方面的支援。"

图坦想了想,说"既然准备向政府寻求帮助,为什么不说服政府派出军队?毕竟,我们现在已经不需要帮外星文明隐藏异兽存在这个事实了。如果这一次战斗的成败关系到人类的生死存亡,派军队使用热武器作战是最好的选择。只消扔上几颗炸弹,管它什么凶兽都能炸得七零八碎,还用我们去肉搏拼命吗?反正到了现在,就不用再遵守什么猎户座只能用冷兵器的守则了吧?这守则不仅是个谎言,更像个笑话。"

公爵笑了,"图坦先生,你依然如此天真。"

"公爵阁下,你什么意思?"

"你看,艾斯小姐就没问我这个问题。她一定明白原因。"

艾斯脸色阴沉,但向来爱与公爵针锋相对的她,这次确实没提反对意见。

"到底是为什么?"图坦不解,"我不明白。"

"自猎户座式微以来,你日子好过吗?"公爵问。

图坦想了想。这几个月确实不如以前好过了。他的家族在古代曾因英勇善战成为一个大部落,即使到了当代,家族在当地仍极有名望。虽民众不知道猎户座的存在,但政府高层是知道的。对政府而言,若每次要派专门的士兵去绞杀出现时间、地点都毫无规律的异兽,实在麻烦。不仅易造成民间舆论,又耗费财政支出。政府知道,对付异兽不能纯粹依赖军队和热武器,他们离不开猎户座。对于图坦这样的猎人名门,政府暗中给其家族成员不少政策倾斜,令他们在生意场上畅通无阻。双方是互惠互利的。

## 第四章 极 昼

可上个月，图坦的一名叔叔去找官员办理某项许可证，却遭到了冷脸。为此，那名叔叔抱怨了很久。

见图坦似乎想到了什么，公爵继续问："猎户座存在的意义是什么？"

图坦明白公爵的意思了。他答道："击杀异兽。"

公爵再问："如果异兽彻底不存在了，危机完全解决了，会怎样？"

图坦低头小声答："那就不需要猎户座了。"

"所以，即使有军队，我们也不能去求助军队。即使能用热武器将凶兽杀死，我们也不能用热武器将它们彻底杀死。我们只能用封印暂时抑制四凶兽毁灭世界，但并不完全解除异兽对世界的威胁。只有如此，我们才有继续存在的价值。在这一点上，我们可以说是利益共同体啊。"

"这……"图坦不愿这样做，可一旦猎户座失势，他的家族将很难生存下去。他别无选择。

会议很快结束。公爵邀请客人们留下用餐，可除叶明诚外，艾斯和图坦谢绝了公爵的邀请，匆匆离去。

送走两位客人，公爵去卫生间方便。

他刚坐到马桶上，挂在怀中的通讯器——自从其他猎人都不再佩戴通讯器，公爵为不引人怀疑，便将通讯器像怀表那样贴身挂着——震动起来。

改造以后，尼德霍还未联系过他。公爵顿时便意全无，谨慎地摁下通话按键。

尼德霍夸赞道："你做得很好。不可以出动军队，不可以令

· 145 ·

## 零日传说Ⅲ·弑神

更多普通人得知异兽的存在。你找的为何不出动军队的借口,非常完美。"

虽是夸赞,公爵却不悦。这种夸赞,带着一种领袖对侍从的傲慢与施舍。公爵淡淡道:"那不是借口。尼德霍,我不是在为你做事。是你需要我帮助你,为此你给了我那么一点点好处。"

对面呵呵笑了两声,"兰彻斯特,不管面对谁,你总要占个上风,不肯臣服。"

"尼德霍,"公爵加重语气质问,"你强化了沈放?"

"哟,您这样身份尊贵的人,什么时候开始操心小孩子的事了?"

"合作的基础是彼此信任。"

"不,公爵,合作的基础是共同利益。你为何说出这种自己都不信的鬼话?"

公爵咬牙,"你说完了没?"

"嘻嘻,别急着赶我走。没人和我说话,我很孤单的。好啦,预祝你们封印凶兽的行动成功,不要辜负我对你们的期待。"说完这句,尼德霍切断了通讯。

看来,沈放果真被强化了。出了洗手间,公爵吩咐下人,"去把普莱德叫来,让他到书房见我。"

公爵府庄园的草坪里,普莱德刚与叶乔比试了一场。两人打得气喘吁吁,叶乔惊异地发现,自己居然要尽全力才能击败普莱德了。但她仍气势凛凛地将刀架在普莱德肩上,"还是我赢。"

"再过几个月我就能赢你。"

叶乔收起刀,"那就过几个月再说,现在夸口未免太早了。"

## 第四章 极 昼

"我没忘记我说的话。"

"什么话?"

"等我比你强的时候,你要做我的妻子。"

"这种玩笑话我根本没放在心上。"叶乔提着刀转身就走。

"哎,我认真的。"普莱德几步追上。

"你认真吗?"叶乔回看了普莱德一眼,"你不过是想顺从公爵的意思,继承他的爵位什么的。"经过几次相处,叶乔已看穿普莱德的企图。所以普莱德再说这种露骨的话,她完全不会感到害羞了。又不是谈感情,跟谈生意差不多吧。

"你的意思是,想让我更认真一点?"

"不是,你别误解。"

"哦,那你呢?"普莱德又问,"你喜欢林修家那个白痴?"

"这倒不用你来管。"

"你没否认,那就是承认了。"

"跟你有关系吗?"

"有关系啊。"普莱德那张美得有些妖异的脸凑近,"我当然要关心未来的妻子喜欢谁。"

叶乔无奈地揉额头,"你这人真是……"

就在叶乔实在要忍无可忍时,普莱德却又突然严肃,"我听父亲说了,这次和你一起来的那名南宫羽是只兽人。"

"啊,是啊。他是王族,本来异兽世界是由他们翼人统领的。但现在被弥诺陶洛斯篡夺了王位,跟弥诺陶洛斯政见也不同,所以联合人类讨伐弥诺陶洛斯。等他复权,他愿意与人类和平相处。"

"和平相处。"普莱德意味深长地重复了一遍这个词。

· 147 ·

"你不相信他?"

普莱德摇头笑了笑,只问:"你觉得,他能治好我哥哥吗?"

叶乔反应过来,"你在担心他治好索伦?"

"怎么会?你太小看我。"普莱德哈哈大笑,"赢一个昏迷的人毫无成就感可言。我很期待哥哥醒来。"

叶乔发现,根本不能以常理去推测普莱德的想法,她完全看不透他。她不禁打了个寒颤。

此时,一名仆人来到草坪,将两人的谈话打断。"普莱德少爷,公爵大人请您去他书房一趟。"

普莱德收起脸上放肆的笑容,"我这就过去。"

走进书房,首先映入眼中的是公爵坐在书桌前的背影。

普莱德瞬间产生了一个想法——父亲不年轻了。

而那副已显疲态的身体固执地、笔挺地坐着。人啊,越到走下坡路的时候,就越不愿意失去,甚至想要拥有更多。世间的一切都那样令他们不舍——权力,身份,地位,金钱,能力。

他收回思绪,叫道:"父亲。"

公爵回头,没有让他坐下慢慢谈的意思,直接问道:"上次从中国回来,你告诉我,沈放很强。"

普莱德点头。不知父亲为何突然又提起沈放的事。

公爵问:"有多强?"

普莱德思考着该怎样形容。

公爵进一步问:"比我强?"

普莱德拿不准父亲的态度,但他如实回答:"比您更强。"

"好。你下去吧。"

## 第四章 极 昼

"是。"

普莱德狐疑地退出公爵房间。

公爵确定了计划,亚洲那边的行动,他不打算让叶明诚带队了。他要让沈放和白凌霄那两名少年,独自执行封印凶兽的任务。他们无论胜败,都对公爵有利。胜了,异兽被封印,固然好;败了,不过是逃脱一头凶兽,却有可能令沈放和白凌霄丧生。

如此一来,就不会有人再知道他的秘密,亦不会再有人比他更强。林修家那一脉,也可以就此断掉了。

想及此处,公爵脸上浮现出隐约的笑意。直到敲门声响起,是奥斯汀。

"公爵大人,索伦少爷那边……"

公爵回过神,"我知道,这就过去。"他出了书房,疾步往索伦房间走,掩饰自己作为父亲的失职。刚才因盘算自己的计划,一时竟忘记索伦刚接受了南宫的检查,还不知结果如何。

他站在索伦房间门前,深吸了一口气,推门的手竟忍不住颤抖了一下。但他很快稳住了情绪,沉稳地步入室内。

坐在椅子上的莱昂和南宫羽赶紧起身相迎。

"如何了。"公爵开门见山地问道。

南宫答:"我检查了,他是服用了食梦貘的'梦胃',因而沉溺进被貘所食的诸多梦境中无法苏醒。虽然现在他表面上非常平静,但其实他一直在各种梦中穿梭,一刻也得不到休息。再这么继续下去,就算成功唤醒他,他也会因为精神过度消耗而崩溃。配制解药需要两种东西,一种是叫'植楮'的草,一种是叫'鹼

· 149 ·

鱼'的鱼。但索伦昏睡太久了,我没有百分之百的把握……"

"好。"公爵算了算,"你要的东西,我三天内给你。"

"我会尽力而为。"

# 3

自公爵部署作战计划以来,所有参战的猎人都严阵以待。位于北欧芬兰地下的猎户座基地成为本次作战的指挥中心,决策层已在这里蹲守了数日。

那个时刻终于到来了。

警报刺耳的蜂鸣声划破沉闷的空气,空间波动监测仪的显示屏上,几乎同时出现四个红点!

工作人员迅速调出其坐标,与人类所想的不同,四个坐标并非按东南西北划分,而是分别位于南极点,南美洲墨西哥城,西太平洋临近马里亚纳群岛的海域,以及非洲乍得境内加扎勒干河下游穿过的沙漠地区。

有一头凶兽居然出现在南极点?公爵心情复杂:看来,就算沈放再强,那帮孩子这次也凶多吉少了。

除南极点外,另三个地址都在北纬 19.5° 线上。研究员立即着手寻找这几个地点之间是否还有其他规律。

联络长是名义上的指挥官,但实质上的领袖仍然是公爵。公爵拿起挂在衣架上的大衣,嘱咐联络长,"你继续在这里盯着。我出发了。"

"公爵阁下,四方凶兽这次出现的位置……非洲境内自然是图坦家族去处理,美洲境内当然也有艾斯家族。可西太平洋和南

## 第四章 极 昼

极，兰彻斯特家去哪一个？"

公爵面不改色，"我兰彻斯特一族有丰富的在海域作战的经验，会在海域出现的异兽，想必也只能是海德拉，西太平洋是我们的战场。只有让林修家族去南极了。"

"猎人从未有过在南极作战的经验，更何况林修平还不在。让他们去南极……"

公爵一边套上大衣一边道："不要小看那几个孩子，特别是有个叫沈放的孩子，他们能搞定的。对了，这个安排你直接通知白凌霄吧，毕竟他才是猎师四脉，通知别人，到时人们以为我们趁林修平不在给林修家穿小鞋。"公爵说完，离开了指挥中心。

联络长满腹疑惑，却也只能按公爵的意思，给几组猎人传达指令。

"艾斯小姐，空间波动出现了。你们去墨西哥城。"

"图坦先生，空间波动出现了。你们去乍得东北的加扎勒干河流域。具体坐标稍后发送。"

走出指挥中心，公爵给叶明诚打去电话，"叶先生，四凶兽要来了，封印行动，你还是带着叶乔跟我这边一起行动吧。"

之前决定这样安排后，公爵并未立即通知叶明诚。他故意等凶兽出现再临时将他叫走，令那帮孩子没有足够的时间想法应对，更是措手不及。

"公爵阁下，您的意思是……"

"林修家的封印任务，就让林修家自己去执行。"

"那几个孩子？"

"你放心，那几个孩子不简单。"

## 零日传说Ⅲ·弑神

叶明诚迅速明白，公爵想借凶兽之手，彻底灭掉林修家一脉。虽然有点残忍，倒是符合公爵一惯的行事作风，他早习以为常，便坦然接受了公爵的安排。他甚至刻意回避了一个事实——如果公爵的目的真能实现，自己也是受益者。

他不知道的是，白凌霄只是陪葬，公爵真正针对的，是沈放。他也还不知道，那帮孩子要去执行任务的地点，竟是南极。

树城的一家炸鸡快餐店，小白正啃着鸡腿。

这天是周末，他和沈放、陆星移都从树城大学出来，搭公交穿越大半个城市，与叶乔、何念念、南宫碰头。大家一起吃饭，训练，等猎户座通知。

前些天，公爵雷厉风行地联络上政府获得支持，每名猎人很快配备了卫星电话。这玩意像个大哥大，也就比砖头轻一点。据说只要在地球上，不管什么犄角旮旯，都有信号。

小白的卫星电话就是这时候响起的。他看了看来电显示，"呀，是指挥中心。怎么会给我打电话？"

其他伙伴催促他快接。

接通后，对面道："白凌霄先生，四处空间波动同时出现了。其中一处出现在南极点，由林修家前往执行任务。"

小白以为自己听错了，嘀咕着，"南极？等等……这事您通知叶明诚长官了吗？他才是我们这队的首领哎。"

"这次行动由猎师四脉领衔，所以我直接通知你了，行动队的其他成员就由你去通知。放心，交通方面，政府会为你们提供支援。"

"哈？哦……还有，凶兽为什么会出现南极啊？我们要去南

## 第四章 极 昼

极封印它?"

"时间紧迫,抓紧行动吧。"

小白怕再问下去别人会觉得自己推三阻四。既然对面专门打电话通知到他,说明已经把他当做独当一面的猎师四脉,他没有理由拒绝猎户座安排的任务。他没再多问,郑重其事地回了一声"好"。

挂了电话,小白一脸茫然,其他人问:"怎么了,是不是凶兽出现了?"

小白说着连自己都不相信的话,"说是有四处空间波动,让我们去南极那边。"

"南极?"何念念奇怪,"在极寒地区作战,我们谁都没经验,贸然过去岂不是送死……"

阿星看向小白,"你没有拒绝吗?"

小白茫然地摇摇头,"这还能拒绝?指挥中心直接就给我安排了,我根本没有选择啊。"

一阵来电铃声打断了大家的讨论,是叶乔父亲给她打来的。

虽说叶明诚给大家的感觉不如上上任先锋官,也不如林修平。可有经验丰富的大人参与,总归能想到办法。大家渐渐放下心,等叶明诚安排。

叶乔走到店外,接通通话。

父亲的声音很急,"叶乔,你收拾收拾,我们一小时后出发,搭飞机去塞班岛。"

"塞班岛?从那里转机到南极吗?"

"南极?去南极干什么?"

· 153 ·

## 零日传说Ⅲ·弑神

"父亲,指挥中心安排我们去南极执行任务啊。您不知道?"

"哦,是白凌霄他们接到通知了吧?"叶明诚的确是刚听说南极的事。他为那几个孩子感到惋惜,但心里并没起太大波澜。

"是的。您说的去塞班岛……"

父亲若无其事道:"哦,我俩不去南极了。"

"不去了?"叶乔愣了愣,急道,"那他们怎么办?"

"叶乔,这是指挥中心的安排。作为猎人,你只服从安排就可以了!"

在父亲铁腕又高压的培训下长大,叶乔变得像一台作战机器。她曾经对父亲唯命是从,因为那个男人从不给她思考与辩驳的机会。直到这两年与白凌霄他们长时间相处,这台作战机器的内心不知不觉开始变得柔软。现在,她难得地向父亲提出了质疑,"这种安排,为什么要服从?"

"你是要反抗我吗?我是你父亲!"

听到父亲震怒,叶乔不由颤抖了一下,但她还是努力克服住内心的恐惧,争道:"父亲,我们理应跟林修家一起行动。如果连您都不在,他们去南极与异兽作战更没胜算了……"

其实,随着父亲的老去,现在的叶乔实力不一定在叶明诚之下。可因从小笼罩在父亲的威严中,即使到现在,对父亲的敬惧也并未减轻。无论在他人面前多么强势,只要面对父亲,叶乔向来都是顺从的。

叶明诚冰冷而不容置否的声音传来,"你不要意气用事,时间不多了,快准备出发。"

"不,父亲,这个时候去塞班岛……"

"你以为我是要带着你逃避战斗吗?根本不是,我们只是去

## 第四章 极 昼

另一处战场。"

叶乔什么都懂了。就连这个关头,父亲也不忘讨好兰彻斯特公爵。她轻声问:"是兰彻斯特公爵的战场吗?那个战场与我们有什么关系?"

"公爵需要我们帮助,我们到塞班岛与公爵会合,然后乘船前往空间波动出现的海域。"

"不,小白他们才需要我们帮助。不过,父亲不愿意的话,就算了。我会独自和他们一起去南极的。再见。"叶乔一口气说完,挂了电话,并将手机关机。

叶乔回到炸鸡店,小白正一筹莫展,见她来了,赶紧说:"我刚才联系亚洲区其他几名和我们分在一个行动队的猎人,听说是去南极,他们几个都找理由退出了。"

"这帮混蛋!胆小鬼!"何念念义愤填膺。

"你爸怎么说?"小白期待地看着叶乔。

叶乔有些不敢面对小白的眼神。她低下头,"我父亲……不跟我们一起去了。"

"啊?不跟我们去?那谁跟我们去?"

叶乔摇摇头,"如果没有别人了的话,就我们自己了。我,你,沈放,阿星,何念念,南宫。"

"要去那么远的地方,还要联系政府提供交通支援啥的,光靠我们自己搞不定的吧?总得有人带我们……"反射弧慢半拍的小白终于意识到现在这情况意味着什么。

"我会继续作为队长,带领大家。如果大家不嫌我没用的话……"

# 零日传说Ⅲ·弑神

"怎么会嫌你没用？"小白扔下手里的鸡腿，"你本来就是我们队长啊！我们会听话的，再也不会给你添乱了。"

叶乔表情微微一动，她努力让自己保持冷静，点点头，"好。"

很快，小白收到作战指挥中心发来的具体行程安排——

自行搭深渊闪电前往南非南部一个名叫萨瑟兰的城市。两架直升机会在深渊闪电站台出口的一幢楼房屋顶等待，载大家前往开普敦国际机场，然后从这里直飞南极点。所需防寒和生存物资，也将由政府备好。

安排得还挺详细，这至少打消了小白的一项疑虑，就是凭他们如何联系政府交通支援。

叶乔眼神有些犹豫地扫过每一名在场的伙伴，"现在各自回家带上个人用品和武器。一小时后在站台集合。"

这份犹豫并不单单属于叶乔。其实，每个人的心里，都犹豫着。大家不约而同地想到了那个问题，读懂了叶乔的眼神，但也不约而同地保持了缄默，没人将那个问题问出口。

那个问题就是——

既然是送死，既然猎户座高层几乎抛弃了大家，那这个任务，可不可以不执行了？南极，可不可以不去？反正，其他三队猎人应该能成功封印其他三头凶兽吧，那南极那头凶兽就算没人去管，应该也不影响大局⋯⋯吧？

于小白而言，不去当然是最轻松的选择。就算天要塌了，地球要毁了，也有个子高的人扛着，轮得到他负责吗？只要他忘掉这两年经历的一切，再做回那个最平凡不过的学生，假装什么都

## 第四章 极 昼

不知道，继续过没心没肺的日子……对啊，这样是很轻松。可他不允许自己再变回那个傻小子了。何况，林修平还在医院里躺着。如果那个男人醒着，一定不会让猎户座这样欺负林修家。而退一万步说，那个男人就算被猎户座孤立，就算任务再艰险，也一定能完成。就因为那个男人这么强，小白才必须扛起强者的担当。他可是在那个男人的病床前夸下了海口：在男人沉睡的这段时间，他会解决掉所有事。

于沈放而言，当然更不能退缩。作为猎户座有史以来最强的猎人——或者说兽人，他从接受改造那一刻起，就是在为此刻准备。他要给宋禾一个最和平的世界，而他也相信，有现在的他在，他可以保护所有同伴。

而陆星移呢，他猜到小白和沈放铁了心要去。所以他要陪他们一起。

南宫这次前来地球，就是希望和猎人一起阻止弥诺陶洛斯的灭世计划。他是最没理由退缩的人。

何念念的家人都已退出猎户座，她因执拗地不肯退出，还跟家人闹了矛盾。如果现在这个关口退出，也太丢脸了。何况，作为猎医世家的人，她的医术是一个团队不可或缺的。这个行动队的人不能再减少了。

大家用眼神无声地交流着——

决定了吗？

决定了。

叶乔终于下达了指令，"开始行动！"

## 4

从欧洲前往塞班岛，比从中国过去要远很多。公爵一行人抵达塞班岛时，叶明诚已在港口等待了。

塞班岛是马里亚纳群岛中最大和最为繁华的一座岛屿，众人把塞班岛作为出海的港口。

虽没法把公爵专属的"黄金猎人"号运送到这里参与作战，但政府为大家备好了船只，是一艘供旅行观光的邮轮。情况紧急，附近没有战舰可以调用，这是折中的办法。

好在，猎人作战本也不需要热武器。这艘邮轮除最高航行速度和机动性比不上"黄金猎人"号外，其他设施都还不错。12万吨的吨位，令它像一座漂在海上的楼房。

公爵见叶明诚只身一人，"小乔呢？"

叶明诚有些不自在地回答："她说想参与去南极的任务。"

"嚄，勇气可嘉。"嘴上虽是赞扬，公爵却有些惋惜地叹了口气。

普莱德跟在公爵身侧。见到叶明诚时，他立即明白了那天父亲问他沈放到底多强时在打什么算盘。怎么说呢，父亲此举真是毫不令他意外。不过听到叶乔去了南极这个消息时，他在心中和父亲一样叹了口气。那的确是个值得敬佩的女孩，只是，他不配谈爱情。他也不会为了她，跑去南极送死。

"公爵阁下，南极环境恶劣，放任那帮孩子不管……真的可以吗？"本来，那帮孩子独自执行任务，叶明诚无所谓；是不是南极，叶明诚也无所谓。但现在，他的女儿跟那帮孩子一起去了

## 第四章 极 昼

南极，他多少还是于心不忍。但鬼使神差地，他没有去追，而是仍按计划来了公爵这边。

公爵道："想要得到什么，就总得舍弃什么。叶先生既然已来了这里，说明做好舍弃什么的准备了吧？"

叶明诚铁青着脸没答话。

公爵笑了笑，"不过，你也不必过于紧张和悲观。那帮孩子，还真不一定输给凶兽啊。"

叶明诚感到公爵似乎掌握着自己所不知道的信息。他看着茫茫海面，"但愿如此。"

公爵准备登船，奥斯汀在不远处点行李。突然，奥斯汀捏着手机兴冲冲跑来。这名年近五十的管家向来喜怒不形于色，难得有这种兴奋得手足无措的时候。他连说话都结巴了，"公爵大人，府上来电。醒了，醒了……"

公爵不敢置信地上前揪住奥斯汀领口，"你好好给我说清楚，什么醒了？"

奥斯汀指着手机，"莱昂打来的电话，就刚刚，索伦大少爷睁开了眼睛啊……"

公爵一把抢过电话，朝那边询问："索伦醒了？"

"是的，公爵大人！"对面答道，"是南宫配制的那种药，我每天都按时按量喂索伦少爷服用，吃了十多天呢。前几天，我本来以为不会起效果，但还是坚持给索伦少爷吃。没想到就刚刚，索伦少爷手动了，然后睁开眼睛了！不过他现在还不能说话，噢，不过您放心，应该只是暂时还没恢复好。他意识是清楚的，我和他说话，他都能通过眨眼睛回答……"莱昂絮絮叨叨地说

· 159 ·

着。可他这啰嗦且讨人嫌的声音,此刻在公爵听来,也不那么讨厌了。

公爵动容,"好。你好好照顾他,让他等我封印了海德拉回来!"

普莱德站在一旁,第一次从父亲脸上,看到那种属于父亲这个身份的神色。

他改变了主意,也下定了决心。

"父亲。"他在后面喊。

公爵回头,"怎么了?"

"让我去南极吧!"

"哦?"公爵挑起眉毛,示意他说下去。

"哥哥醒了。"普莱德顿了顿,"如果我战死在南极,您就不用为让谁继承家业发愁了。但如果我证明了自己,能活着回来,我也一定把叶乔小姐带回来,并让她心甘情愿嫁给我,保证兰彻斯特一脉优秀的血统。那个时候,请父亲把家业交给我!"

连普莱德自己都不清楚,这些是他真实的想法,还是他只是单纯想和那帮家伙待在一起,而找出来的说服自己的理由。

公爵盯着普莱德,普莱德如第一次与公爵相见时那样,坦然地接受着公爵的审视。

"你野心很大。"公爵一边说,一边拿出手机拨号,"但你并非徒有野心。"

电话接通了,公爵对那边说道:"阁下,请帮我协调一趟从塞班岛飞往南极的航班。不能直飞南极?好,那就到开普敦转。"

看来公爵同意了。

普莱德行了个礼,"谢谢父亲。"

# 第四章 极 昼

挂了电话，公爵朝叶明诚说："叶先生，这下咱俩扯平了。看，有风险的事，你我总是共同承担的。"

叶明诚一脸苦涩地干笑了两声，侧头对普莱德说："保护好叶乔。"

"我会保护好她的。"普莱德承诺道。

## 5

即使是时速2000公里的深渊闪电，从中国到南非也要经过一段漫长的旅程。

不得不说，政府提供的交通支援还真不错。当大家从南非萨瑟兰的站台走出，就已有接待人员等在那儿了。接待人员引大家上了楼顶平台，两架直升机载起所有人，直飞开普敦国际机场。降落到机场后，他们被安排进贵宾室等待。

又一名接待人员进来。这次来的是个三十多岁的中国男性，说一口带口音的普通话，"不好意思，本来飞机都准备好了，但接到通知，说还有一个人要和你们一起去南极。麻烦各位等一会儿。那边有自助点心。"

小白好奇地问，"还有谁要来？"

这人摇头，"我也不清楚。"说完，他便出去了。

一等就是快三个小时，那名接待人员终于进来通知大家，"现在可以出发了。各位随我来。"

"另外那个人呢？"

"他的上一程航班已抵达机场，他直接走转机通道，我们先登机。"

## 零日传说Ⅲ·弑神

"好。"

大家跟在接待人员身后,穿过贵宾通道。这人向大家介绍,"这次执飞的是古斯塔夫机长和赫尔曼副机长,他们有多年南极航线的飞行经验,也多次成功操作飞机在冰盖上着陆。对了,飞行过程我会和你们一起。我看你们年纪都比我小,叫我黄哥就行。从没去过南极?趁巡航的时间,我会为大家介绍一些南极的基本情况,和防寒物资的使用事项。"

谈话间,大家上了飞机,是一架空客A340。他们有些费解,就这几个人,为什么用大客机?

像是看出大家的疑惑,黄哥解释:"去南极可不近,还要考虑到返航。所以用了续航比较久的机型。"

进入机舱,所有人正往行李架上放行李。随着几声嗒嗒的脚步声,让他们等了快三小时的那个人信步走来。伴着他标志性的悻悻的嗓音,"各位,我们又见面了。"

小白侧目,看见阳光穿过舷窗,一行行照亮那少年熟悉的身影,"普莱德?你怎么来了?"

普莱德放下行李,伸了个懒腰,"怕你们搞不定,来帮你们啊。"

小白不信,"你能这么好心?"

普莱德轻轻一笑,"在南极封印凶兽的功劳,可不能让你们林修家独占。这样的壮举,怎么也得让兰彻斯特一脉参与参与。"

何念念反应过来,这人就是大伙儿提到过的,那名不知从哪儿冒出来的兰彻斯特公爵的私生子。果然如传言一般,总那么令人生气,却又让人讨厌不起来。

## 第四章 极 昼

小白吐槽，"那这壮举公爵自己怎么不来参加？你看看我们，"小白抬头示意，"就这么几个人……啊，当然，我不是说我们这几个人就封印不了凶兽。不过，南极条件那么差，公爵把你支来跟我们一块儿，是不是不太想让你活着回去啊？你是不是惹他生气了？"

普莱德没被小白的冒犯激怒，他看向沈放，问道："我们都能活着回去，对吧？"

沈放淡淡说："没有人不想活着回去。"

"哦，对了，"普莱德缓缓道，"忘记告诉各位一个好消息。"

"什么好消息？"小白沉不住气，急着问。

"你们的老朋友，我的索伦哥哥，好像是醒了。"

"他醒了？"南宫最先接话。因为由他配制解药，但无法确定这药是否有效，现在听到索伦醒来，他最先感到如释重负，"太好了。"

向来心思细腻、敏感的陆星移，却从普莱德脸上捕捉到一丝转瞬而过的嫉妒。他小心地问："所以公爵才让你来？"

"不，是我自己要来。就像某个人，"他看向叶乔，"也是自己要来的。"

小白终于懂了，他恨自己反射弧为什么这么长。他早该察觉出不对。在炸鸡店时，叶乔接了叶明诚的来电后，情绪就变得低落，而他竟没想到，连叶明诚都不来南极了，叶乔为什么还要带着大家一起来。他顺着普莱德的眼神也看向叶乔，"队长，你本来可以不用来的，是不是？你是为了我们……"

"不用你管。"叶乔一把推开小白，跑进卫生间锁上了门。

普莱德朝小白耸耸肩，"怎么办？她生气了。"

# 零日传说Ⅲ·弑神

小白气道:"还不是怪你!"

驾驶室里,机长和副机长做好了起飞前的准备。黄哥敲卫生间门,"小叶,要起飞了,你到座位上坐好,系好安全带。起飞过程中最好别使用卫生间。"

卫生间里没反应。黄哥只好继续敲。半晌,门突然"刷"一声打开,黄哥的手顿在半空。叶乔面无表情地走向一个左右无人的座位,将安全带系好。

飞机在跑道上滑行,随后腾空,往云层冲去。

今天能见度很好。航程约为七个小时,据天气预报,南极点七小时后的天气很适合降落。

云层之上,飞机平稳地飞行着。

黄哥开始给所有人介绍物资,"这里准备了够大家吃半个月的水和食物,不光是干粮,看,还有自热盒饭呢,保证大家能吃好……"

"呃,"小白忍不住吐槽,"盒饭就盒饭吧,还是自热的,太不吉利了啊……"

黄哥长期生活在南非,没听过"发盒饭"的梗,一脸无辜,"大家不喜欢吃盒饭吗?盒饭里都是中餐的炒菜、烧菜,这可比干粮好吃多了呀。"

"算了,你继续讲。"小白无奈地摆手。

黄哥如数家珍,一一展示样品,"喏,发热内衣、防寒服,考虑到大家可能存在受伤后需要更换的情况,所以各准备了二十套。这都是高科技,又轻便又暖和。还有防风护目镜,这是十副。保暖睡袋二十个,帐篷五顶。是大帐篷,一顶就能睡五个人

## 第四章 极 昼

的。这帐篷顶棚带简易太阳能聚暖装置,这样可以保证篷内室温达到10℃左右。"

小白举手提问:"那晚上怎么办?"

陆星移想到了,"这个月份,南极点上正处于极昼,所以我们可以一直取暖。"

黄哥赞赏地点头,"回答正确。啊,对了,还有便携式太阳能发电机,虽然无法支持大家大功率用电,但给随身携带的电子产品、暖手宝啥的充个电没问题……"

听着黄哥的介绍,小白心里被一种很难形容的情绪填满。一方面来说,物资确实很丰富,这是他加入猎户座以来,所执行的准备得最充分的任务了。另一方面,越是充分的准备,越说明那个地方的环境之恶劣。他现在并不恐惧,但这不是因为胜券在握,而是因为他对即将抵达的战场毫无概念。就像没有复习就要去参加的考试,因为大脑一片空白,所以根本不会紧张,但表面的平静下,不安处处潜伏着。只需要一个破口,就能引发情绪的连锁崩溃。

黄哥又讲了一些在南极扎营的注意事项,他抬腕看看表,"好啦,大约还有五个小时抵达。我不打搅大家了,都休息一会儿吧。"

偌大一架飞机,就载了这么几个人。大家都在头等舱区就坐。小白和阿星坐在两个紧挨的座位,沈放与他们隔一条过道。后面一排坐着南宫、何念念、和隔了过道的普莱德。叶乔独自一人坐在沈放后面那排,扭头看着窗外的云层。

陆星移小声在小白耳边说:"队长好像心情不太好,你去找

· 165 ·

## 零日传说Ⅲ·弑神

她聊聊吧。"

"嗯……"小白踟蹰着。他何尝不知道队长心情不好？他想过上前安慰，可到底该怎样自然而然地走过去坐到队长身边，要聊的话，又要找什么话题呢？他完全不会……

机会是不等人的。

就在小白刚打算硬着头皮去找队长聊、正扭过身子的瞬间，普莱德先他一步站起身，那么自然而然地走到叶乔身旁的座位，坐了下来。

小白当即石化在原地。

"你快去呀，怎么不动了？"阿星疑惑，回头看了眼状况，顿时一脸同情地拍了拍小白，"哎……"

小白心如死灰地瘫在头等舱的座椅上，生无可恋地盯着上方的行李架。

次元囚笼和从林修平手中接过的刀都放在那里。

前段时间，猎户座确定最终作战计划是封印四凶兽后，他便去林修平居住的永安公寓，找出了"神器"。

随着科技的发展以及"神"真面目的曝光，次元囚笼封印异兽的原理已不再是秘密。所谓封印，无非是通过能量打通一个四维空间，将凶兽困在其中。

作为猎师四脉林修家的人，他还无法独当一面。明明是四脉领衔的行动，到了他这里，却仍是叶乔担当着队长的责任。是不是从一开始，就过于依赖她，把自己身上的负担，也理所当然地加在了她身上？

小白又一次对自己产生了厌弃。就像从前时常发生的那样。

他闭上眼，却睡不着，而是竖着耳朵聆听。耳朵里灌满飞机

## 第四章 极 昼

航行时的轰鸣，后方传来隐隐约约的谈话声……

普莱德坐到叶乔身边，并不说话，只和她一起看着窗外的云。

看了一会儿，他对叶乔说："能被父亲当做工具，并不是最糟的。对吧？"

叶乔知道对方在安慰自己，但她没有道谢。"这是我自己的事。你是不是要说，和你比起来，我好多了？比惨没有意义，每个人想要的，和他们身处的困境，也并不相同。"

"不，我没打算那么说。如果我认为要像我一样惨，才有悲伤的资格，那太傲慢了。"

这倒让叶乔有些意外，"哦？那你想说什么。"

"父母，孩子……"他轻轻"喊"了一声，"是什么很特殊的关系吗？为什么要对这种关系抱以过高的期待？孩子之所以依恋父母，全是本能所致，因为人类幼崽实在太弱了，如果不依靠父母，就无法生存下去。而父母抚养孩子，也无非是责任，你怎么能要求所有人都有相同的责任心？而除责任之外，按自己的意愿去驯服孩子，让孩子变成一个对自己有用的成人，或让孩子长成自己理想中的人物，这才是父母抚养孩子最本质的目的。所以，一个人对他人来说有用，这就够了。被当成工具不是什么坏事，这至少说明你有用。人和人之间关系的维系，不都是建立在对彼此有用之上吗？"

"你从小就这么想？"

"不，这个道理是我后来才明白的。"普莱德伸手拂了拂直射在他半边脸上的阳光，像要扫开什么，"我也曾想依赖什么人。

零日传说Ⅲ·弑神

但当我发现救援永不会来，可依赖之人永不会出现；当我发现母亲虽养活我，却想让我为她挣来更多；当我身高超过那个为首欺负我的孩子，第一次反击了他，将他那丑陋的脸踩在臭水沟里……我才明白。"

"永不寄希望于救援，不去依赖他人……"叶乔顿了顿，"这向来是我的行为准则。"

"现在仍是吗？"

叶乔没回答。

普莱德掏出一只真丝刺绣眼罩放在叶乔面前的桌板上，"忘掉这些，睡个好觉。"

"不是这样的……"

躺在前排座椅上的小白听见普莱德和叶乔的谈话，在心底无声地反驳。

虽然，现在的他还没有立场去陪在叶乔身边，只能躺在这里什么都做不了。但总有一天，他会让叶乔知道，不是这样的……

## 6

飞机开始降落，下方白茫茫一片的冰盖越来越近。万里晴空，阳光刺眼夺目。

随着往下一顿，飞机落地在距南极点约2000米的地方。冰轮在陈年的积雪上滑行，发出刺耳的呼啦声。时速渐渐下降，终于，飞机停稳了。

机长从驾驶舱走出，"这次降落非常完美！现在距离南极点

## 第四章 极 昼

仅50米,待会儿我们会帮大家就地扎好帐篷,物资也全部卸下。再之后的事就靠你们了,我们就先返航了。"

陆星移解开安全带,起身向机长致谢,"辛苦您了。"

机长摆摆手,"小菜一碟。来南极的航线我少说也飞了几百次,这次无非是再往南一些。好了,我要开舱门了,大家换上防寒服。"

众人纷纷做好准备。小白把自己从头到脚包好,机舱门滑开,寒气瞬间灌了进来。

下了飞机,小白看向南极点的方向。专属于南极点的立柱金属球标志孤零零立在那里。在金属球正上方,果然有一处剧烈的空间波动,像蓝天下的涟漪。那涟漪波及的范围少说有一个足球场那么大,这是小白从未见过的规模。

机长、副机长和黄哥显然也看到了这奇诡的一幕。但他们并未询问,只是忙着卸载物资。

大家不好意思坐享其成,都帮着卸货扎营。很快,帐篷扎好了,物资也都存放进了其中一顶帐篷内。

检查了太阳能供暖器、GPS、卫星电话等各项设施都能正常运作后,黄哥向大伙儿告别,"此地不宜久留,我们先撤了。"

就好像与外界链接的那根绳索突然要断了,小白心里生出一丝慌乱,但他知道,要扛住,不能再想着靠叶乔了。他挤出一丝笑容,挥手,"你们快走吧。这儿太冷了。"

黄哥欲言又止,最后只说:"能为各位服务是我们的荣幸。"

小白看向这名男子,他脸上显然写着"我懂的"。不清楚他到底知道多少他们将要在南极点做的事情,他没问。小白答:"也谢谢你们的飞机。"

· 169 ·

# 零日传说Ⅲ·弑神

"希望还能再见到各位。到时来接你们回城。"
"嗯，再见！"

飞机滑行着离开，最终腾空而起，越来越远，消失在冰蓝色的天幕那头，只有一道明亮的划痕还留在那里。
此刻，距空间波动出现，过去整整二十四小时。

七个人围坐在一顶帐篷内，开始了狩猎前的等待。
小白早已把次元囚笼的部件分给大家，叶乔也进行了战略部署。现在，帐篷外呼号着风声，所有人却都缄口不语。
正因为知道可能发生的最坏结果，才没人舍得打破这一刻的宁静。
小白目光扫过每个人，心中想起那些已经离开的同伴。
先锋官大叔，薛荣，他们可知自己因何牺牲，又为何而战？
想到这些，小白忍不住打破沉默，"我们真是一群傻瓜啊……"
大家相视而笑，"是啊，我们都是傻瓜。"
小白摘下胸前的徽章，放在手中摩挲。"我费了很大劲，渡过了新手期，从玄铁猎人成为青铜猎人。我以前还总想着，这枚徽章什么时候能升级成白银，甚至赤金。可是，这一切突然就没有意义了。就算我们这次成功完成任务，也不会有晋级仪式了吧？"
叶乔说："当然不会有了。"
"所以啊，我永远成为不了赤金猎人了。也不会再有新人站在楼顶仰望着星空宣誓，不会再有猎人前辈来告诉我们，这是血

## 第四章　极　昼

统的荣耀和责任……"

陆星移接过话，"可我们这群傻瓜，却还是来到了这里。"

小白苦笑，"到底是为了什么啊……纵星有坠，惟心不坠？有多久了，我没再听到有人提起这句誓言。普莱德，你这个时候跑来成为猎人，真是再烂不过的时机了。"

"我不是，也没想过要当猎人。"普莱德摊手，"我甚至没有一枚代表见习猎手的玄铁徽章。"

"不是猎人？那你来干吗？"

普莱德的目光似有似无地扫过叶乔，"来证明自己比哥哥更强。我知道，人类与异兽的战争很快就要结束。我每天拼命练习，不是为了屠兽，而是为了成为强者。再无人可以欺凌，而我可以得到任何我想得到的东西。"

"你啊，简直是一个无可救药的家伙……"这一瞬间，看着阳光在普莱德那张脸上落成细碎的冰晶，小白突然不羡慕他了。那不过是一个从来没得到过幸福的可悲少年罢了。

普莱德眼中的光芒一暗。不知不觉，竟在这帮人面前袒露了心声。"是我说得太多了。"他不再说话。

所有人也再次陷入沉默。

因为处于极昼，这里看不见星星。只有太阳低垂在天边。

伴随着呼啦一声——

距空间波动出现过去三十六小时，凶兽出现了。

## 第五章　弥诺陶洛斯

## 1

在凶兽出现之前，没人知道哪一头会出现在南极。当看见波动的空气里显现出那熟悉的黑金色翎羽，小白稍微松了口气。

毕竟，大家有过多次与穷奇作战的经验。若来的是羽蛇神或卡托布莱帕斯，还真不知要怎样应付。

叶乔大喊："不要给它机会，按之前的部署行动，速战速决！"

"是！"

除何念念守在营地的卫星电话前，所有人带上武器和封印部件，迅速展开阵型。

由叶乔发动头阵。她如离弦之箭，双手拖着双刀，疾步向穷奇奔进。

## 第五章　弥诺陶洛斯

穷奇扇着它巨大的翅膀，卷起一阵寒如冰刀的狂风，降临在这无边无际的冰面之上。而叶乔已然冲进了它的腹下。

今天的叶乔比平日更杀气腾腾，她大叫一声，双刀深深劈进穷奇的腹肉，一抹兽血涌出，登时染红洁白透明的坚冰。叶乔拔出刀子，滚身远离穷奇，"开始封印！"

手握光面发生器的沈放、陆星移、南宫、普莱德四人，迅速朝穷奇射出光面。无形之网将那头巨兽困住，不知是不是寒冷钳制了它行动，它的力量和敏捷竟都远不如平日。它发出声声哀嚎，却无法冲破光面围出的牢笼，此刻已形同困兽，做着无谓的抗争。

陆星移心中闪过一丝疑惑：也太顺利了吧？

南宫同样觉得奇怪，这远不该是凶兽的实力……

可事已至此，不可能放弃已唾手可得的成功，更不可能停下封印行动去细细思考到底哪里不对。大家朝小白使了个眼色，小白点头，朝光面内掷出小匣子。虽肉眼无法看见，但所有人都知道，一个四维空间正在那里形成。

大家屏住呼吸，等待穷奇被那个四维空间吞没。叶乔右手已换上射线枪，等着穷奇被吞没后，激发四维空间收束。

所有人的表情都并不轻松，因为那个疑问出现在了每个人心里。

真能这么顺利吗？

若不是耳边回荡着穷奇凄厉的咆哮，大家会更早一点注意到从冰盖传来的震颤，以及冰层龟裂发出的咯吱声。

是南宫和沈放最先觉到的。作为兽类，强大的五感令他俩

## 零日传说Ⅲ·弑神

先一步捕捉到周遭环境的变化。两人交换确认了眼神，南宫叫住大家，"小心，地面好像在震动。"

所有人将注意力集中到脚下，随即脸色骤变。他们都感觉到了。

南宫惊讶道："灭世传说是真的?!"

"怎么可能？仅仅是四方凶兽出现而已，怎么可能引发地震？"叶乔说。

普莱德说："会不会是巧合？"

"不对，不可能，"这完全超出常识范围的事令陆星移崩溃，"南极是一整块大陆，此处更是位于大陆中心，不存在板块交界，几乎不会发生地震。怎么可能这么巧，现在发生地震？"

"那就更奇怪了啊！"小白大叫，"如果不是恰巧这个时候发生了地震，难道是四头凶兽同时出现引发的地震吗？这更不合常理啊！"

冰盖的震颤开始加剧，所有人束手无策。难道，四凶兽身上真的藏着什么超自然的能力？

一道光从陆星移脑海中闪过。

"等等……"他说，"另三头凶兽，出现的位置……"

普莱德看过公爵的资料，"全部位于北纬19.5°线上。"

"是了！南极点，墨西哥城，马里亚纳群岛西北，乍得境内……"陆星移在脑海里飞速建立了一个地球的三维图形，他想到了，"这四个点，连线后是等边三角锥。"

"所以呢？"小白急问。

陆星移有了个大胆的猜测，"引发地震的不是凶兽，是封印！小白，快，关掉封印，关掉高维空间！我这就去通知其他人！"

# 第五章 弥诺陶洛斯

说着,他直奔向营地,边跑边朝营地里的何念念喊,"赶紧联系指挥中心,通知所有行动组停止封印!"

何念念一直在帐篷里守着卫星电话,她摇头,"从我察觉到冰盖在发颤,我就试图联系指挥中心,但一直联系不上。"

陆星移心中一沉,"那就给其他行动组打电话,问问他们是不是也遇到了地震。如果是的话,立即停止封印!"

何念念点头,争分夺秒与阿星着手联络其他行动组。

## 2

即使是能搭载四五千人的巨型邮轮,当它漂浮在一望无际的海面上时,仍如同一片树叶般渺小。

在西太平洋海域,这艘船上的猎人们正对刚刚现身的海德拉进行着封印。

一切很顺利。

或者说,一切过于顺利。

公爵眉头紧锁,注视着海德拉的一举一动。这头凶兽作为兰彻斯特家的宿敌,它的实力公爵最清楚不过。可此刻的它仿佛是自投罗网,只进行了几下无谓的抗争,便凄厉地哀鸣着,任由光面将它困住。

这分明是陷阱。

可就算是陷阱,也只有踏进去,才能知道陷阱里到底有什么。

公爵展开高维空间盒子。在海德拉头顶,肉眼无法可辨的维度里,一个四维空间正被激活。

## 零日传说Ⅲ·弑神

四维空间将海德拉装进去还需要一定时间。目前看起来,并无什么异常。

直至一分钟后,海浪以肉眼可见的速度增大。

公爵脸色一变,是海啸!

再凶猛的异兽,人类都有办法对抗。可面对大自然,哪怕只是大海的一声喘息,于人类而言都将是灭顶之灾。

手下的猎人大惊,"公爵大人……"

公爵快速镇定下来,目前的情况,封印海德拉行动不可能停止。否则待会儿要面对的,就是海德拉加海啸了。他沉声下令,"继续封印!"

跟着公爵的猎人都是老手,他们很快明白了状况,自然不敢停下手中的动作,用光面将海德拉困死,并暗暗祈祷四维空间的收束能快些完成。

渐强的海浪中,这艘稳如泰山的巨轮,竟开始摇晃。

中国地震局,监控中心。

一时间,警报和铃声此起彼伏地响起,如潮水从四面八方涌来。这种情况从未发生过,平日,它们总是零星响起一声。

数名接线员不敢怠慢,迅速处理着这些涌入的信息。

"四川地震局请求汇报,一分钟前四川各地出现震感,我们发现一个很奇怪的现象,各地测出的地震烈度竟几乎相同……"

"河北地震局请求汇报……"

"浙江地震局请求汇报……"

"广东地震局请求汇报……"

"黑龙江地震局请求汇报……"

## 第五章　弥诺陶洛斯

　　研究员坐在复杂的仪器前，眼睛死盯着切分成数个小画面的大屏幕。数个小画面上是各地监测到的地震波，而它们竟几乎完全一样！

　　这绝不可能。研究员甚至怀疑仪器出了问题。但接线员紧急传来的信息，却验证了仪器的数据：各地都观测到了这超乎寻常的现象，并且，各地确实同时发生了烈度几乎一致的地震。

　　地震总有个震中，各地感受到的地震烈度会随着离震中距离的变远而衰减，各地测到的地震波线条也不尽相同。可是现在……

　　研究员调出世界其他地区的地震实时监控数据，看到结果时，她快疯了。

　　世界各地都在发生烈度相同的地震。

　　此时，地震并不算强烈。从开始到现在所经过的几分钟内，仪器显示当地烈度从一级升到了四级。研究员手指快速敲击了电脑的几个按键，冷汗从她额头沁出。地震已持续数分钟，竟还没找到震中。不对，说没找到也不准确。震中指向地球球体的中心点。

　　对，唯有这样，才可以解释为何各地感受到的烈度一致！

　　这已经超出研究员的常识体系了。她预感到一场灾厄将要发生，跌坐到办公椅上。

　　又是两分钟过去，当地——也可以说是全球任一地区，地震烈度升为五级。

　　全球主要国家负责监管地质灾害的部门迅速召开了紧急网络会议。快速沟通后，大家得出初步结论：地核发生不明原因能量

· 177 ·

## 零日传说Ⅲ·弑神

释放,导致全球同时产生震感。地震烈度每两分钟上升一级,若不及时阻止,十四分钟后——不,现在是十二分钟了——地震烈度将突破最高的十二级,没有国家可以幸免,也没有人类可以幸存。

"我们没有办法阻止,留给我们的时间太短了。十几分钟能干什么?而且震中在他妈的地核里面。"

网络会议频道里一片死寂。

"祈祷吧。"一名德高望重的老者开口,"或者,给家人打个电话。孩子们。"

地震烈度达到七级。

墨西哥城。

随着大地的震动,一名装修工人从脚手架上坠下,楼房的窗户哗啦啦响着。

在这座城市的边缘,贫民窟那些劣质的砖混房塌了一片。

而在无人的远郊,艾斯家族封印羽蛇神的行动正在进行。

山体滚落下来一些碎石,看着猎人们慌乱的神色,艾斯叫道:"都在紧张什么?墨西哥发生地震很正常。快点集中精神完成封印!"

此时,她的助手接到了来自南极的紧急通话。助手举着笨重的卫星电话跑过来,"艾斯小姐,全球都发生了地震,可能与次元囚笼激发的高维空间有关。南极队伍建议我们立即停止封印!"

艾斯动摇了一瞬,转而还是强硬道:"他们凭什么就判断地震跟封印有关?再说我看这地震也不算强,根本不影响……"

"我看还是算了。"手握光面发射器的一名猎人将手中的东西

## 第五章 弥诺陶洛斯

一甩,"艾斯,我们都带枪了,现在还废这劲干啥,老子直接把这怪物轰死!"

随着他所控制的这幅光面消失,对羽蛇神的围剿出现了破口。但羽蛇神似乎并不急于脱身。

艾斯没注意到这点,她只是气急败坏地关闭了刚打开没一会儿的高维空间匣子。这帮人表面上承认她是艾斯家族当家,私下却无一人服从她号令。她无能为力。她恨恨地冲那名撂挑子的猎人喊道:"那就快点架好重机枪,快点轰它!"

非洲乍得境内,加扎勒干河下游。

接到来自南极的紧急通讯后,图坦当机立断停止了封印。

卡托布莱帕斯从光面的牢笼中冲出,喉部发出沉重却也决绝的呼声。随即,大量毒雾如蒸汽般从它身上喷出,首先接触到的猎人,身体竟像碰到硫酸一样,在数秒内便熔成了水。

在场的猎人饶是经验丰富,也从未见过卡托普莱帕斯这样的攻击方式,甚至在猎户座的资料中都没见过。他们握着武器的手微微发颤,无人再敢上前。

于卡托布莱帕斯而言,毒雾蒸汽的喷发会大量消耗它体内的能量,最多只能持续几分钟。如果几分钟内不能把这些猎人杀死,它就会精疲力尽,成为任人宰割的对象。

它今天没有了退路,所以它第一次用这样冒进的方式攻击。

它是为杀死所有猎人而来。

零日传说Ⅲ·弑神

# 3

虽不知陆星移为什么让停止封印,小白还是选择相信阿星的判断,他咬咬牙收回了高维匣子。这玩意儿需要蓄能,短时间内只能激发一次四维空间。这意味着,一旦停止,他们今天就没法再次使用神器,而必须与穷奇正面交战了。

那古老的训诫在耳边响起——凶兽是杀不死的,只能封印。

而另一个声音,属于父亲林修平,那名传说中的最强猎人的声音同时在小白耳边响起——能杀死的。只要是生物,就都能被杀死的!

虽然没有了盾牌,有点不习惯空空的左手,小白还是握紧了右手那柄专属于林修家的长刀。

好在关闭高维空间后,大地的震颤未再加剧了。看来阿星的猜测可能是对的。不过余震仍在持续,而挣脱封印的穷奇则与刚出现时截然不同了。它的呼啸声从凄厉转为振奋,它扇动双翼飞向天空,转而掉头俯冲直下,直冲向营地的帐篷。霎时间帐篷便被掀翻,物资散落一地。陆星移和何念念刚把消息传递出去,他俩没来得及逃走,被穷奇扇得飞起好几米高,摔在地上后又在冰层上滚出去数十米,几乎晕死。

"念念!"南宫担忧地看向女孩摔落的地方。

叶乔沉声道:"它不打算再逃走。它要杀死我们。"

"那我们就杀死它。"普莱德举起了剑。这是他第一次参与真正的实战,凶兽带来的压迫感令他浑身的血液沸腾了起来。

我们所有人都可以活下来。因为,我不会再输了。我可以保

## 第五章 弥诺陶洛斯

护所有人了。沈放在心中默默想着,将爪刀紧握进自己掌心。

与有飞行能力的异兽作战,使用远程武器的猎人不可或缺。偏偏团队中两名使用弓箭的猎人——陆星移和何念念——丧失了战斗力,一下令猎人这边的局面陷入被动。

此处是广袤无垠的平地,穷奇畅行无阻,猎人们却没有任何可利用的遮挡物,这更令猎人处于劣势。

这传说中的凶兽,瞳中映着寒冰,带着肃杀之气,周旋在几名猎人之间。猎人只能趁它冲近地面的时机发动攻击,但它俯冲的速度快如炮弹,若不避开,必然会遭受重击,又如何伤它?

它没打算和猎人玩猫鼠游戏,这完全就是它的战场,猎人都已是囊中猎物。它打算速战速决。

这是弥诺陶洛斯的命令:

若灭世计划失败,就尽可能歼灭猎人有生力量!

现在,它要开始屠杀了。

它很快判断出,在场几名年轻的猎人都不弱,但那名褐发红瞳的少年显然最无经验。于是它决定第一个拿他下手。它再次升至高空,转而张开巨喙,直扑向普莱德。

穷奇其实多算了一步,它计算了这名少年躲避自己此次攻击之后的位置,于是真正的攻击便向那个位置有所偏移。

偏偏普莱德并没打算躲避,他心里没有一刻有要躲开的念头。他看准时机,直直将剑刺进穷奇张开的喙中。

这一击需要无比精准的控制力,才能在穷奇如此高速的猛扑之下,将剑刚好刺进喙内。小白喝彩,"普莱德,不错嘛,我还担心你拖后腿呢。"

## 零日传说Ⅲ·弑神

穷奇震怒,它没想过这少年竟会不躲。哪怕是出于本能,面对一头巨兽这样迎面扑来,也势必会条件反射地躲开。好自负的少年!不过,自负是要付出代价的。真以为这样就能伤到它?穷奇合上巨喙,紧紧将普莱德的剑夹住,再甩头一撇。

普莱德无法与穷奇的力量抗衡,剑被它从手中夺走了。

穷奇将他的剑甩向远处,鸣叫着盘旋归来,再次攻向普莱德。

这一切就发生在转瞬之间,不远处的小白看得目瞪口呆。而在他握着长刀正准备上前开战时,一个声音在他脑海里响起,"情况危险,换我出来吧。"

小白一怔。转而明白了,"你是我的第二意识?"

"我更擅长战斗。不想有同伴牺牲的话,就让我来。别每次都等到晕过去才换我出来了!"

虽然不想每次都让第二意识出风头。可那句话让小白心中被刺痛了一下——不想有同伴牺牲的话……是啊,如果自己强一些,那些牺牲掉的同伴,说不定本可以不必牺牲的。

小白沮丧地点了点头,"那好,你保证,不要有人死。"

"我会竭尽全力。"

"那就你来吧……"小白失落地,缩回意识后面。

等白凌霄的第二意识出来,映入他眼中的是这样一幕:

穷奇攻向失去了武器的普莱德,而普莱德已来不及躲开。千钧一发之际,叶乔上前护在普莱德身前,挥刀挡下了穷奇这一击。

## 第五章 弥诺陶洛斯

"我带队的战斗里,不准有人比我先死!"

这是每一位已牺牲的前辈教会她的道理。队长要对队员的生命负责。或许正如普莱德所说,并非每个人的责任心都相同。但叶乔正是属于那种责任心爆棚的人。她心中一涩,啊,该死的责任心。正是这种责任心,才让自己活得这么累吧?

穷奇这一击的力道无比之大,叶乔的刀与它的坚硬的翎羽碰撞,发出刺耳的响声。它的羽片簌簌掉落,而叶乔也被它的力量带倒,和普莱德一起重重摔到一旁。

普莱德倒在凉得刺骨的冰上,叶乔趴在他身上。还好有防寒服和护目镜隔着,两人才不至于那么尴尬。叶乔挣扎着撑起身子。

是不是头摔傻了,怎么突然鼻子发酸?普莱德呆呆地看着蓝得发白的天空。

他迄今为止的人生里,当然无数次面临过绝境。可像这次这样,真真正正地连潜意识都相信了这个瞬间可能要死,还是第一次。有了这次,他才明白,他此前所遇到的那些危险,并没有真正危及生命。至少那些时候,他潜意识并不相信自己会死,所以还会指挥身体做出反应。而这一次,当潜意识判断出必死无疑后,居然身体就不会动了。

要不是叶乔来救他,他大概已经被穷奇撕碎了。

"为什么……"他在叶乔耳边轻轻呢喃,"救我?"

竟有人宁愿放弃自己的生命,去救另一个人?世界上真的存在这种事吗?真的有这种人吗?真的存在这种关系吗?

叶乔估计自己又摔出好几处粉碎性骨折,虽尽力撑起身子,却实在无法从普莱德身上移开。她吃痛道:"我都说了,这是队长的责任。"

为什么会有这种感觉？普莱德感到心脏噗通、噗通地跳动着。而放在身体两侧的双臂，竟那样想要拥抱。拥抱面前这个人。他的手臂动了动，但最终还是没有将身上的女孩环起，"只是……责任吗？"

"普莱德，你听好了。"另一个声音从不远处传来。是白凌霄的声音，"叶乔是要用行动告诉你，你在飞机上对她说的那些话都是错的。人与人之间并非只有'有用'与'无用'这两种关系。"

"还有……别的关系？"普莱德轻轻问。但只是问自己。因为他的声音太轻，白凌霄不可能听见。

"她是队长，保护你这个队员是她的责任。但她也不需要独自扛起这一切。普莱德，"白凌霄坚定地说，"她保护你，我保护她。这不是责任，也不是交换。是我发自内心愿意这样做。"

"由你来……保护她吗？"普莱德不甘地、无声询问。

"叶乔！你可以比谁都强，但也可以偶尔不那么强。你可以不爱哭，但也可以想哭的时候就放声大哭。你可以期待依赖父亲，因为每个孩子都期待着依赖父母。但当你发现父亲不值得依赖，你也可以不再对他抱有期待。你可以战斗，也可以逃跑。你可以做任何你想做的选择，我会在你后面把一切都处理好。"

白凌霄声音不大，但每一句都掷地有声，敲击在叶乔坚硬如冰，却也脆弱如冰的心上。

普莱德感到女孩在自己耳边小声啜泣，接着，这啜泣变成完全不加克制的大哭。叶乔撑起摔得支离破碎的身子，却觉得一颗

## 第五章 弥诺陶洛斯

支离破碎的心在这一刻竟被一股温热的暖流黏合在一起,她喊着:"我不想再战斗了……"

因为叶乔在这一刻才意识到,从小到大,所有的努力,都只是为了得到父亲的一句夸赞。而父亲从不夸赞她。为什么那样想得到父亲的认可?这根本不值得,也毫无意义。这么想着,她哭泣得更为悲伤,再次说道:"我不想战斗了……"

"好,"白凌霄答应,"那就由我来战斗。这本来就是我们林修家的战斗,你好好休息吧,只用在一旁看着就好。"

"你要一个人单挑凶兽?"普莱德诧异。

"不,我还有我的伙伴。"白凌霄看向另外两名男孩,"沈放,再和我并肩作战一次。南宫,也拜托你了。"

两名男孩与白凌霄站成三角,将穷奇围在中间,"乐意之至。"

## 4

穷奇明白了这三名少年的意图。他们想仅凭三人的力量围杀我?实在太不把凶兽放在眼里了。它仰天长啸,将第一个攻击目标锁定为失去双翼的翼人南宫。明明是兽人,却与改造人站在一起。叛徒!

而且,失去双翼的翼人,几乎是个残废了。

南宫当然也明白这一点。但他已没有双翼地生活了十数年,他习惯了。何况,他还有匕首。趁穷奇扑击而下的时机,他举起匕首尽全力向穷奇腹部刺去。但穷奇双爪一钩,狠狠将南宫拍向另一侧。

## 零日传说 Ⅲ · 弑神

  白凌霄拎着长刀，继续斩向穷奇腹部。但穷奇这次飞向了天空。
  如此往复几次，虽穷奇暂时未伤到几人，但他们也没伤到穷奇。和之前一样，每每要击中它时，它便飞走，地面作战的猎人无能为力。

  此时，在几十米开外，摔晕在地上的陆星移醒了。
  极点附近，太阳并不会升到顶空，而是在贴近地平线的地方绕地面旋转。阿星的脸正对着烈日斜射而来的方向，白光映在冰上，晃得他什么也看不清，只能看见三个身影与穷奇鏖战着。
  他突然想到了什么，冲战斗中的伙伴喊道："逆光！"
  他解释道："你们背对太阳而站，引穷奇以迎着阳光的方向攻击你们。这样它就看不清了！"

  白凌霄、沈放、南宫同时明白了陆星移的提议。他们照阿星的话去做，果然，穷奇在扑来时动作开始有所迟疑。它的进攻失了准，尖喙磕到坚硬如铁的冰面，冰面顿时崩出碎块。
  趁这个瞬间，白凌霄一刀刺进它的眼眶，并跨骑到它脖子上，"我受够你总是飞走了。没完没了，无休无止。我不会再放手，直到杀死你为止！"
  穷奇被激怒了。狂怒的穷奇直直升向万丈高空，白凌霄紧紧骑在它脖子上，一把将深深扎进穷奇眼眶的长刀抽出。
  它眼眶喷出鲜血，那伤口却也在以肉眼可见的速度愈合。白凌霄回想起与海德拉作战的可怕记忆。凶兽变态的愈合速度是它们极难被杀死的主要原因，若不能在短时间内取它们性命，它们

## 第五章 弥诺陶洛斯

所受的伤就会不停愈合，仿佛永远杀不死一般。可林修平那句话，一遍遍回荡在白凌霄耳边。

他大叫着："不要以为你伤口好得快我就没办法！说到底也是肉体凡胎的生物，一定能被杀死！"

这么喊着，他将刀割向穷奇前颈。可那里被翎羽所覆盖，白凌霄感到自己的刀割在了一块铁上，再无法前进分毫。

穷奇则试图将白凌霄甩下去。它在空中狂乱飞着，但那少年无论如何都紧紧箍着它脖子，不管它怎么飞都无法把他甩开。它陷入烦躁，正思考着要如何解决掉这个麻烦，另一只眼眶又被长刀刺中了。

它疼得嗷了一声。

白凌霄狠声道："你不是伤口好得快吗？那我就刺你十次、百次！"

穷奇再次长长地呼啸了一声。那声音仿佛在警告：不要小看凶兽！

紧接着，它竟如一枚巨大的陀螺，开始在空中高速旋转。而在这关键时刻，那该死的心悸又来了，白凌霄双手一松，终于被它甩下身，像一片树叶般飘落。

南宫向白凌霄下坠的位置狂奔，在他即将着地时伸手挡了一下。因为有了这个阻力，白凌霄才不至于摔死。但他仍被摔晕了。南宫双臂也受了重伤。

而甩开白凌霄的穷奇，直扑沈放而去！

它从刚才起就注意到那名少年了。

它过往也曾与那名少年交手，可那个时候，那名少年不是这样的。今天，那名少年格外的沉稳。可不知为什么，那名少年给

·187·

# 零日传说Ⅲ·弑神

它带来了极强的压迫感。直觉告诉它,他是最难对付的人。

即使已做了如此心理准备,穷奇仍低估了沈放。

在护目镜后面,那少年眼中闪过一抹青色凶光,紧接着,他以极快的速度出手,正面迎击了穷奇的这一波攻势。

他双手的爪刀交叉一挥,竟抓下了穷奇胸前的羽毛。那是它浑身的羽毛中最硬的部分,没想到少年这样轻易就扒拉下一大片。不仅如此,穷奇还感到了一丝疼痛。它低头看去,胸前裸露的皮肤上,竟多出了几道伤痕!

它用爪子抓向沈放,而直到爪子接触到沈放皮肤的瞬间,它才发现那少年的皮肤是那样硬,如一层铁甲。它再次蓄力,重新抓向少年,这次总算抓破了少年的皮肤,而少年皮下涌出的,是黑红色的血液。

它疑惑地打量沈放。

这竟是又一名叛变了的兽人?

在它疑惑的空当,沈放已发动了全力攻击。他的速度快得令人几乎看不清人影,只见他如闪影般掠过穷奇的后背、双翼、尾部。等他停下,穷奇身上的羽片竟已掉落得七七八八,如一只被拔光了毛的巨型公鸡。

小白一醒来就看到这个场面,一度忍不住想笑。

他已恢复本来的意识,心里有些遗憾,因为错过了战局最精彩的部分。

穷奇从未受过这样的屈辱,它对着天空,发出一阵所有人从未听过的呼号。这声音如燃烧的流星划破远古的时空,是那样凄绝又壮美。

## 第五章 弥诺陶洛斯

陆星移想起,他曾在一本流传并不广的猎户座资料里见过这样的传说——凶兽之间可以产生心灵感应,它们通过特殊的高呼产生意识共振。这种声音……"小心,它在呼唤同伴!必须在同伴赶来前,先把它彻底解决!"

沈放朝他点点头。好像在说:放心,都交给我。

穷奇仍在做垂死挣扎。它展翅飞起,但失去羽毛的它很难抵御这刺骨的寒冷,飞翔的动作明显变得缓慢而僵硬。

阿星拾起落在地上的弓,忍痛将弓张满,对着穷奇射出一箭。这箭直扎入它翅下,它哀鸣一声,直直掉落。

小白和沈放对了个眼神,两人同时上前,小白挥刀刺进它心脏,沈放则撕破了它喉咙。不,说撕破不够准确。沈放几乎扯断了它的脖子,现在只剩下一点外皮,和身子藕断丝连地连着。

小白感到有点恶心。他看了看沈放,可是隔着护目镜,他看不清这名曾经最亲密的朋友。

沈放咳了一声,血从他嘴角溢出。

"喂,你……"小白担心道。

沈放抹去嘴角的血,"我没事。"

"你到底……"小白想问点什么,但欲言又止,到底还是淹没在了呼呼的风声之中。

穷奇已然失去活力。它的伤口不再愈合,血噗噗地往外喷涌。终于,它的尸体消失了。

但没人脸上露出轻松的表情,所有人的神情反而更严峻了——

半空中,那处本已快要消失的空间波动又开始荡起涟漪,波

# 零日传说Ⅲ·弑神

动的空气令晴空如海面般变形起伏。陆星移的猜测恐怕没错，穷奇召唤来了同伴。

在所有人屏气凝神的注视下，一头长着长长脖子的巨大铁牛渐渐现形。它浑身的皮肤闪着银光，口腔和鼻孔都释放着污浊的毒气。在场的人都是第一次见它，但大家早已从猎户座资料中得知了它的大名：

四方凶兽之一的卡托布莱帕斯！

卡托布莱帕斯刚解决掉非洲的猎人。在它用了那种近乎自残的攻击方式后。

它甚至没有被猎人的钽兵器划伤。

然后，它感应到了穷奇的呼声。

虽消耗了极大能量，但还能再战。它没有多想，退回到异空间里，再从定位到南极的通道中弹射而出！

"又来一头凶兽……是要让我们连着杀两头吗？"小白喃喃道。

普莱德并未受重伤，他刚才只是因为心中太过震撼，一时行动停滞。现在，他已平复了心绪，并重新拿着剑站了起来，"如果它能毫发无伤地过来，那就说明，至少有一支封印凶兽的猎人队伍失败了。他们不仅没能封印它，也没能击杀它。很可能已经……"

不用普莱德说出口，所有人都猜到了他的下半句。

只是，不知道遭遇不测的到底是哪一脉。公爵应该没问题。那就是艾斯，或者图坦？

## 第五章　弥诺陶洛斯

幸运的是，大家所佩戴的护目镜面罩也保护着口鼻。卡托布莱帕斯最恐怖的便是它可以源源不断释放毒气，因此它所过之处，寸草不生。若在没有防护的情况下遭遇它，大家很可能已经毒发身亡。

躲过了第一波毒气攻击，接下来便是短兵相接的硬战。好在卡托布莱帕斯不会飞，在地面狩猎是猎人们的强项。

而这头常常在非洲热带地区出没的凶兽，似乎不太适应这极寒的天气。

小白、普莱德和沈放，将它围在了中间。

"想不到还有这样跟你肩并着肩作战的时候。"小白对普莱德说。

普莱德没看小白，"这是你的荣幸。"

"喊，你这人说话为什么总这么讨厌啊！"

"别分心了，好好战斗吧。"普莱德像是不经意地提了一句，"你比你的第二意识差远了。"

"我……"被戳到痛处，小白一时语塞。那种不服气却又无能为力的感觉又浮上心间。他本来想说"我哪里比他差了"，可最终还是没说出口，这反驳太苍白了，普莱德说的是事实吧？最后，小白只是默默攥紧了手中的刀柄。

"别争了。"沈放深深地看了在斗嘴的小白和普莱德一眼，他不打算再瞒下去，"你们打辅助就行，我可以解决它。"

"你刚刚都吐血了……"小白小声提醒。

沈放像没听到一样，"穷奇也好，卡托布莱帕斯也好。海德拉也好，羽蛇神也好。不管它们来多少，我全都可以解决！"

这明明是一句再狂妄不过的宣言，可不知为何，听到沈放语

## 零日传说Ⅲ·弑神

气中的毋庸置疑,小白完全地相信了。和以前爱盲目逞英雄的那个沈放不同,现在的沈放让小白越来越无法看透,却也越来越让小白感到可靠。

虽刚打完穷奇,身体已无比疲惫,有了沈放的保证,小白心里多了一分信心。

卡托布莱帕斯发动攻击了。

它的速度竟很快,远比它那笨重体型看上去的样子要快。它头顶尖角,朝普莱德杀去。它和穷奇做出了同样的判断——这是一名缺乏实战经验的新猎人,拿他下手。

而普莱德这次放弃了正面迎敌。他飞身闪向一旁,剑尖在凶兽身侧重重地划了一道。卡托布莱帕斯的皮肤不如穷奇坚硬,被这剑刺出了长长的口子。

"不要小看我啊,野兽!"

卡托布莱帕斯喘息一声,将头垂在地上呼哧起来。登时,它周身散发出大量如蒸汽般蒸腾的绿色毒雾。

这毒雾的杀伤力已远赶不上它处于能量巅峰的时候,但也聊胜于无。

小白因戴着面罩,完全没把这毒放在眼里——虽然还不够努力,但这两年来每天辛苦训练的是我。一天比一天变得更强的是我。甚至每次参与作战的,大部分时间也是我。第二意识只是每次等我打得晕过去了才跑出来出风头而已,凭什么比我强……这么委屈地想着,他冲动地冲进毒雾,欲给凶兽致命一击。

却没想到这毒雾竟滚烫灼人,虽没有皮肤裸露在外,还不至于被灼伤,但护目镜片上霎时凝满绿色雾气,视野完全被挡

## 第五章 弥诺陶洛斯

住了。

"喂……"小白懊恼地低吼一声,挥刀胡乱斩击。但并未击中目标。

他看不见发生了什么,只感到一股热浪扑向自己。

"别动!"是沈放的声音。

小白停下动作,随后,一个人挡在他身前,阻绝了热浪的进一步来袭。

噗叽一声,似乎有什么被刺穿了。

仍是沈放的声音,"白痴啊你!都说了让我来,往前冲什么冲!"

"我……"小白羞愧地低下头,"我不想比他差太多……"

沈放以为小白话里指的是普莱德,"所以你就不要命地乱冲吗?"

"是我判断失误了。如果是他,一定不会做出这种误判……"小白抹了一把护目镜,终于恢复了一部分视野。只见沈放替自己挡下了攻来的卡托布莱帕斯,他一手紧握着这凶兽头上的一只角,死死将它抵住;而凶兽头上的另一只角,扎进了沈放肩下。

那里流着血。

黑色的血。

而沈放再次"噗"的一声,喷出一口黑血。

小白以为自己看错了,他再擦了擦护目镜。可那血的确是黑色。"你中毒了吗?"他担心地问。

"没有。"沈放摇头。

"那你……"

"以后再说。死不了。"

零日传说Ⅲ·弑神

"啊,好。"小白回过神,意识到卡托布莱帕斯只是暂时被沈放钳住,危险尚未解除。他赶紧趁此时机对着它一顿狂砍。

普莱德也来帮忙。

卡托布莱帕斯当然不会坐以待毙,它拼命扭动,想挣脱沈放的钳制。可这少年握着它角的手纹丝不动,它无论如何也无法从这少年手中挣脱。只能无能为力地任另两名少年一刀一剑砍向自己。

它不知道,这种屈辱而绝望的感觉,刚才穷奇已经体验过一次了。

它闭上了眼睛。

弥诺陶洛斯大人……对不起,未能完成您的计划。一切都……结束了。

这难道就是我们的命运吗?

地球再也回不到过去了。尼德霍的阴谋要成功了吗?

它最后叹了口气,体内的毒素终于喷尽。毒雾慢慢消散,而它的生命也流逝到了尽头。

## 5

小白不敢置信地看着手中的刀,"我们刚才……杀死它了?这么容易就……"

"你感到容易,是因为他。"普莱德用眼神指了指沈放。

小白担心地看过去,"沈放……"

沈放捂住伤口,视线转向别处,"这没什么。"

寒风从沈放肩下的伤口穿过,吹得他身子发疼。刚才过度使

## 第五章　弥诺陶洛斯

用了力量，胸腔内也一阵翻江倒海。好在，一切都结束了。空中那处空间波动已经停止，看样子不会有异兽再来了。

众人长长松了口气。

不远处，叶乔和阿星他们重新扎好了帐篷。小白和普莱德扶沈放进到帐篷里。

他伤口上的黑血结成了冰渣。何念念温了一些生理盐水，先给他清洗伤口，然后用碘伏消毒，最后包扎起来。其他人也逐一用绷带缠上受伤之处。

在何念念给南宫固定骨折的手臂时，南宫一阵脸红。何念念小心而温柔地将他骨折的地方慢慢缠好。两人没说话，心跳却一阵阵鼓动着。

小白很想问沈放到底怎么回事，可大家忙着整理收拾物资，默契地没人开口。

这不是一个谈话的好时机。

沈放表情如常。

大家在物资中找出吃的，准备着开饭。食物的香气在帐篷内弥漫开，少年们围坐在一起。

本应该是轻松的时刻，可每个人都一脸心事重重。连向来话多的小白也一副沉思的表情。何念念只好来活跃气氛，笑着说："我们不仅来到环境最恶劣的地方，还一下杀掉两头凶兽。我们真是太厉害了！让猎户座那帮大人知道了，一定会吓一跳吧！"

阿星有些不忍地小声提醒："指挥中心不是都联系不上了吗？"

"待会儿我们联系兰彻斯特公爵吧。他应该能联系政府派飞机来接我们？"何念念道。

## 零日传说Ⅲ·弑神

"你们不知道吗,是公爵他……"普莱德想说,是公爵他故意把你们支来南极的啊。可他一想,公爵倒不至于明目张胆地把人遗弃在南极。他摇摇头,"算了,没事。公爵他会联系交通支援的。"

"嗯,等吃过饭我就联系公爵。"何念念反应过来什么,"对了,公爵是你父亲耶!要不待会儿还是你联系他吧?"想到要跟公爵通话,何念念感到一阵压力。能推给普莱德去做再好不过。

普莱德点头,表情却有些复杂。

吃过饭,普莱德用卫星电话联系上公爵,"父亲,我们完成任务了。"

他这句话说得毫无语气。没有想象中激动,似乎并不期待着父亲的认可与赞扬。他明白,这是沈放的胜利。不管承不承认,不管怎么来的,沈放已是无可争议的最强猎人。

对面果然也没对普莱德的成功表示夸奖与祝贺,只问:"凶兽是被封印,还是被杀死了?"

"我们遭遇了两头凶兽,穷奇和卡托布莱帕斯,全部击毙。"

公爵沉默了几秒,像是不太满意这个结果,过了一会儿才说:"我会联系交通。但现在全球都出了点状况,估计航班不能立即起飞。你们得在南极再待个一两天。"

"出什么状况了?"

"封印异兽时产生了波及全球的地震。虽然没造成严重的灾难性后果,但也有不少建筑被毁坏,各地政府都在紧急救灾,航班系统暂时有些乱套。我会尽快协调。"

"好的。"

## 第五章 弥诺陶洛斯

普莱德把这个消息告诉了大家。得知无法尽快离开南极，所有人情绪有些低落。

可除了等待，好像也做不了什么。

茫茫冰原上，少年们各怀心事。有人钻进睡袋睡觉了。南宫叫住沈放，"能不能，跟你聊聊？"

沈放看着南宫脸上的落寞，大概知道了对方要问自己什么。"当然可以。"

"我知道这样问有些唐突。但……你现在，是兽人了吧？"南宫小心翼翼地开口。

沈放轻轻"嗯"了一声。眼神躲闪开了。

"人类可以变成兽人吗？你是怎么……"

沈放从身上掏出通讯器，稍一用力便将它捏碎。若被尼德霍问起，就推说是在与凶兽的战斗中打坏的。在这荒无人烟的南极，倒是个避开尼德霍监视谈话的好地方。

做完这个动作，沈放才看着南宫道："是尼德霍……"

话还没说话，只见南宫刚一听见"尼德霍"这个词，便流露出惊恐万分的神情，颤抖着抱住了头。过了好一会儿，南宫才平复下来，惊魂未定地问："它是什么？为什么我一听到这个词就……无法控制地……"

"他们就是那个外星文明啊。"

"不，不对……"南宫摇头，"我现在还说不上来。但你知道，作为王族，我的基因里有远古记忆传承。虽然对一万年前外星文明入侵地球的事已经没有准确清晰的回忆了，但还是有一些

· 197 ·

## 零日传说Ⅲ·弑神

模糊的感觉和印象。我对你说的那个名字一点印象都没有,但潜意识似乎认为它和那个外星文明是两回事。"

"那你能想起来尼德霍到底是什么吗?"后方传来小白的声音。

沈放和南宫回头,见小白和阿星不知什么时候来了。

小白挠头,"不好意思,我们只是路过。"

见沈放狐疑的眼神,小白还是说出了实情,"沈放,我们也很担心你,想找你聊聊来着。看到南宫找你聊,我们就跟过来了。你到底怎么了?"

南宫脸红了红。他其实是想跟沈放确认那件事。

沈放叹气,"反正也瞒不过你们了。我……"他低下头,轻声说,"我接受了尼德霍的改造。"

"改造成兽人吗?你怎么这么傻,你为什么要让他把你变成兽人?!你刚才吐血是不是也因为改造?"小白激动地扳住沈放双肩。

"嗯,我还不太会控制这股力量。如果过度使用,好像就会内脏出血。不过也没什么大不了的,很快就会愈合的……"沈放一脸满不在乎又不好意思的浅笑。

"这也太伤身体了。你怎么这么傻啊!"小白再次埋怨沈放犯傻。

沈放抿了抿嘴唇,"我只是气自己不够强,什么都做不了。我只是想成为真正的猎人。我只是……想让他把我变强一些。不过,变强的结果就是让我成为了兽人。我可以接受的。"

"这怎么能接受?"

沈放若无其事地笑了笑,"其实,我不说的话,也不会有人

## 第五章 弥诺陶洛斯

看出来。并不会影响生活啦，没什么大不了的……"

"那，"小白关切地问，"你还可以跟人类女孩在一起吗？你喜欢了那么多年的宋禾姐姐……"

阿星一直在一旁给小白使眼色，小白没意识到。听到这个问题，南宫眼神暗了下去。

沈放打断小白的话，"别再说了，还是先聊正事吧。南宫，你说尼德霍不是外星文明，那它到底是……"

听到尼德霍这个词，南宫再次痛苦地揪住头发。好一会儿，他才缓过来，"也不是说它不是外星文明。但似乎，这两个概念并不完全等同……我想不起来了。好奇怪，为什么我会对这个词完全没印象，但一听到又那么痛苦？"

陆星移一时也想不明白其中的关系。

几人同时想起，解除弥诺陶洛斯欲灭绝人类的危机只是阶段任务。他们的最终目标是搞清楚外星文明制造人类的目的到底是什么，从而阻止外星文明得逞。当下，尼德霍是唯一的线索。既然沈放已与之有过接触，那就要顺着这条线索继续摸下去。

阿星问沈放，"你是在哪里接受改造的？如果去那个地方，能不能找到尼德霍？"

沈放把自己的经历说了一遍。

"这么说来，你并不知道那个改造舱的具体位置，也没见到尼德霍真身。"阿星思索道，"那就存在这几个问题——尼德霍到底是那个外星文明的名字，还是仅是外星文明中的一个个体？如果像南宫说的，尼德霍似乎和那个外星文明还不完全是一回事，那尼德霍到底是什么？它现在在不在地球上？"

所有问题都导向无解。大家一筹莫展，好像刚摸到的一丝线

## 零日传说Ⅲ·弑神

索又断了。

小白想了想,"我觉得它在地球上的可能性很大。如果它在其他星系,少说也跟地球隔着好几光年,信息传输会存在时滞,那它肯定没办法实时监测我们吧?沈放,你刚才说的,和它对话时,它都是实时回复信息的,对不对?"

沈放点头。

阿星道:"这一点我也想到了。不过,不好说他们的科技水平发展到什么程度,可以肯定的是比我们人类的科技水平高很多。那就不排除他们有特殊的通信技术,能跨越光年的限制。先试着找出它的所在吧。"

叶乔裹着睡袋从帐篷里探出头,打断了几人的密谋,"喂,你们几个不睡吗?在外面叽叽咕咕的聊什么啊,吵死了。"

"对不起……队长。"小白缩缩脖子。

听到小白像往常一样叫自己队长,叶乔脸色很臭,骂了句"白痴"。

小白以为他们又惹队长生气了,讨好道:"我们聊完了,不会再吵你睡觉了。"

沈放和陆星移看着小白,脸上也写着心疼白痴的表情。

男孩们散开,各自去拿物资准备休息。南宫追上沈放,脸上涨红一片,小声说:"刚才我的问题还没问完……我是想问,那兽人……可以变成人类吗?"

"可以。"沈放非常肯定地回答。

南宫没想到沈放回答得这么肯定,他本以为沈放会说"不知道"。他脸上闪过一丝希望,但很快这希望之光又黯下来,"代价是成为尼德霍的傀儡吗?"

## 第五章 弥诺陶洛斯

"如果你做好了舍弃什么的准备,也不一定要做它的傀儡。"

南宫点头,"我知道了。"

一觉睡醒,何念念从物资里发现居然还有电磁炉。男孩和女孩分住在两顶帐篷里,何念念张罗着把大家聚到一起,"快来快来,煮火锅吃喽。"

众人捧起碗,流着口水等待在红汤里翻腾的食物变熟。叶乔却穿上防风衣,"你们先吃,我不饿。"

何念念看向她,"你要去哪?"

叶乔戴好护目镜,"出去走走。"

除普莱德外,所有人视线集中到小白身上,急道:"你快跟去啊!看看她怎么了!"

小白端着碗,"啊?"

陆星移急得不行,一把将小白手中的碗抢走,"别吃了,还想再错失机会吗?"

小白如梦初醒,"哦,我这就去……"

他笨拙地穿戴防护装备,大家七嘴八舌催促他——

"快点嘛!"

"笨蛋!"

"再不抓紧队长就走远了!"

在这热闹的起哄声中,普莱德默然坐在一旁,面无表情地吃着滚烫的食物。这就是传说中的火锅?不过如此而已,一点味道都没有,哪里好吃了。一定是因为自己竟开始去奢望那些永不会属于自己的东西,才会感到苦涩吧……

看到其他人打打闹闹的笑脸,火锅升腾的雾气模糊了普莱德

· 201 ·

## 零日传说Ⅲ·弑神

眼睛。

　　小白在冰面上狂奔，很快赶上了叶乔。在他的人生里，能这样毫不遮掩与畏缩地去追逐自己所想的机会并不多。

　　叶乔察觉到有人来，侧头看了一眼。

　　她没说话，小白也不说话。两人就这样漫无目的地在冰面上走着。

　　小白终于忍不住打破沉默，"队长，大家都很担心你。"

　　叶乔还是不说话。

　　小白絮絮叨叨道："你是不是还在生你爸的气？别气了，虽然他抛下我们是有点过分……但现在事情都解决了。你……你要是有什么不开心的事可以跟我聊聊啊，我是不太会说话，但我会仔细听你说的，不管你说什么，我都……"

　　叶乔突然停住，小白差点撞在她身上。叶乔回头，看了小白一会儿，"你是不是不太记得他出来时发生的事？"

　　"他？"小白刚问出口就懂了，他垂下眼睛，"你是说他啊……确实，每次他出来我都晕过去了，所以对他做了什么毫无记忆。不过，就这次他打穷奇时，是我主动让他出来的，当时我还没晕呢，倒是多多少少知道他做了什么。那种感觉很特别，就好像开了一个上帝视角，像旁观者一样看着他，但又有点像梦，不是那么清晰……"

　　"那这次他说过些什么话，你都知道？"

　　小白脸上一红，好在有护目镜挡住，"那些话也是我想说的，只是我不像他有勇气说出口。你要是喜欢他的话，其实我……"小白声音越来越小。

## 第五章　弥诺陶洛斯

叶乔像没听见小白最后那句，只说："你如果能跟他交流，就代我向他说声谢谢吧。"

"啊？噢，知道了。"不知怎么，小白心里很失落。说起来也太可笑了，自己吃自己的醋？

"不过，我想好了。虽然他说，我可以选择软弱，可以选择哭，可以选择逃跑。但我还是决定继续做以前的自己，一个不哭也从来不会逃跑的战士。至于他说的不再对父亲抱有期待这件事，我倒可以考虑一下。不好意思，那时候我好像哭了，咦呃，"叶乔捂脸发出很嫌弃的声音，"忘掉那个画面吧。"

"我又不会笑话你！"小白发自内心地真诚表示。

"是我自己受不了而已。呼——"叶乔长长呼出口气。

少年和少女背对着太阳的方向漫步，身前是两条长长的影子。见叶乔不再低落，小白心里暗暗高兴。要是能一直陪着她，哪怕要永远住在南极也愿意……小白回头看了一眼斜阳，这真是个美好的时刻。

而这美好和平静，被空中的一缕波动打破了。

"队长，等等，"小白绝望地指向空间波动出现的位置，"那里——"

叶乔眼神已恢复昔日的笃定与清凛，"快去通知所有人，全员警戒！"

## 6

某大国中央政府，一辆黑色的政务用车停在恢弘的办公大楼

## 零日传说Ⅲ·弑神

门口。

首先下车的是兰彻斯特公爵，他身后紧跟着下来一名女士，是艾斯小姐。两人刚从战场搭乘专机来到这座城市，并在机场被一起接待至此。

一名议员上前与他们分别握手，"巴特莱上将已经在恭候二位。"

公爵本是铁青的脸上挤出一个笑容，"好。我会对这次捕猎行动做一个全面汇报。"

几人走进秘密会议室，会议室里有二三十名各国官员，甚至有连公爵都只在新闻里见过的人物。他们坐在两排弧形长桌后面，前方是两个站位。说是会议，其实更像一场听审会。兰彻斯特公爵与艾斯小姐并排站在专门的汇报席上，等待被问话。

本次会议由巴特莱上将主持，他同时是该国的国防安全部部长。他长着一双鹰一般阴鸷犀利的眼睛，脸上却挂着与这双眼毫不相称的笑容。他首先声明："这个会议室经过专门的技术处理，屏蔽了所有信号，两位无需担心任何监听与泄密。"接着便询问，"兰彻斯特先生，艾斯小姐，请问，是否确认传说中的四方凶兽已被尽数击杀？"

"我确认，海德拉已被我兰彻斯特家族杀死。"

"我确认，羽蛇神已被我艾斯家族杀死。"

"由参与南极作战行动的犬子汇报，穷奇与卡托布莱帕斯也被杀死了。但我没有亲眼确认。"

巴特莱上将点头，脸上的笑容淡了一些，"那现在是否可以认为，异兽对世界的威胁已解除？"

"不，还没有！"公爵眼中精光一闪，"我们还没抓住谋划了

## 第五章 弥诺陶洛斯

这一切的兽人弥诺陶洛斯。即使杀死了弥诺陶洛斯,有一名叫南宫羽的兽人麾下还有大量异兽,它们对世界的威胁绝不是短时间内可以解除的!"

"南宫羽?"巴特莱上将翻看了一下手中的资料,他脸上的笑容更淡了一点,"据林修平曾经的汇报,南宫羽一派对我们威胁不大,它们对人类并无敌意。"

公爵没料到林修平失踪多年,重回猎户座后,竟还能与政府保持暗中沟通。他反驳道:"威胁不大是何意?南宫羽确实提出过愿意与人类和平共处的想法,但我们真的可能与异类共享地球吗?何况,贪心是生物的本能。今天我们同意与它们共享地球,明天它们就会进一步要求更多。对待非我族类,我只有一个原则,那就是赶尽杀绝,不留后患!"

巴特莱上将没正面回应。而站在公爵身旁的艾斯,脸上闪过一抹不屑的表情。

上将脸上的笑容完全消失了,他问道:"两位是否可以解释,本次猎杀行动期间发生的全球性地震?"

这次的猎物出现得很快。空间波动仅持续了十几分钟,猎物便现身了。

黑色皮肤,高大魁梧的身躯,以及那颗丑陋且凶狠的牛头。是弥诺陶洛斯!

不等他站稳,叶乔已如闪电般攻上去,几下便将谋划了这一切的这牛头人踩在身下。她手中的双刀更是直接刺穿了牛头人腹部。

"这么强,"还来不及出手的小白咋舌,"你不是说不想再战

# 零日传说Ⅲ·弑神

斗了吗……"

"白痴啊你,不是都让你忘掉那个画面了?那只是气头上随口说的,你看我像会放弃战斗的人吗?"叶乔凶巴巴地说。

而弥诺陶洛斯似乎并不想战斗,他没有还击,甚至没有抵抗,举手叫道:"先别杀我,我是来谈判的。"

"别耍花招。"谁都知道,弥诺陶洛斯心思缜密,诡计多端,叶乔重重踩着他,"你没有资格和我们谈判。"

弥诺陶洛斯闭上眼睛,"对,输家没有资格谈判。我是来求你们……能不能让我起来说?"

"你还有什么话,这样说就可以了。说完我会给你个痛快。"

"也罢。"弥诺陶洛斯颓然道,"本来是一个很长的故事,不过没人听失败者讲故事。"他看了看自己重伤的身体,"我也没时间讲故事了。"

他身下的坚冰被他的体温和血液洇成水。他呛咳了几声,视线盯住小白,"喂,你。你体内那只神兽到底去哪儿了?"

谁知道呢?好几个月前,泥巴叛变了异兽群体救了小白他们,之后就跑进山洞中不见了。可小白不想让弥诺陶洛斯知道他和泥巴失去了联系,支吾着,"我干吗告诉你?"

弥诺陶洛斯凄然一笑,"找不到它了?"

小白不语。

"但你们必须找到它!不管它藏到了哪里,就算掘地三尺也要找出来!"弥诺陶洛斯突然加强语气,"知道为什么说它是神兽吗?这其中的关键,连这个翼人都不知道!"他盯着南宫,"竟妄想与改造人和平相处,这种温和派的思想会害了我们所有人。可惜!"他用拳头砸地,"我竟输在你们帮小崽子手中。"

## 第五章　弥诺陶洛斯

"嫌我们幼稚,你去找公爵谈啊。"小白说。

"呵,公爵。"弥诺陶洛斯看向普莱德,"公爵野心太大,过于看重利益交换,并不是好的托付对象。对吧?"

普莱德摊手,"你要这样评价他,并不用征求我的意见。"

"你的意思是,"小白蹲下身,凑到牛头人脸前,"你还有事要托付我们帮你做?你未免太不客气了。我们怎么可能帮你做事啊。"

"不是帮我做事,是完成我没完成的事。把我们所有……属于地球的生物,从那个没有出路的未来中拯救出来……"

"你先告诉我们,神兽到底有什么用?"

"它有远古的记忆,它能找到尼德霍的位置。"弥诺陶洛斯道出真相。


"无法解释。"公爵斩钉截铁地说。

一丝笑容也无的巴特莱上将令人感到一股全方位的压迫感。艾斯怯声答:"似乎跟封印异兽时,我们展开了高维空间有关。当我们关闭了封印,地震确实渐渐停息了。"

他们两人都没提到,这一关键点的发现者,是前往南极执行任务的某个孩子

公爵补充道:"也可能是巧合。没有任何证据证明这两件事之间构成因果关系。"

巴特莱上将的语气仍无起伏,却如平静河面下一股涌动的暗流,"根据战报,封印失败后,二位都是靠热兵器将凶兽击杀的。为何不一开始就使用热兵器?"

公爵面不改色答道:"猎户座有行为准则,猎人不可以使用

· 207 ·

## 零日传说Ⅲ·弑神

热兵器。"

"这条准则的理由是什么?"

"我们要确保将异兽驱杀!若直接使用热兵器,就无法将异兽锁在地球上,它们若未死亡,便随时可以通过空间通道逃回异界,等养好伤再攻过来,如此反复,何时是头?我们此行的目的,是彻底解除四凶兽的威胁,所以我们没有一开始就使用热兵器。我率领队伍作战时,直到确认无法封印,它也被我们的钽兵器所伤,而地震造成的海啸对我方十分不利,万不得已之下,我们才拿出热兵器将它击毙。为了真正驱杀异兽,我们猎人冒着生命危险与之肉搏,我队伍里还牺牲了两名经验丰富的猎人。上将,你在质疑我们猎人用鲜血换回的胜利吗?"

"你可知道,"巴特莱上将半眯着眼,几乎无视了公爵刚才那番激情四溢的演说,"封印导致的地震,毁坏了多少城市,导致了多少人口的死亡?这地震若是再强一点,后果不堪设想。"

"我说过了,没有证据表明地震是封印引起的。"

听到弥诺陶洛斯这么说,在场的人一阵震惊,陆星移赶紧问:"你的意思是,尼德霍就在地球上?"

弥诺陶洛斯摇头,"我不确定。但只要找到神兽就知道了。"

小白抓住漏洞,"那你之前跟神兽待一起那么久,怎么不先搞清楚?"

"你们知道高等级异兽之间意识共振的事吧?"

"是的。"陆星移点头,"之前穷奇召唤卡托布莱帕斯,靠的就是意识共振。"

"神兽无法开口诉说。要想读取它记忆里记载的真相,也要

## 第五章 弥诺陶洛斯

靠意识共振。但意识共振需要双方有很强的默契和互相认同，有史以来，从未有生物可以与神兽发生意识共振。这也是即便它知道尼德霍的位置，尼德霍也没有专门除掉它的原因。读取神兽的记忆并不容易，之前我忙着准备战斗计划，还没来得及着手这方面的事。毕竟，我的灭世计划如果成功，就不需要知道尼德霍在哪儿了。找到尼德霍，杀了它，只是退而求其次的选择。现在，我要拜托你们做这件事。"

"说说你的灭世计划吧。"叶乔松开弥诺陶洛斯。

"多谢。"弥诺陶洛斯挣扎着想坐起身，但试了几次都没成功。最后只好躺在冰面，任腹部的伤口流着血，轻声说，"四方凶兽齐聚之时，地球便会毁灭。这本来只是一句在猎人中流传了千百年的夸张说辞，形容四凶兽有多可怕。但随着我们空间维度科学的发展，我发现这真有可能实现。"

他努力呼吸着，"说起来，这还要感谢尼德霍把我们关押到一个高维异空间之中。这么多年来，我们慢慢摸索出高维空间的诀窍，能够实现精准定位，并推导出一些规律。虽然我们本身还不能制造高维空间，但尼德霍给你们猎人的封印神器次元囚笼可以。我们发现，在一个正多面体的几个顶点处展开高维空间，会导致正多面体中心产生异常能量。"

陆星移懂了，"所以，你让四方凶兽同时出现在地球上的这四个地点——它们正好是一个正四面体的四个顶点，诱使猎人在这四处同时展开高维空间封印，位于这个正四面体中心的地核就会产生异常能量……"

"没错。这能量失控下去，地球上势必山呼海啸，没有人，甚至没有陆地生物可以活下来。或许海洋生物能幸存下来一些，

· 209 ·

## 零日传说 Ⅲ · 弑神

但这已经不影响我的计划了。"

"不对啊,"小白疑惑,"你们不是想回到地球吗?把地球毁了,你们也回不来了啊。"

"我们在四维的异空间里生活一万年了,"弥诺陶洛斯脸上显出沧桑的表情,"不在乎再多等些日子。而且,谁说我要毁掉地球?"

弥诺陶洛斯轻蔑一笑,"地震不会毁掉地球,只会毁掉人类。人类一旦消失,环境很快就会恢复,我们就可以重新回到地球上。你们这些改造人灭绝了,尼德霍就无法实现它的目的。这是对抗它的最有可能成功的办法。"

"如果尼德霍就在地球上的某个地方——最有可能的是地下,强烈的地震甚至有可能可以直接毁掉它。"陆星移说。

"对。"弥诺陶洛斯点头,"这本是个万无一失的计划,我为此谋划了一生,连公爵一定会用封印的方式去对付四凶兽都全在我的计算内。不过,我还是失败了。现在说这些也没用了。还是谈谈如何打败尼德霍吧。"

巴特莱上将的眼神在兰彻斯特公爵和艾斯身上来回扫视,"既然二位都准备了热武器,为何图坦家族毫无准备,并因此丧命?"

公爵两眼平视前方,"使用热武器不在我们的作战计划内。"

"所以,携带枪支,是二位的私人行为了?"

"我们兰彻斯特家向来遵纪守法,并积极履行猎人的职责。所有携带的枪支都登记了编号,并有持有许可证。"

艾斯跟着说:"我们艾斯家也是如此。"

# 第五章　弥诺陶洛斯

"那么，图坦一行的死亡，是个意外？"

公爵直视上将的眼睛，"我很抱歉。是的。"

前方席位上的人们窃窃私语了一阵，随后，坐第一排中央那名身份最高的官员向巴特莱上将点了点头。

上将会意，脸上又重新浮出那种不相称的笑容，对公爵和艾斯小姐道："辛苦二位，联合国会为二位授予突出贡献勋章。劳烦二位回去后将整个行动过程整理为文字资料上报。"他伸出手。

公爵与艾斯分别伸手与他相握。公爵朗声道："不必言辛苦。驱杀异兽是我们猎师四脉的责任，从前如此，现在如此，往后也是如此！"


"你知道打败尼德霍的办法？"听弥诺陶洛斯这么说，小白急问道。

"不，我不知道。"弥诺陶洛斯摇头，他的脸色因失血和失温越来越苍白，"这条更难走的路是你们选择的。打败它的方法，也理应由你们自己去寻找。我所知道的，就这些了……"

众人看着弥诺陶洛斯，一时不知道是该恨，还是该同情。

"你们一定要……打败尼德霍。"

说完这句话，弥诺陶洛斯咽了气。他没有阖上眼睛，瞳孔里倒映的苍蓝天空渐渐暗淡失色，最后和他的尸体一起消失了。

大家沉默地看着雪地上弥诺陶洛斯消失的地方，好像他不曾来过。少年们互相看来看去，最后全都看向小白。

何念念问："所以，你跟泥巴还有联系吗？"

小白摇头，"我找不到它了。"

所有人脸上露出失望之色，唯有叶乔坚定地说："那我们就

· 211 ·

## 零日传说Ⅲ·弑神

找到它。"

公爵和艾斯走出政府大楼。

"公爵的口才真是令我佩服。要不是知道你的真正目的,你刚才说那些话我都快信了。"

"谢谢夸奖。不过,如果你不想被当做战犯抓起来,就最好不要在这里多嘴。"

艾斯闭嘴了没两步路,又忍不住嘲讽,"想不到,公爵口口声声说唯有封印异兽才是我们猎师四脉的最佳选择,却还是带上枪械给自己留了后路。哎,图坦真是可怜,白白送了性命。"

"你不也带了枪械吗?咱俩彼此彼此。"

"你是真觉得南宫羽一派靠不住,还是因为四凶兽没了,把那翼人孩子拉出来当靶子?"

公爵停下脚步,不耐烦地看了艾斯一眼,"我所做的一切都是为了猎户座。"

"猎户座?猎户座已经名存实亡了。这次地震,破坏了大量猎户座位于地下的基地,指挥中心所在的芬兰地下基地更是全毁,留在指挥中心的联络长和近十名监测人员无一幸存。你到底是为了猎户座,还是为了兰彻斯特家族的权利与地位?"

"只要我在,猎户座就在。与其在这里说风凉话,你们艾斯家族不如退出。"

艾斯还想说什么,但旁边经过几名政府工作人员。她不置可否,跟公爵告了别。

管家奥斯汀在不远处等待。他租了车。迎上公爵后,他驾车

## 第五章　弥诺陶洛斯

往机场行驶。

"去南极接那帮孩子的航班协调好了吗?"公爵问。

"安排好了。开普敦国际机场在此前的地震中受到破坏,那边机场秩序一恢复,就立即派出航班去接普莱德少爷。"

公爵"嗯"了一声,似乎有些心不在焉。

"公爵大人,下一步,您怎么打算?"

"回去再说。"公爵靠着座椅,闭目养神。在外奔波数日,他的确累了。

奥斯汀不再打扰公爵休息,全速向机场驶去。

## 第六章　紫蔷薇

### 1

奥地利，维也纳中央公墓。

温凉的风吹亮秋日黎明，一方小小的墓碑前，黄色雏菊在风中微颤。

金发少年穿一件单薄的白衬衫，面容沉静，伸出修长的指节俯身拂过石碑上篆刻的文字——

爱女　莉莉娅·塞巴斯蒂安　之墓

"抱歉，这么久没来看你。"

前几日的地震导致石碑底座裂开一道纹路，金发少年的手指停在这道裂纹上摩挲。教堂里传出唱诗班的晨诵之音，在他身后，一名年轻的佣人手足无措地举着一件风衣，"索伦少爷，小

## 第六章 紫蔷薇

心着凉,您病刚好……"

"莱昂,要我说几次啊,都说了我不冷。"

"哦……这个……但……"年轻的佣人还想说什么,脸憋得通红。

索伦回头看他一眼,放缓了语气,"我真的不冷。"

莱昂换了话题,"塞巴斯蒂安小姐知道您来看她的话,一定很开心。"

索伦摇摇头,"死了的人不会开心,他们对这个世界没有任何知觉。我昏迷时,对这个世界也没有知觉。我做了很多梦,要是不醒来就好了。"

"少爷,您不醒来怎么能行?"莱昂急道,脸涨得通红。

索伦一副落寞的表情,"我和莉莉娅相处的时间不多。但在昏迷时,我沉浸在不间断的梦里,她总是出现。为什么要叫醒我呢?"

"少爷,您不知道,我有多盼望您醒来。您这话……"莱昂像终于下定决心,鼓着腮气道,"您这话不对!就算被惩罚,我也要反驳您。您知道那个普莱德有多趾高气昂吗?您必须打起精神来,让他知道这个家还有你这名兄长存在,由不得他觊觎!"

索伦醒来这些日子,已经听莱昂翻来覆去讲了八百遍普莱德的来龙去脉和各种行为举止。他不想让激愤的莱昂失望,但还是忍不住吐露心声,"老实说,我还挺感谢他的出现的。"

"什么?"

"家族责任这种我从小就讨厌的东西,终于有人能替我背负了。"

"少爷……"

## 零日传说Ⅲ·弑神

"以前我一直与异兽战斗,不过是为了给莉莉娅复仇而已。但既然知道了异兽的真相,复仇也没了意义。我还真不知道未来要干什么。"

自从索伦醒来,他仿佛变了很多。莱昂痛心道:"少爷,今天我索性把想说的话全说了。您啊,就别再惦记塞巴斯蒂安小姐了。我知道您是重情之人,但人总得往前看,您多看看身边的人吧,比如叶乔小姐……"

"莱昂,我已经死过一次了,死过一次的人看待事情总和常人不同。那些责任,从前的我虽然厌弃,但总无法彻底放下。如今我很清楚,我们每个活着的人都没法真正自由,但与其为别人强加的枷锁而活,不如承担自己的枷锁。"

"索伦少爷,您说话我怎么听不懂了。"莱昂眼圈一红,"我们回家吧,今天的药还没吃呢。"

金发少年对着墓碑,脸上露出温和的笑容,"莉莉娅,下次再来看你。"

结束了连日奔波,公爵终于回到府上。家里有一名他怯于相见的人,他迈进家门的脚步便停了一停。

下人迎上来,帮他换下外衣。公爵看了一圈空荡荡的厅堂,故作随意地问:"索伦恢复得怎么样了?我去看他。"

"他……"下人似乎说不出口。

公爵瞪眼,"他怎么了?快说。"

"噢,不是,公爵大人请放心,索伦少爷恢复得很好,现在已经恢复得跟昏迷前一样了。只是他这会儿不在家里。"

"不在家?你们怎么不拦着他?刚好就到处乱跑,这像什么

## 第六章 紫蔷薇

话,再出事怎么办?"

下人低头任公爵呵斥。

不过,不用立即相见,公爵似乎又松了口气。他问:"他去哪儿了?"

下人声音细得像蚊子,"维也纳中央公墓。"

"他好端端地去那里做什么?"刚问完,公爵便反应过来,脸色顿时阴沉得能滴出水。

奥斯汀给下人递了个眼色,"快去通知厨房准备午饭吧,午饭简单一点就可以。普莱德少爷今下午会回来,晚上准备一台家庭晚宴。"

"是。"下人连忙退了下去。

奥斯汀劝公爵道:"大人,索伦少爷那孩子重感情,这不是坏事。"

公爵黑着脸,"感情是世上最无用的东西。"

公爵刚吃过午饭,索伦便到家了。

索伦穿过餐厅上楼时,见到父亲正坐在餐桌前。他愣了愣,说起来,算上昏迷的时间,差不多半年未和父亲见面了。他迟疑了一下,还是问候道:"您回来了。"

礼貌,却仍生疏。

公爵问:"吃了吗?"

"没。我稍后再吃。"

公爵放下刀叉,"我已经吃好了,现在还有些要紧的事要处理,就先不陪你吃了。让厨房给你把食物备着,你什么时候想吃了再来。"

## 零日传说Ⅲ·弑神

听到不用和公爵共同进餐,索伦如获大赦,"好的。"

但公爵紧接着又说:"你弟弟下午回家。晚上一起好好吃顿饭吧。"

公爵以为,索伦至少会问一问弟弟是怎么回事。当然,他确信多嘴的莱昂肯定什么都给索伦说了。但不管怎样,索伦听见他突兀地提到一个从来不曾存在过的弟弟,总应该出于好奇、嫉恨,或者其他什么情绪问一问。可事实却是,索伦没展现出任何情绪,哪怕连以前那种对家庭晚宴的叛逆情绪都没有,只是轻描淡写地回答:"我知道了,我会好好准备的。"

夕阳尚未没入地平线下之时,司机从机场接回普莱德的车在公爵府门口停定。

普莱德走进厅堂,是一名下人来迎接他,"小少爷,您回来了。公爵大人准备了家庭晚宴,"下人看了看时间,"半小时后开始。"

"家庭晚宴?"普莱德挑挑眉,"好。"

普莱德还没有专属的贴身男佣。他自在地回自己房间,稍微冲了个澡,换上家里的衣服后,便去了餐厅。

时间不早不晚,公爵和索伦已在餐桌前等待。

普莱德快速打量了他的这位哥哥。哥哥的金色头发轻盈地搭在一张清冷的脸上,即便是坐在餐桌前,他也保持着优雅的仪态,显然从小接受了优良的教育。呵,同样是公爵之子,童年却如此不同。普莱德走上前,站在索伦面前伸出手,"哥哥,初次见面。"

索伦眼中完全看不出对普莱德这个私生子的敌意。他站起

## 第六章 紫蔷薇

身,没有伸手相握,而是在细细打量普莱德一阵后,伸手揉了揉普莱德头发,又轻轻拥抱了他,在他耳边问候,"小时候一定过得很辛苦吧。欢迎回来。"

不得不说,血缘是种很奇妙的东西。虽然这个拥抱极其短暂,但普莱德像被一阵暖流击中,定在原地半天回不过神。几乎就这么一瞬间,他对这位哥哥的任何嫉妒都消失了。

索伦拿出一只精致的花梨木盒子,"这是我送你的见面礼。"

普莱德眼神一亮,难得露出不加克制的孩童般的迫切,"谢谢。"随即他才苦恼道,"可我什么都没准备。"

"没关系。你不需要给我什么,但我有的都可以给你。"

坐在主位的公爵听见两个儿子对话,脸颊肌肉不由得一阵抽动。自己对他俩不合的担心似乎有些多余了,但目前这个情形,也实在称不上正常。

普莱德揭开木盒盖子。盒里装的,是一枚镶嵌了红宝石的剑疆。那颗红宝石足有鹌鹑蛋那么大,经过工匠的切割,棱角折射出璀璨的光泽。

这份礼物一看就价值不菲。

公爵终于忍不住发话,"索伦,这剑疆还是你满十八岁那年,我和你母亲共同送给你的成人礼。"

剑疆上那枚红宝石来头不小。奥地利帝国时期,一位女性先祖在某次捕猎行动中立下大功。皇帝得知后,将这枚珍贵的红宝石赏赐给她,并以她的名字命名。至此,这枚名为路德维希·兰彻斯特的红宝石,在兰彻斯特一脉中代代相传。拿到红宝石的孩子,即意味着是被指定的下一任继承者。

・ 219 ・

当然，因为那时索伦已因莉莉娅的事与公爵产生心结，公爵在给他这枚宝石时，并未详细说明缘由。但索伦但凡看过族谱，读过几段族谱上记载的传奇故事，就不会不知道这枚红宝石象征着什么。

不过，索伦从未使用过这枚剑疆，这是事实。

普莱德听出公爵的言下之意，重新将花梨木盒子合上，推到索伦面前，调皮地一笑，"哥哥，礼物太贵重了，我不能收。"

索伦看着公爵，"既然您说这礼物已送给我，那就是我的东西。我想怎样处置，想送给谁，您还要干涉吗？再说，弟弟又不是外人。"

"好了，赶紧坐下吃饭。"公爵克制着怒气，"区区一块宝石，我们兰彻斯特家又不是买不起第二块。"他看向普莱德，"哥哥给你了，你就收下吧。"

短短一会儿，普莱德已看出父亲与索伦之间存在着嫌隙。而不管索伦是有意还是无意，自己成了他用来忤逆父亲的道具。

刚才那个拥抱的触感完全散去了。

## 2

小白一行人回到树城时，国庆假期还剩最后一天。

因为之前跟老妈说过国庆节要和朋友一起出去旅游，小白并没回家，而是回了学校。

宿舍里，王力杨和应飞正在打游戏。见小白回来，应飞邀功道："怎么才回来？地震时你的电脑啥的全都快摔桌下了，当时宿舍就我一个人，我可是以迅雷不及掩耳之势，抄起你们的电脑

## 第六章　紫蔷薇

才跑下楼的。"

"多谢了。怎么样，大家没事吧？"

"没事，虚惊一场。就是老食堂的吊扇掉下来几台，砸伤一哥们。"

"那哥们真够倒霉的。"

"老食堂墙也裂了，现在不让去了。待会儿晚饭得去新食堂吃啊。"

他们宿舍楼离老食堂近，平时大伙儿常去那儿吃饭。小白点头，"知道了。"

他正准备收拾收拾，却接到老妈电话。

老妈问："回来了？"

"啊，今天刚回来的。"

"你回家一趟吧，家里有事。"

"什么事啊？"

"电话里说不清，你回来再说。"

小白突然觉得奇怪。这几天，新闻里铺天盖地都在报道那场波及全球的地震。一向最担心自己的老妈当时肯定给自己打电话了，但那时自己在南极，手机没信号。可老妈居然没像以往那样满世界疯找他，今天这个电话的语气也很平静。

对接下去要发生的事，小白有了预感。

他对电话那头说："好，我这就回去。"

推开家门，家里只有妈妈在。妈妈坐在客厅，小白一眼看见自己那把旧的棍刀就在茶几上放着。

他头皮发麻地换了鞋走过去。

## 零日传说 Ⅲ · 弑神

母亲看他一眼，"回来了？"

小白低着头，"嗯。"

"地震的时候，家里柜子都给震开了。你衣柜里的东西稀里哗啦倒了一地，我看到了这个。"

母亲平静地陈述，像在说一件与她无关的事。可小白知道，别看她平时挺唠叨的，她一旦言简意赅起来，事情就比较麻烦。

小白搅着手指，"这个……"

"我早就察觉到了。只是故意不去想，故意相信你编的那些谎话。什么旅游了，社会实践了，去朋友家住了，之类的。可不管我逃避多久，事实总不会改变。"

"嗯……"

母亲出神地盯着那把棍刀，"你还是去当猎人了。"

小白沉默。

"地震时，我打不通你电话。你说你去上海玩了。我报了警，后来警方说没查到你有购票到上海的记录，也没有任何酒店的入住记录。我去警察局登记了人口失踪，警官挺重视的，说会专门派人查，一有消息就通知我。等了一天，我接到电话，说你是去南极了，还特意强调让我不要担心。"

"对不起。"

"不用道歉，你没有对不起谁。"

"我……"

"他还活着吗？你见过他了？"

"妈，林修平他……"

听到林修平这个名字，母亲眉头微微一蹙。她打断小白，"算了，你不用告诉我了。我也不想知道。"

## 第六章　紫蔷薇

小白发现，自己从来没仔细看过母亲的样子。因为是太过熟悉的人，孩童从还没有审美概念时，就和母亲朝夕相处。所以，母亲的样子就是母亲的样子，这个模样在孩童心中无关美丑，而是一张刻在潜意识里的象征着家与宁静的脸庞。现在，小白才第一次跳出母子的身份，去打量妈妈。虽说上了年纪，又整天为柴米油盐和孩子的事操心，成了一个爱唠叨的中年人。但妈妈应该算是个美人吧。只是，市井生活完全磨去了她身上美人的气质，她又从不梳妆打扮，自己还完全没遗传到她精致的五官，这才导致小白从没意识到母亲的美貌。

像是看出了小白在想什么，老妈叹气说："我之所以过这么市井的生活，就是希望你当一个平凡的孩子。普普通通就可以了，考得上好大学更好，考不上也行，毕业了做一份常规的工作。不用出人头地，不用去当英雄。我……不喜欢英雄。"

原来普普通通就是老妈对自己的期望。怪不得从小到大，老妈总按最普通的方式培养自己。所以自己真的长成了一个普通得不能再普通的大学生。白凌霄苦笑，"要不是我太普通了，我说不定就不会去当猎人了。"

母亲眼瞳震了震，"原来是这样。还能退出吗？"

小白说："妈，很快就结束了。等我们结束这一切，就再也没有人需要当猎人了。"

"结束啊……"母亲看向窗外，"最后那次，他也跟我说的打完那场仗就结束了。但并没有结束，对不对？"

"妈，我向你保证，这次真的可以……"

母亲长长叹气，再次打断小白，"别保证了。我今天只是想跟你问清楚，你是不是做了猎人，是不是无论我说什么，都不会

# 零日传说Ⅲ·弑神

再退出?"

小白轻轻点了下头,"我不能丢下我的同伴。"

"那我就死心了。"

小白迟迟不敢抬头,他不敢看母亲现在是什么表情。

"好了,你还没吃饭吧?今天没准备,我去下个面条。"母亲好像从刚才那个冷静又绝望的状态迅速抽离了出来,变回了小白熟悉的老妈。她站起身,走去厨房。

小白这才抬头,映入眼中的背影穿上了围裙,双手在身后熟练地系上腰带。他的心好像被钝击了一下,沉闷的疼痛弥漫开来。

## 3

说是就只剩最后一步,但这最后一步却完全没有方向。

少年们不知敌人为何物,不知敌人的目的,不知敌人在哪儿。所知的只有尼德霍这个名字,小白也没找到能联系上泥巴的办法。

只能随波逐流地过着校园生活,眼睁睁地看时间一点点流逝。

在这平静的日子里,树城中学掀起一阵骚动。

一个女生如花痴般流着口水,向她的伙伴们宣传:"天啊,那个人简直太帅了……我从没见过这么帅的人。拳打莱昂纳多,脚踢约翰尼·德普!"

一群女生围在一旁,"真这么帅?"

## 第六章 紫蔷薇

"真的,我也看到他了。"另一个女生证实。

"他在哪儿?见了帅哥不叫我们一起看,小气!"

"昨天放学时,他就在校门口啊,好多人都看到他了。他都不用说话,往那儿一站,很难不看到。你没看到,是你眼神不好咯。"

"我昨天留下来做作业,出去晚了。我简直是,做什么作业啊!他还会再来吗?"

"应该会再来吧。他跟我说话了。"

"他居然跟你搭话了!他跟你说什么?"

"他问我叶乔是不是这个学校的,在哪个班……"

"噢,"女生中发出哀嚎,"好吧,是找叶乔学姐的,没我们什么事了。"

高三(13)班叶乔的冷漠和美貌仍是树城中学不灭的传说。女生们开始发散思维,"你们说,那帅哥会不会是叶乔学姐男朋友?"

有男生凑过头来,加入了讨论,"我听高三的学长说,叶乔之前谈过一个男朋友,是前两届毕业的一个叫沈放的学长。"

"我听到另一种说法,说沈放根本不是叶乔男朋友来着,只是她当时被人追烦了,推出来当挡箭牌的。"

"所以,昨天这个外国小帅哥,有可能是叶乔真正的男朋友喽?"

男生表示不服,"能有多帅?我们叶乔才看不上呢。"

女生们盯他一眼,异口同声道:"什么时候变成你们叶乔了?人家比你帅到不知哪儿去了!"

# 零日传说Ⅲ·弑神

八卦很快传遍了校园,可因为叶乔总独来独往,这些闲言碎语没传进她耳里。倒是何念念听了传言后,火速打电话通知小白,"快来啊!普莱德来抢人了!"

小白听何念念说了事情经过,却仍没下定决心,"你确定去找叶乔的这个人是普莱德吗?"

"不是他还能是谁?"

"他去找叶乔做什么呢?会不会是有什么事。"

"能有什么事!"

"但,如果我连别人找叶乔什么事都没搞清楚,就这样莫名其妙跑过去,是不是显得有点唐突?"

"你管他呢。就算没有普莱德,你就不能来找叶乔玩吗?小白哥,加油啊!我们都支持你的。"

"哦……"

从树城大学去树城中学并不是一件困难的事。大学门口有专门的公交线路,其中一趟能直达树中。也就四十分钟车程。

虽然不知道心里在想什么,也不知道到了那边后要做什么,小白还是搭上了这趟公交。

不算新的公交车吭哧吭哧在这座城市里穿行,先是开出大学城外那条熙熙攘攘的小吃街,上了有很气派绿化带的新城区主干道。接着慢悠悠晃过那些崭新的高楼,驶入静谧的湖景区。

公交车在桥头的站台处停了。小白从车上跳下,沿桥头向下旋转90°的斜坡走进滨河步行道。树城中学就在湖边,现在是上课时间,校门口没什么行人。

老实说,他从小就不喜欢跟人争抢。挺傻的。何况,他总是

## 第六章　紫蔷薇

抢不赢别人。所以一遇到需要争抢的事,就下意识躲得远远的。

哎,什么时候不用争抢,就可以得到,就好了。

小白四下看了看,没见着普莱德身影。秋日的河滨很美,下午的斜阳铺满还未变黄的银杏林。小白干脆一个大字躺到草坪上。然后——睡着了。

八点,下了晚自习,学生们从校园里涌出。

那掀起波澜的褐发少年手捧一束鲜花,身着精致裁剪的西装,笔挺地站在一盏路灯下面。

他的存在确实很难让人忽视。

围观的学生多起来。但普莱德身上自带一股飞扬跋扈的气场,没人敢离他太近。所有人自动靠边偷瞄,留出了他身前一块空地。

万众瞩目之下,叶乔如往常一样,一脸冷冰冰的表情,独自走出校门。

围观群众又不由感慨:不愧是叶乔,哪怕穿着校服,也美得这么凛冽。

普莱德捧着花束走到叶乔面前,"你好,我未来的妻子。"

耳尖的学生听见了这个了不得的称谓。

"他叫她啥来着?我没听错吧?"

"未来的妻子?"

"没错,他刚才叫她未来的妻子!"

人群里炸锅了。

"这就是叶乔学姐的未婚夫啊!"

· 227 ·

# 零日传说Ⅲ·弑神

"怪不得她根本连看都不看我们一眼……"
"两人也太配了吧。不行了,我已经成他俩的CP粉了。"
喧哗声吵醒了在草坪上睡觉的小白。他睁开眼,发现天已经黑了。太阳落山后,秋夜满是凉风。他吸了吸鼻涕,怪不得刚才梦见在南极打怪。小白裹紧身上的衣服站起来,前面一排排学生的背影挡住了他视线。他拨开人群往前挤,"都看什么呢这么兴奋?"
小白从人群中挤出脑袋。看见了今晚的两位主角。

叶乔没接花,她径直往前走,"这次来又是什么事?你搞这么大动静很难收场啊。"

"听见没有听见没有,叶乔学姐没有否认!"
"看来真的是未婚夫了!"
"但叶乔学姐也没接花耶。"
"你懂什么,肯定是两人闹别扭了,小帅哥千里追妻!"
这些叽叽喳喳的讨论像一根根针扎在小白心上。他张了张口想反驳,却什么话也没说出来。

普莱德追在叶乔身侧,"想当面对你说谢谢。"
叶乔穿过绿化带花园,走到了湖边的青石路上。围观的学生们不好意思追着看,已听不清两人的对话了。叶乔问:"谢我?"
"在南极作战时,你救了我。"
"都说了,那是队长的责任,不管是谁,我都会救的。"
"但我不会把你救我这事当成理所当然。为了表达谢意,我

## 第六章 紫蔷薇

给你准备了礼物。"

"不用了吧。我这人向来对什么花啊啥的不感兴趣。"

"礼物不是花。你不喜欢花，我们不要花就是了。"普莱德将花束随手放到草地上，那张邪气的脸上竟浮出纯真而羞怯的笑容，和每个他这个年纪的男孩在面对心爱的女孩时一样。他指了指湖面，"你看。"

叶乔这才发现，夜色下的湖面上，漂着数不清的巴掌大的小白船。风一吹过，它们随着水波摇摇晃晃。

普莱德轻声低吟："三，二，一。"

他打了个响指。

一瞬间，那些白船同时开始燃烧。点点火光在水面上浮沉明灭，像流动的星河。当最后一只白船燃烧殆尽，湖面暗了下去，而一束晃眼的焰火随着嘭的一声冲上夜空炸开。普通人或许没能看出焰火的形状，但叶乔一眼就认出来了。

那是猎户座的星图。

普莱德眼中写着从未有过的认真，他看着叶乔，"谢谢你，我的星星。"

"噢——"人群里响起呼声。

虽然没听清男女主角的对话，但不妨碍看热闹的人对这场魔法表示惊叹。

"太壮观了啊。"

"浪漫死了！"

第二意识又在脑海里说话了。"你要在这里发呆到什么时候？搞不定的话，就换我出来。"

· 229 ·

## 零日传说Ⅲ·弑神

小白使劲摇了摇头,好像要把这个意识甩开。"我自己去。"他迈出步子。

叶乔淡淡说道:"小少爷,联姻不过是一场利益交换,你何必花这么多心思?而且,我对嫁到兰彻斯特家没什么兴趣,在这一点上,我并不会遵从父亲的安排。"

普莱德眼中的光暗了下去,纤长的睫毛也垂下去,"叶乔小姐,请原谅我之前的失礼。这一点你可能搞错了,我做这些不是因为联姻,也不是利益交换。是我……发自内心希望未来你能做我的妻子。"

叶乔只能正色回应道:"那对不起,我有喜欢的人了。"

刚走到这里的小白,劈头盖脸听到了这句话。

心脏好像一片初生的嫩叶般脆弱,再被一场大雨中源源不断的雨滴接连碰撞,在风中微微发颤。

队长有喜欢的人……

"你喜欢的人……"还没说出"是谁"两个字,普莱德看到了白凌霄。这个林修家的继承人无论从哪方面看都平平无奇,叶乔小姐为什么会……

仿佛有什么东西在普莱德的心中开始崩塌。他一直都以为,只要成为强者,就可以得到一切,就可以睥睨一切。可是,强者也有得不到的东西吗?

不,那一定是因为还不够强罢了。

还不够强,所以还不能随心所欲地得到。

## 第六章 紫蔷薇

他好看的红色眼瞳中暗淡无光,但随即又迸发出更为炽烈灼人的凌厉之光。

像是碎掉了什么,又黏合成了其他更为锐利的一些什么。

叶乔也看见了小白。她动作很自然地伸手拣去他头发上沾着的一片落叶,"怎么来这里了?"

"我、我……"总不能说是来抢老婆的。小白结巴道,"我刚好有事路过这边。"

"哦,吃个夜宵,去吗?"叶乔发出邀请。

而这邀请对象,显然不包含普莱德。

小白受宠若惊,几乎不敢相信是真的,"好、好啊。你想吃什么?"向来心软的他抱歉地看了看被落下的普莱德,"那你……"

普莱德微微扬着下巴,俯了俯身道:"我还有别的事,先告辞。"

看热闹的人没太跟上这剧情发展,一个个下巴都快掉到地上。

迎着这么多人的目光,小白感到压力很大。他只想快点离开。"那我们现在是去……"

叶乔看出小白的不自在,"走吧,还是去老地方的烧烤摊好了。"

两个人并排走着。

那束被遗弃的花躺在草地上。鲜红的卡罗拉玫瑰中点缀着尤

## 零日传说Ⅲ·弑神

加利叶和白色洋桔梗,像狂热的爱恋中夹杂着天真的青涩。

没有人来得及细细观赏它。

一旦和喜欢的人单独相处,就不知道要怎么说话;一开口说话,就一定会说错。

小白总是这样。这么多年来也没有长进。

叶乔脸上没什么表情,看样子不打算先提起话题。小白跟在她身旁走了半天,最后憋出来一句,"如果,你想跟他聊聊的话……我可以换他出来。"

"什么啊?你这个人哎,"叶乔叹了口气,"真的是个好人,知道吗?"

是个好人?那意思就是……好人卡呗。小白觉得自己懂了,他正打算换第二意识。

就听见叶乔说:"不用了。"

他又不懂了,"嗯?"

"不用换人了。你就是你而已。"

"那他……"

"四舍五入也是你。"

"哦。"小白低头。脸颊微微发烫。

明明夜风很凉的。

走出滨河步行道,叶乔在桥头拦下一辆出租车。她径直坐了副驾,小白只好如往常那样,像个小弟般坐进后座。叶乔给司机报了烧烤摊的地址。

烧烤摊不远,也就几分钟车程。免去了沉默的尴尬。

## 第六章 紫薇

到了烧烤摊，小白径直走到摊前，轻车熟路挑好了自己爱吃的串儿，这才想起不对，回过头问叶乔，"你要吃什么？"

"我不挑食，什么都行。你选吧。"说完，叶乔走到不远处的小餐桌前坐下。

小白把挑好的食物递给老板，然后走去坐到叶乔对面。

叶乔单手托着下巴，"有没有想过，等事情彻底解决后，要做什么？"

"读书，等大学毕业了找份工作，和成为猎人之前一样，继续当一个普通人咯。"小白想起老妈的话。他曾经最恨自己的平凡，可现在才觉得，一个人能过完普通的一生也挺不容易。到那时候，老妈就不用整日再为自己担惊受怕了吧。

"老实说，我从小就没过过什么普通日子。从记事起就一直训练，跟着父亲到处执行任务。所以，要是事情真的全部解决了，我都不知道普通日子是什么样的。"

"其实普通的日子很无聊的，日复一日，每天都没什么事会发生。"

"什么事都不会发生，才是一种幸运吧。"

"是啊，这个道理我现在才懂。那你有没有想做的事？和异兽无关的。"

"我最近真的在考虑这个问题。再有七个多月就高考了，说不定我可以学一个自己感兴趣的专业，以后也从事相关的工作。"

"那你对什么感兴趣？"

"生物吧。我最喜欢生物课了。"

小白扶额，"听起来还是跟异兽有点关系的样子。"

叶乔笑了，这个表情出现在她脸上可真是难得。但笑容很快

· 233 ·

零日传说Ⅲ·弑神

又从她脸上溜走了，"真希望快点解决掉这一切。"

"你有没有想过，"小白试探着问，"如果我们就此撒手，什么都不管了，是不是从现在起，就能过上普通的生活了？毕竟，不会再有异兽来进攻我们了。而尼德霍什么的，就算放任不管，人类不也好好存在了几千年吗？说不定尼德霍只是异兽的敌人，但并不是我们的敌人……毕竟是它创造了人类，造物主能有什么恶意呢？"

叶乔表情有点错愕，"我没朝这个方向想过。"

小白以为会挨叶乔骂，赶紧解释："我只是随便说说，不是要撒手不管的意思。"

但叶乔接着说："我觉得你说的有点道理。啊，或许吧，就算不去管尼德霍，也不会有什么危险。可我们已经知道了它的存在，就没办法装作什么都没发生。至少先搞清楚它的目的吧。"

"嗯。"小白点头，"搞清楚它的目的，再决定下一步怎么走也不迟。"

烤串端了上来，两人没再继续这个话题，而是一边吃一边有一搭没一搭地聊着。小白感觉晕乎乎的，他已经不太知道在跟叶乔聊什么了。这个夜晚对于他来说，幸福得就像做梦一样。

要是以后，普普通通的每一天都可以这样幸福就好了。

# 4

芬兰北部森林，北纬69.9度，东经27.7度，地下约2000米深的地方。

一座倒三角体形状的基地镶嵌在地壳之中。它完全由金属构

## 第六章　紫蔷薇

成,从最上一层层向下,在纵向上足足延伸了上百米。

饶是如此庞然大物,对这死寂、无边的地下世界而言,仍只占据了微不足道的一隅。

一些数据和信号在它四壁的光缆中传导着,发出白色荧光。这些光缆如同这基地的血管。

更多的保护集中在这座基地的最底层,那个收拢于三角体顶点的狭小空间。这里就像是它的子宫。金属守卫着金属。从四面八方延展而来的金属如树根般汇聚在这一层空间的中央。它们最末端的形态像一双手,万般小心地捧着掌心之物。那里悬浮着一枚金属球体。球体有规律地闪烁着红光。

就像金属的心跳。就像金属的呼吸。

这是尼德霍守护了一万年的"核"。

坚硬,光滑,冰冷。拥有生命的金属体可以像巨型星际空间站那样比一颗行星还要大,也可以像一枚芯片般比人类的指甲盖还要小。

这是金属的艺术。

地球上的碳基生命本不可能理解。但尼德霍制造了人类来理解这件事。

通过基因阉割而失去了大部分生物能力的改造人,用他们的双手制造出工具,用工具锻造出金属,用金属构造出机械。

21世纪是信息时代,金属让人类的生活发生了天翻地覆的变化。取代人类完成繁重劳动的机械由金属构成,取代人类大脑完成思考的计算机由金属构成。人类享受并认同着这一切。

人类并未察觉,他们在为什么铺路。

尼德霍又深深"呼吸"了一次。

随着它的"呼吸",光缆发出的白色荧光,以及"核"所散发的红光又闪烁了一次。尼德霍放下心来,它完成了修复。

它轻敌了,没料到弥诺陶洛斯能搞出全球地震。它所在之处几乎从不地震,而这次地震并不是由板块运动造成,能量像是从地核释放而来,并意外地撕裂了此处的岩层。饶它再固若金汤,内部一些结构仍遭到了破坏。它不得不消耗不少能量,释放出用于维修的纳米机器人,花了近一个月时间,才总算将一些关键部位修好。

但这不是最糟糕的。

如果它有足够的能量,那么释放维修纳米机器人只是件不值一提的小事。现在的问题是,它的能量产生装置彻底报废了。

储备的能量最多还能撑五年,前提是它这五年保持最低能耗的睡眠状态。这显然不可能。如果它不对人类的科技发展进行干预,人类五年内并不足以发展出适合殖民的环境。而一旦它有所行动,势必加速能量的消耗。已经运行了一万年的它,不得不面临随时有可能断电的危险。或许五年,或许三年,或许几个月。

它本来还有耐心再等上一百年,但时间不允许它保守地等待了。

地震发生以前,它还担心在几名人类前暴露了自己是否过于冒进。现在,它不得不采取更冒进的手段。

# 5

奥地利,施泰尔马克州,公爵府。

## 第六章　紫蔷薇

仆人引南宫到偏厅等待,"公爵大人临时有事,请稍候一会儿。"

"好的,麻烦你了。"南宫点点头,在偏厅的椅子上坐下。

一等就是四个小时,直到太阳落山。

仆人终于再次出现,"公爵请你去会客室。"

南宫起身,跟在仆人身后到会客室,这才终于见到公爵。公爵坐在圆桌后面,并未起身,示意南宫在圆桌另一侧的椅子上坐下。南宫俯身道:"打扰了。"随后入座。

公爵看着南宫,但双唇一动不动,有意等南宫先说。

南宫定了定神,"公爵阁下,人类打败了四凶兽,没让弥诺陶洛斯的计划得逞。总算是有惊无险,还没来得及祝贺。"

"想不到你专程来我这里给人类送上祝贺,"公爵豪爽地笑了几声,"真是太客气了。"

南宫当然不是专程来道喜的。被公爵一噎,一时更不知该如何开口。但该说的总得说,"公爵,您明知我来不是为了这事。"

"哦?"公爵故作一脸疑惑,"那是为了什么事呢?"

"公爵阁下,看来您忘了我们曾有过的约定。我率领和平派的异兽协助人类对付弥诺陶洛斯率领的灭绝派,胜利之后,人类在地球上划出供我们居住的区域。"南宫强调道,"我们保证与人类和平共处。"

"噢,是这事儿啊,我差点忘了。"公爵一拍脑袋,"这是当然。但你也知道,划拨土地这种事需政府出面,我们猎户座可做不了决定。这样吧,等机会合适,我会向政府汇报。"

南宫看出公爵并非诚心,但林修平昏迷至今,在政府面前说得上话的也只有公爵而已。他别无选择。"公爵阁下,即使您不

### 零日传说Ⅲ·弑神

履行承诺，我也没有其他可以约束您的手段。但我相信，公爵向来千金一诺。"

"你不用给我戴高帽子。"公爵抬手打住南宫的话，"划拨土地于各国政府而言都不是件简单的事。至于政府的态度，我保证不了什么。"

"公爵只要尽力说服政府就可以了。凭您的声望……"南宫站起身鞠躬，"感激不尽。"

等南宫离开，公爵回了书房。

奥斯汀帮公爵整理着文件，"政府那边又来函询问，我们打算怎么处理和平派的异兽。"

"之前的汇报里不是说过了？人类绝不可能与异兽和平共处。只要异兽存在，就不可能有真正的和平。我们兰彻斯特一脉，会与异兽战斗到底。"

"那您打算趁此机会追击和平派异兽，将它们全部解决吗？您现在可以操控异兽的行为，凭您的能力，这不是做不到。"

"当然不。"公爵斩钉截铁道。

"那您真正的打算是……"

"奥斯汀，你记住一点。没有异兽的那天，就是我兰彻斯特一脉彻底无用的那天。我们家族的荣耀建立在屠杀异兽之上，但也只有当异兽存在，才需要我们去屠杀异兽。所以，我们现在什么都不用做，就可以了。"

奥斯汀懂了，"您刚才跟那兽人孩子说的话，只是打发他而已。"

公爵轻哼一声。"你去叫索伦和普莱德过来。"

## 第六章　紫蔷薇

普莱德和索伦先后到公爵书房。

公爵大致说了一下目前的情况,"今天,那个兽人少年——也是你们的朋友——南宫来找我。在此之前,他主动提出同人类联手对付弥诺陶洛斯,他希望事成之后,他们和平派的异兽可以与人类共享地球。你们怎么看这事?"

索伦清冷地站着,并不回答。普莱德见他不答,也不愿抢在前面回答而显得过于殷切。

两人就这样沉默着。

公爵清清嗓子,"索伦,你先说。"

"您想必是有答案的吧。"

公爵"唔"了一声,"我想听听你们的想法。"

索伦懒懒答道:"您既然都想好了要怎么做,何必再来问我们?您希望我们跟您的想法一样,还是不一样?"

公爵看着索伦,眼睛里写着愠怒,但他到底还是没有发火,转头问普莱德,"你呢?你怎么想?"

普莱德发现,自己在争的,是一个别人不要的东西。他想继承的家业,他渴望的地位、他人的尊重,在他那哥哥眼中,只是一些不值一提的,甚至肮脏的垃圾。他觉得心在被一把钝刀锉着……不,争取并不可耻,因为他不曾有过。已经拥有的人当然不懂得珍惜,因为他们没尝过任人践踏的滋味。这么想着,普莱德不卑不亢地回答,"我觉得,我们什么都不用做,就可以了。"

公爵不由挑了挑眉,这孩子的话跟他适才对奥斯汀说的如出一辙,他问:"为什么?"

普莱德用不快不慢的语速、不大不小的音量,清晰陈述道:

· 239 ·

## 零日传说Ⅲ · 弑神

"我们不用向政府提案给异兽划生活区,异兽仍将在异空间生活。它们接受更好,不接受,要来地球上攻击人类,那不过是我们兰彻斯特家几千年来都面临的情形罢了。我们只需像以往那样,派出猎人,围剿来地球上攻击人类的异兽就可以。我们也无需急于把异兽杀光,只要异兽存于异空间,我们的生活就跟以前不会有任何区别,政府仍需要兰彻斯特家,而我们要做的工作并不会增多。所以,我们现在什么都不做,就可以了。"

愣了一会儿,公爵才意识到普莱德说完了。这孩子竟能想得如此全面,但他没有夸赞,而是不动声色指出,"你有一点搞错了。"

普莱德脸上没有不悦,也没有其他表情,"请父亲指教。"

"主语应该是猎户座,不是我们兰彻斯特家。"

普莱德明白了,他没说错,只是好像没人喜欢被别人揭示自己的野心。他微微低头,脸上却不经意露出一个有些轻蔑的笑容,"父亲说的是。"

倒是索伦并不给父亲留面子。他把轻蔑的神情摆明了写在脸上,"公爵大人,您不是一直希望把兰彻斯特家和猎户座画上等号吗?如今基本如您所愿,您就别拿这点细节挑弟弟的错了。"

"索伦,"公爵提高音量,"不要仗着自己是兰彻斯特家长子,就如此口无遮拦。看来是我把你保护得太好了,你已经二十岁,好好去看看外面的世界,去看看那些一无所有的人!你这点青春叛逆期到底要持续到什么时候?"

"我不需要您保护。不需要您用一座精致的牢笼,将我圈养在其中。我可以离开家里,不要家里的任何东西。"索伦打开书房的门便要走。

## 第六章 紫蔷薇

"没了猎户座,没了兰彻斯特家,走出这座府邸,你什么都不是!"公爵气道。

"对啊。我没去过学校,虽说兰彻斯特家请来的家庭教师都是业内最顶尖的学者,在他们的教导下,我并非文盲。可我没有任何学校颁发的学位证书,想必去了外面,要想当个修车工都很难。我很少与同龄人接触,没什么朋友,如果没有钱,大概连个借宿的地方都找不到。我从小不与母亲生活在一起,和母亲并不亲近,母亲似乎也不在意我这个孩子。毕竟她不爱您,自然也不怎么爱她和您生出的我。这些,都是拜您的保护所赐。"

"你说完了没有?"

"您养育我,只是在培养另一个您自己。但很遗憾,我没有变成您,让您失望了。您放弃我吧。"

公爵脸部的肌肉颤抖着,"你……"

索伦礼貌道:"我先走了。夜深了,您休息吧。"

普莱德看着哥哥走远,身影没入走廊转角的楼梯口。但空气中剑拔弩张的氛围并未消失,而这氛围只存在于父亲和哥哥之间。他发现自己此时最好的做法,就是不要存在。他悄声对公爵说:"父亲,我也回去了。"

公爵抬抬手,示意他自便。

普莱德离开了这里。他再次确认了一点——

他是一名外来者。

一名本不应该存在的孩子。

索伦还没回房,莱昂就鬼鬼祟祟凑到他身边,"我的大少爷,您又跟公爵吵架了?"

"这么晚你还不睡?"索伦无奈地看了一眼莱昂。

"我这不是担心您嘛……"

"好了,没事,快去睡吧。"

"索伦少爷,您别老和公爵吵架了。您刚才跟他说的都是气话,对不对?"莱昂期待地望着索伦,他在期待一个肯定的回答。

但索伦摇摇头,"并不是气话。说真的,我确实想离开公爵府,独立住出去。如果我还享用着这里的锦衣玉食,我就没有立场反抗父亲给我安排好的道路。是时候了。"

"可是……"

"莱昂,你说,如果我出去工作,我可以做什么?"

"我不知道。"莱昂想都没想就回答。

"你别赌气了,我是真心实意在请教你。"

"我哪懂这些。"莱昂还是气呼呼地说。

"哦,"索伦道,"你可以继续留在公爵府,没必要跟我一起出去。"

"少爷!您以为我是自己不想离开公爵府?我才不是这个意思,您去哪儿,我就去哪儿。"

"我可养不起助手。"

"我自己能养活自己。"

"那你现在愿意告诉我,有什么适合我的工作了?"

莱昂仔细思考起来,他上下打量着索伦,"您可以去拍平面广告,时尚杂志上那种。或者做时装模特。我们可以去巴黎,对,就是巴黎,那里是时尚之都。您会让所有顾客疯狂的。"

索伦扶额,"还有别的吗?"

莱昂又想了想,"电影明星?"

## 第六章　紫蔷薇

"啊?"

"您看,"莱昂觉得自己想到了绝妙的主意,"您不仅长得好看,身手也好。拍戏时那些需要吊威亚的高难度动作,对其他演员来说很难,对您来说就是小菜一碟。这简直太适合您了……"

索伦打断他的话,"再想想别的。"顿了顿,又补充上了条件,"实际一点的。"

"哦……"莱昂低头沉思,不时抬起眼睛偷看索伦,最终还是忍不住问,"少爷,您是真打算走?"

索伦深呼吸了一次。"明天就走。"

## 6

中国,树城大学。

上午第四节课下课,小白和同学收拾好书本,走出教学楼,打算去食堂。

路上,一名穿夹克、约莫三十多岁的青年男子上前招呼道:"请问,是白凌霄吗?"

"我是。请问你是……"

"有事找你谈谈。"

小白会意,支开了同学。等其他人走了,他才向青年询问:"什么事?"

青年看了看四周来来往往的学生,"这里人多,我们换个地方说。"

出了校门,青年找了家中餐厅,带小白径直走进一个包间,"经费有限,请不了你吃好的。就这儿吧,还算清静。"

## 零日传说Ⅲ·弑神

小白选择坐下,"我不挑。"

青年掏出证件,推到小白面前。他是军方的人,一位陆军少校。

少校压低声音,"现在,对于各国高层而言,异兽的存在都不再是秘密。这次找到你,因为你是猎师四脉林修家的人,也因为你的团队在击杀四凶兽行动中出色的表现,更因为——那名兽人少年南宫羽是你朋友,他参与了你们在南极的行动。"

看来对方知道的很多。小白在心里快速思考,关于异兽的事,在政府人员面前,是该和盘托出,还是最好有所隐瞒?毕竟猎户座的守则规定,不能让除猎人之外的人知晓更多有关异兽的信息。何况,他也不知道政府对异兽是什么态度。可如果隐瞒的话,会不会造成其他后果?

像是看出他在想什么,少校放缓了语气,"你不用紧张。我只是向你了解一下情况。至于你们猎人所谓的保密守则,我要提醒你一点,猎户座可以说已经不存在了。现在政府会成立专门的部门解决异兽有关的问题,你可以信任我们,把你知道的都跟我们讲。你看,你还只是个大学生,不应该承担这么多责任,应该好好读书。"

被对方最后一句话打动,小白轻轻"嗯"了一声。

服务员把菜端了上来。

小白不好意思动筷子。

少校笑道:"快吃吧,我们边吃边说。"

上了一上午课,小白早饿了。见对方态度和善,他不再客气。

等他吃了几口菜,少校问道:"现在剩下的异兽几乎都是和

# 第六章 紫蔷薇

平派？"

小白点头，"在大半年前的那场终极之战里，我们猎户座和南宫率领的和平派联手，歼灭了弥诺陶洛斯一派——啊，也就是灭绝派——的大量异兽。这次我们又杀死了四凶兽，让灭绝派的计划彻底落空。我听南宫说，弥诺陶洛斯和四凶兽死后，所剩无几的灭绝派异兽也归降于他了。南宫现在统一了异兽的世界。"

少校问："你觉得所谓的和平派可信吗？有没有可能他们是借人类之力，消灭掉竞争对手弥诺陶洛斯，之后再转而攻击人类？"

"我个人是相信南宫的。你刚才也说过了，他是我朋友。"

"那凭你与异兽战斗这些年，对异兽实力的判断，如果和平派异兽开始攻击人类，在人类军方介入，通过现代武器战斗的前提下，它们对人类的威胁有多大？"

"说实话，"小白放下碗筷，"如果有现代武器作为威慑，我认为它们都不敢过来。我们和异兽战斗时，之所以不用热武器，就是因为它们在热武器面前束手无策，会逃回异界。我们为了杀死它们，也为了战斗时不搞出太大动静，才用特殊钽制成的冷兵器和它们战斗。"小白自嘲地耸耸肩，"挺可笑吧？这么牵强的理由，所有猎人却都遵守着。有人为此死去，真是不值得。"

"这不怪你们。是我们来晚了。"

小白从低落的情绪中挣脱出来，"所以，以后就有专门的政府机构负责异兽的事了？再有异兽来进攻地球的话，就交给军队处理，不需要我们再去战斗了？"

少校观察着小白眉飞色舞的神情，"你觉得这是好事？"

"那当然了！有了你们，我和我的朋友们就可以过普通的生

· 245 ·

## 零日传说Ⅲ·弑神

活了。"

少校点点头，转而沉声道："我们想见南宫。"

小白脸上飞扬的表情渐渐凝固，他警惕地看向少校。

少校明白小白的疑虑，"怎么，担心我们对付他？"

"少校，想见南宫的话，凭军方的手段，不会见不到吧。为什么来问我？"

"并不只是问你。"少校抬起手腕，看了一眼表上的时间，"这个点，我的同事应该正在跟叶乔谈，沈放那边也有人去了。对于你们分别给出的信息，我们之后会核对的。"

"那为什么来问我们，不直接去找南宫？"

"因为我们想先更了解他。同时，我们希望由你们向南宫转达我们想见他的意愿。我们是善意的，直接找到他，怕他不信任我们。"

"但是……"小白咬了咬嘴唇，"我没办法替他信任你们。"

"你向他转达我们的话就行。我们可以和他谈谈，在地球上给和平派异兽划出生活区的事。至于他是否来见我们，由他自己决定。"少校递上一张名片，"这是我的联系方式。"

他站起身向外走去，"服务员，买单。"

周末，小白他们把南宫约了出来，一起商量这件事。

刚听大家说完情况，南宫想也没想就同意道："给我联系方式，我要见他们。"

小白提醒道："万一是鸿门宴，他们把你抓起来怎么办？"

"情况不会更糟了，不管怎样，我都得和政府取得联系。"南宫说，"我向所有异兽族群承诺，会说服人类接受我们回地球居

## 第六章　紫蔷薇

住。如果这件事迟迟没有进展，大家的心会涣散的。"

"你之前试过联系政府了吗？"

"我找过兰彻斯特公爵了，我拜托他帮我与政府取得联系。"南宫摇摇头，"但他只是敷衍我而已，我能看出来，他并不愿意帮我向政府传话。"

"你想好了？"

南宫抽走小白捏在手里的名片，"这是我必须要面对的事。谢谢你们。"

公爵府上。

叶明诚与公爵在书房密谈。

"阁下，政府打算成立专门的部门善后异兽相关的问题。不得不说，猎户座被……甩开了。"

公爵阴沉着脸，"他们对异兽什么态度，打算怎么做？"

"还不清楚。"叶明诚摇头，"但他们已经与那兽人少年取得联系，近日会进行第一次接洽。"

公爵沉默不语。

"如果猎户座对政府而言彻底失去利用价值，我们……"

"我知道。"公爵说，"与异兽打交道哪有那么简单，如果政府轻而易举地与南宫达成了协议，岂不是显得猎户座几千年来在做的事像一个笑话？！"

叶明诚难掩语气中的失落，"中国有个成语，叫兔死狗烹，鸟尽弓藏。"

"我不会让他们轻易得偿所愿。"

## 7

一座繁华的国际化都市市郊,这家老牌星级酒店进行了清场。今天没有普通旅客在这里下榻。酒店最大的会议室里铺着红毯,一场很重要的会晤将要开始。

会议室里坐着不同国家、不同肤色的科学家、军人和政府官员。他们来自中国、美国、俄罗斯、英国、印度。

一名少年由两名特种兵"搀扶"着,走上一小方由半人高的围栏围出的审判席。

所有人警惕地注视他,好奇地观察他。

少年朗声道,"我是兽人,想必今天在场的各位已经清楚这一点。我给自己取了一个人类的名字——南宫羽,如果你们用这个名字称呼我,我会很高兴。现在,我代表所有异兽,在这里与各位相见,并表达我们的诉求。

"一万年前,我们居住在地球上。那时还没有现今的人类,只有各种兽人;地球上的动物也不是现今的模样,而是各种异兽。因为外星文明的入侵,我们在与外星人的战斗中失败后,被他们关押进一个高维空间。

"我无法用语言形容生活在那里是什么感受。我们没有界限、不分个体、重叠而扭曲地活在一起。而外星人不知出于什么目的,修剪了我们的基因,把我们变成你们,让你们成为了地球上的生命。

"所以,我要纠正一个说法。对于我们而言,你们才是改造人,现今地球上的动物才是异兽。可是,现在争论谁是原生、谁

## 第六章 紫薔薇

是异类,并没有意义。因为,我们有着相同的基因,我们是一样的,我们不是敌人。

"这就是我们和平派的思潮。我们对人类没有敌意,也希望人类对我们不要有敌意。我们不要求人类把地球还给我们,只希望人类在地球上为我们划分一些自留区,供我们生活。

"并且,我们可以做出让步。我们不占用任何适合人类生存的土地。我们的生存能力比你们强很多,给我们沙漠也好,雪原也好,山区也好。只要让我们回来——"

他深深鞠躬,"万分感激。"

"也感谢你坦诚的态度。"人类政府的代表发言道,"我们可以给你们划出自留区。但我们有条件,希望你理解。"

南宫点头,"我理解。"

"异兽在生物能力方面有特别的优势,我们希望可以研究这一点。这需要你们的科学家和我们的科学家共同组建研究团队,同时,需要你们提供受试志愿者。我们保证,研究遵守人道主义。"

南宫没立即回答,似乎在思考。

人类代表继续说:"以及,你们的自留区,外部要设置高墙和电网。没有许可,你们不得随意出来。"

南宫低头沉思半晌,似是下了很大决心,"我同意。"

人类代表有些诧异,"不讨价还价吗?"

"我今天已向你们展示了足够的诚意。希望你们也可以以同样的诚意对待我们。"

人类代表走到南宫面前伸出手,"那预祝我们合作顺利。"

· 249 ·

## 零日传说Ⅲ·弑神

　　南宫伸手，欲与人类的手相握。
　　突然，他感到自己的意识被一股力量攥住。
　　一个声音从脑海中蹦出来，低吟着，"攻击……"
　　像恶魔的呓语，"攻击他。"
　　像神明的召唤，"攻击所有人。"
　　像宣战的誓言，"攻击，攻击，攻击！"
　　这命令仿佛来自远古的帝王，带着无法抗拒的威严与压迫。南宫努力抑制着攻击的冲动，顿时脸色煞白，冷汗滑过脸颊。
　　"抱歉……"他缩回手，"我不舒服……先失陪……"他撞开审判席的围栏，推开守在门口的两名特种兵，夺门而出。
　　现场武装力量立即集结，追在他身后出了会议室，并立即堵住下楼的去路。
　　南宫知道，他现在不能跑。如果他逃跑了，与人类合作的未来就彻底破灭了。
　　他冲进走廊尽头的厕所，将自己关进一个隔间里。
　　那个命令还在扰乱着他的思绪，"攻击啊。杀死那些人。照我说的做，去攻击！"
　　南宫与这个强大的指令对抗着。他痛苦地蜷缩在小小的隔间中，喉咙干涩，头痛欲裂。可这个指令像蛇一样缠住了他，过了不知多久，它仍没有松懈，而是将他越箍越紧。
　　他不由自主地跪了下去。

　　尔后，这个狭小的空间消失了。南宫发现自己跪在一片焦黑龟裂的土地上，天幕是深邃的蓝色，这大约是一个即将日落的傍

## 第六章　紫蔷薇

晚。浓稠如墨的云浪在翻涌，将大地笼罩。

在前方，一名身披黑袍、宛如神祇的男人站立着。南宫在看到他的瞬间，就想起了他是谁。那位异兽世界历史上最伟大的帝王——奥丁。他看上去好像很近，又似乎很远。

南宫不由自主向奥丁伸出手，渴望着抚慰与救赎。

"我的孩子，你为什么而痛苦？"奥丁问道。声音从四面八方传来。

"您让我攻击……我无法违抗您的命令，但也不能……"

"噢，不，不是我。"这位帝王沉痛地说道，"你仔细分辨。只是一个盗用我血脉的改造人在下命令。孩子，那不是我。"

南宫精神一震，脑海中似乎清明了些。头疼也减轻了。

"孩子啊。你是不是忘了一些很重要的历史？"

南宫抬头，虔诚地望着奥丁，希望能从他那里获得一些启示。

"不过也难怪，过去一万年了。这记忆代代相传，难免被时光磨得不再清晰。孩子啊，你仔细想一想。"

南宫确实觉得自己忘了什么，比如对尼德霍这个词莫名的恐惧感。他低着头，像是做错了事，"我想不起来。"

"那是很重要的，你要想起来。"

"您可以告诉我吗？"

奥丁愣了愣，随即自嘲地笑了。"我只是附着在血脉中的一缕幽魂，我也忘了。孩子，记忆刻在你的血脉里，你要努力回想起它……"

奥丁王消失了。天与地也消失了。四周变为彻底的虚无与黑暗。

零日传说Ⅲ·弑神

　　武装军人撞开厕所隔间的门。
　　士兵谨慎地对倒在地上的南宫进行了一番检查，随后向长官汇报，"他晕过去了。"

## 8

　　在星级酒店后方的大片桦树林中，兰彻斯特公爵的脸色也没好看到哪儿去。他已是大汗淋漓，随即，他感到那根紧绷的弦断掉了。
　　他浑身一震。
　　站在他身旁的管家奥斯汀扶住他，"公爵，您怎么了？"
　　公爵摆摆手，双眼死死盯着酒店大楼六层的窗户。
　　那里没有任何动静。什么事都没有发生。
　　"他没被我控制住。"公爵冷声道。
　　"或许是距离太远。"
　　公爵紧咬着后牙。
　　"阁下，注意身体，我们还可以想其他办法。"
　　"其他办法？一旦南宫与人类政府达成合作，猎户座的历史就结束了。我们兰彻斯特家的历史也结束了。"
　　"政府没那么容易相信异兽的。"
　　"用不着相信。政府对异兽是什么态度并不重要，重要的是，他们发现不需要猎人。"
　　"公爵……"奥斯汀动了动嘴唇，但没想到其他可以劝慰公爵的话。

## 第六章 紫蔷薇

　　公爵此番费了很多门路，才打听到这次秘密会议的时间和地址。他本计划暗中控制住南宫，令其发狂并攻击与会的人类，最好杀死几名领导者，从而使人类政府放弃主动与异兽接触的想法，不得不再次寻求猎户座的帮助。
　　可他失败了。
　　尼德霍给他的这个能力实在太小打小闹，一到关键时刻就掉链子。公爵感到失望至极。他凝重地看向西边，夕阳落到远处低矮的丘陵上，余晖穿过初冬光秃秃的树枝，在地上拉出长长的影子。
　　"先回去吧。"他叫上奥斯汀，并自顾自朝前走。
　　奥斯汀跟在公爵身后，他觉得公爵的背影像极了此刻的迟暮落日。

　　公爵连夜赶回了府上。
　　沐浴之后，他凝重地将通讯器挂在胸前。他拉上窗帘，右手握着通讯器，对着虚无开口说道："尼德霍，我有事找你。"

　　公爵的呼叫传至上千公里外的地下2000米深的地方。尼德霍刚修复不久的信息处理中枢实时收到了信号。
　　决定进一步采取行动后，尼德霍仔细分析过人选，但公爵和沈放都不够完美。它考虑过要不要物色一个新人，但一时还未挑到合适的。它已没有容错的机会，每一步都必须谨慎。
　　而近几日发生的一连串事件，阴差阳错地将公爵推上了最佳人选的位置。
　　它动用了一点点能源制作信息，并解析为人类能听懂的语

## 零日传说Ⅲ · 弑神

言,传送回地面上千公里外的公爵手中那枚小小的通讯器。

那是它最终选定的协助它完成计划的人类——一名被撒下的野心家。

通讯器的屏幕闪了闪。

一行字从上面跳出来,"很好,那就预祝我们的进一步合作成功。"

公爵愣了愣,他没料到真的能将尼德霍呼叫出来,"你还在?"

"当然。我无所不在。"电子合成音响起。

公爵冷冷哼了一声,"那你怎么这么久都不现身?你一手创办的猎户座快要没了。"

"兰彻斯特,不要轻易揣摩我的意图。你又怎么确认猎户座对我而言还有用呢?"

"你如果能自己行动,早就不需要猎户座成为你的爪牙,为你清除异兽。没了猎户座,谁再当你的爪牙?"

对面"呵呵"笑了几声,"我说了,不要轻易揣摩我的意图。我创立猎户座,是让你们在世人面前隐瞒异兽的存在。可是现在,异兽的存在就差没登上新闻了。"

"那很抱歉,"公爵揶揄,"最终没能隐瞒异兽的存在。你不会因此要完蛋了吧?"

"无所谓了。现在这已经不重要了。"

"你不愿让世人知道异兽的存在,是害怕人类发现自己与异兽才是同类的真相?"

"这只是其一。"

## 第六章　紫蔷薇

"那你打算告诉我其他原因吗?"

"兰彻斯特,知道太多不是好事。你今天找我,难道只是来向我提问的?"

"既然猎户座对你没用了,那我没什么事要找你了。"猎户座被人类政府抛开,在尼德霍这里也失去了利用价值。若不是通讯的主动权掌握在对方手里,公爵早已挂断通话,维持自己最后的体面。

但尼德霍话锋一转,"猎户座没用了,不代表你没用。"

公爵冷冷问道:"你还想让我做什么?"

"兰彻斯特公爵,你想要的,无非权势和财富,最好再有点名声。既然靠猎人的身份已无法再得到这些,为何不趁着你手上还有点财力和人脉,去做顺应这个时代的事?猎户座本就是远古农耕时代的产物,到了现在早就不合时宜,只因一直维持着平衡,我才没想去改变。公爵啊!是时候改变了。"

公爵眼中精光一闪,"怎样改变?"

"我要你以最快的速度注册成立一家科技公司。我会给你提供核心技术支撑,凭借这些技术,你的公司会成为一代寡头,而你则会成为比乔布斯还伟大的产品家。公爵,不要再守着古旧的传统了,去拥抱未来吧!"

公爵本就暗中资助了不少科研人员,也暗中进行过不少科学研究。他从来就是个面向未来的人。他一直想设计俘获尼德霍,就是为了获取它的技术。但没想到,尼德霍竟愿意主动提供技术。

"你……到底有什么目的?"

"人类不需要理解造物主的目的。"

# 零日传说Ⅲ·弑神

公爵没有迟疑，对他而言，一切都是先收进囊中再考虑后话，"我可以照你说的做，并且不会让你失望。你最好也不要再让我失望了。"

## 第七章 金属之心

### 1

下了晚自习,何念念和同学一起有说有笑地走出校门。

她一眼看见站在路灯下的南宫羽。

高一时,南宫羽曾在他们班读了一学年,后来就退学了。同学们不清楚个中缘由,此时久违地见到他,都很好奇。

大家对南宫的印象不错。这个男孩清朗的眉眼中总隐隐透着一股不羁的野性,而与这样的长相相反,他话不多,有些害羞,且总是彬彬有礼。

"那不是南宫羽吗?"一个女孩有些不确定。

说话间,她们已经走了过去,并试着与他打招呼,"南宫同学?"

南宫朝大家笑了笑。

## 零日传说 Ⅲ · 弑神

"真的是你呀！"另一个女同学问，"你后来是转学了吗？现在在哪个学校啊？"

"我现在在做别的事……"南宫求助地看向何念念。

何念念打住两个女同学，帮南宫解释道："好啦，你们别问了，南宫同学遇到些事，所以才不在我们班上念书了。"

两个女同学一副懂了的神情，她们回想起来，高一时南宫就暗恋何念念来着，据说南宫还为了何念念去找高年级的学长理论。她们看看南宫又看看何念念，"原来你俩一直有联系呀……"

何念念脸一红，"不是你们想的那样！"

"我们想什么了？"女孩们笑着逗何念念，在何念念要挥拳揍她们前，赶紧挎上书包作逃跑状，"你们聊，我们先回家了。"

"嗯。"何念念朝她们挥手。

等同学都走了，就剩下南宫和何念念。他俩沿着河边的青石板路走着。

无论是作为这两年来一直并肩作战的伙伴，还是互相爱慕却无法成为恋人的好友，两人之间的默契无需多言。

夜风吹拂，带着落叶的气味。

"你不是去进行谈判了吗？怎么这么快就回来了。他们同意你们来地球了吗？"何念念问。

"发生了一点意外，谈判的进程被搁置了。"

"什么意外？"何念念关切地打量南宫，"你有没有受伤？"

"我没事。"南宫摇摇头，"谈判的时候，我被公爵控制了，他想让我攻击人类，还好我忍住了。但鉴于我行为的异常，人类政府的那些官员又说要重新讨论条例。"

## 第七章　金属之心

"公爵控制你攻击人类？"何念念感到费解，"他到底怎么想的啊。"

"这次政府绕过猎户座和他们兰彻斯特家，直接找我谈判，他应该是感到被甩开了，所以想控制我制造麻烦，让政府重新重用他们。"

"原来是这样。那现在怎么办？"

"没关系，你别担心。"南宫温柔地笑了笑，"本来我也没指望让人类划拨土地这种事能很快谈下来。倒是通过这次接触，我感到人类政府对我们持开放的态度，这已经算是一个不错的进展。"

"嗯。"何念念放心地点点头，"你今天找我一定有重要的事。"

"我见到奥丁王了。"

"奥丁？"何念念对猎户座及异兽相关的资料很熟悉，"北欧神话里的众神之王，在诸神之战中率领战士战斗至最后一刻。"

"事实与北欧神话里的描述有些出入。我本来都不记得他了，但公爵控制我时，我好像进入到一个幻境空间，我在那里见到了他，我一下就想起了他是谁。他是外星文明降临之时，异兽世界的最后一代帝王，也是最伟大的帝王。他率领我们与外星文明作战。在那个幻境里，他一直说我忘记了很重要的历史……"

"很重要的历史，跟尼德霍的目的有关？"

"应该是的。这些天我努力回忆，稍微想起了一点。"

"是什么？"

"被关押在异空间的一万年里，我们从未怀疑过，我们是因为战败才被关在那里。但经过奥丁王的提示，我想起来，我们似

· 259 ·

## 零日传说 Ⅲ · 弑神

乎并未战败……或者换个说法——外星文明并没有战胜我们。当想起这一点，我才发现，我们早该想到的。如果我们战败了，外星文明直接将我们灭绝了便是，何必用异空间将我们封住？"

"所以，尼德霍的目的，和这个有关了？"

"我不清楚有没有直接关系，我实在回忆不起更多有用的记忆了。所以我才来找你。"

何念念很快明白了南宫的意思，"你希望我借助猎户座的手段……"

"你出身猎医世家，你们对这方面了解很多。这记忆我虽想不起来，但它就刻在我的基因里。有没有办法辅助我提取？"

何念念略一沉思，"有了！说不定真的有办法。"

"什么办法？"

"你还记得猎户座医疗基地里清除猎人记忆的机器吗？那台机器可以读取猎人脑海中、甚至潜意识中的记忆，并图像化显示，然后对记忆进行编辑和删除。既然它可以删除记忆，那反之是不是也可以帮助提取记忆呢？我觉得值得一试！"

南宫眼睛亮了起来，"太好了，那我们现在就去！"

何念念愁着脸，"没那么容易。那台机器的使用需要权限，而且本来是由专门的医生操作。没有权限的话，连开机都开不了。"

"谁有权限？我可以去找那个人。"

"太多人退出猎户座了，现在根本不知道该找谁。不过你别急，我会想办法的。你知道的，我爸负责一个猎户座的医疗团队。他现在不管猎户座的事了，他那些和猎户座相关的资料道具啥的都在家里放着，等着我去翻翻看，说不定能找到权限密钥。"

何念念冲南宫眨眨眼。

"这样好吗?"

"这有什么,等我好消息吧。"

在尼德霍的系统里,南宫被设置为特别关注对象之一。

这虽然会增加耗能,但是值得。

地球上遍布的网络如同尼德霍的神经末梢。临河街道上的监控摄像头捕捉到南宫人脸,这段监控录像便传入了尼德霍的系统之中。

## 2

周三的下午,天空阴沉沉的。还没到日落的时候,校园里已亮起了街灯。

而小白接到一个带来好消息的电话。

是猎户座医疗基地打来的,"白凌霄吗?"

"啊,是我。"

"林修平醒了,家属过来看看吧。"

"啊?"小白几乎不敢相信自己听到的。

"林修平醒了。"

"哦!我马上过去!"

小白甚至来不及回宿舍收拾收拾,也没有等公交,而是打了辆车,直奔医疗基地。

打车会花掉他三天的晚饭钱,不过有什么关系呢。比起这个巨大的惊喜,一切都变得微不足道。

## 零日传说Ⅲ·弑神

林修平醒了的话,之后该做什么,就有大人告诉他们了吧……

小车载着白凌霄在街道上飞驰。街灯嗖嗖后退,他感到前所未有的安心。

等驶入老城区,看着街边墙皮剥落的九十年代老楼,他突然想到了什么。

他对司机说:"师傅,可不可以换个地址?"

"你在APP上修改一下目的地就可以了。"

"好。"

小白把目的地换成了家。

车停在工厂小区大门,小白进了院子,走到自己家那一幢楼下,抬头望了望五楼的窗户,才迈步进入楼栋,拾级而上。

为什么要这么做呢?他也说不清楚。

进了家门,老妈正在沙发上刷手机短视频。她见到小白,"你怎么回来了?"

"妈……"

"呆在门口干吗?换鞋进屋呀。"老妈放下手机站起身,"我还没准备晚饭呢。你回来了,等等啊,我看看冰箱里有什么。"

"妈,你别准备了。那个……"

见小白欲言又止的样子,老妈脸上的神色暗了下去,"又要去执行任务了?"

"不,不是。"小白赶紧摆手,并说明来意,"是关于林修平……"

母亲目光微动,但她很快掩饰了过去,用随意的语气问:

## 第七章　金属之心

"他怎么了？"

"他前阵子一直昏迷，今天醒了。我在想……妈，你还是想见他一面的吧？至少亲口问问他，当年为什么离开……"

"那种问题，过了这么多年，没必要问了吧。"她从冰箱里拿出一块猪肉，"晚上给你做红烧肉？"

"妈，你别做了。"小白觉得自己太冲动了。也是，为什么会觉得老妈一定想见林修平呢？只是自己一厢情愿地这么以为罢了。"我是正要去看林修平来着，不在家里吃了。回来只是问问你要不要和我一起去。那我先走了。"

老妈缓缓把猪肉放回冰箱，"不在家里吃了啊，那我就不做了。"

小白打开门要走。

门将要阖上的一瞬，却听见母亲的声音轻飘飘传来，"等一等。"

小白重新拉开门。

"你说他之前昏迷了？"

"嗯，我今天刚接到电话说他醒了。"

"去看他那地方……远不远？"

"不远。打车过去都要不了十分钟。"

老妈看了眼墙上的挂钟，还不到五点。"那我就去看他一下。六点我就回来。"

"嗯！那我叫车了。"小白开心地笑了。

"哎，再等一下。"

"怎么了？"

"我……"母亲抬手捋了捋头发，遮住脸上不自在的表情，

· 263 ·

## 零日传说 Ⅲ · 弑神

"我去换件衣服。"

等母亲换衣服的时间,小白去楼道给林修平打了个电话。

很久没听到林修平的声音,小白差点流出眼泪,"你终于醒了,这段时间发生了好多事……你现在感觉怎么样?"

"还行。"男人声音里充满歉意,"对不起,让你们担心了。在你们最困难的时候,没能帮到你们。"

"你还说呢!"小白捂着听筒小声道,"我们还去南极了,等见面再跟你讲。你什么时候出院?"

"医生说明天要做些检查。等明天检查完再看。"

"嗯。"小白点头,"我现在去看你。还有……"

"你不在学校上课吗?"

"医生告诉我你醒了,我就回来了。那个……"

"怎么了?"

"我妈知道我当猎人的事了。就现在,她跟我一起去看你。"

"你说什么?"电话那头的男人难得失态地叫了一声。

"是不是我把事搞砸了?我只以为妈妈可能会想见你,没想太多就叫上了她。"

男人轻声叹息,"我不是那个意思。我是说,我还没做好准备啊……"

"先挂了啊。"小白瞥着家门口,"我妈换好衣服出来了。我们待会儿就到。"

两个人打上车,朝猎户座医疗基地开着。

母亲沉默地看着窗外。

## 第七章　金属之心

天比之前更黑，不仅是因为更接近日暮时分，还因为云层变得更厚。母亲喃喃自语，"好像快下雨了，该带一把伞的。"

话音刚落，雨便降了下来，滴滴答答淋在车窗上，画出弯弯扭扭的水痕。

这是今年的第一场冬雨。

林修平在空间距离并不远的地方凝视着这同一场雨。

病房的窗外朦朦胧胧连成一片，看不清这个世界，也看不清天空，就像他刚从混沌中醒来的脑海。他揉了揉太阳穴。小白那孩子……可这不怪小白，是他欠那个孩子太多，也欠她太多了。

他内心从来没这样胆怯过。

与此同时，尼德霍的系统开始处理昨日收到的那段有关南宫羽的监控视频。

南宫的监控等级排在兰彻斯特公爵和沈放之后，加上那只是一段普通的日常生活视频，因此优先级并不算高。直到此时系统算力空转，才开始解析南宫羽和何念念对话的口型。

虽不能完全还原两人的对话，但那几个敏感的关键词，系统绝不会忽略。

被提取出来的关键词是：奥丁，外星文明，记忆，医疗基地，机器。

尼德霍心中一震，如果它有心的话。在它机体内的光缆中流淌的电子受激般小幅度震荡，好一会儿才归于平常。

好险。如此重要的信息，它差点错过了处理时机。更要紧的

## 零日传说Ⅲ·弑神

是，之前它一直忘了一件事——如今，猎户座分布在世界各地的医疗基地中，共有三台记忆编辑机器。这机器是距今约七十年前，它为了惩戒那些管不住嘴的猎人，而授出技术，协助猎户座高层制造而成。这七十年间，记忆编辑机器堵住了几乎所有猎人之口，成为猎人被开除后的最高惩罚。但尼德霍几乎忘了，这机器在删除记忆的同时，的确有协助提取记忆的功能。

南宫的基因记忆究竟记得多少？

它不敢去赌。为今之计，最保险的做法就是破坏那三台机器，这并不难。

反正，那几台机器也用不上了。

车停在小巷外。

小白和母亲下了车，快步走进楼内。但淅沥的雨还是沾上了母亲的驼色羊毛大衣。母亲皱眉拍去肩头的雨水，再将及肩的头发拢到耳后。她环顾了底下这家冷清的诊所一圈，言语中透着无法置信，"就是这儿吗？"

"不是这里。"

像叶乔第一次领他们进入时那样，小白在前方带路，引母亲穿过诊所，直到后方的直梯。上电梯后，小白在操作面板上输入了一个密码，轿厢便载着他们直升而上。

进入猎户座医疗基地本是靠通讯器感应识别身份。自从大家弃用通讯器后，便临时装了一个密码器。一切初看与魔法无异的设施，在揭去神秘面纱之后，无非是些寻常的东西罢了。

电梯在楼层数字并不显示的十七层停下。

叮的一声，门向两边滑开。小白一步跨了出去，又回头催促

## 第七章 金属之心

母亲,"妈,快点啊。"

母亲走进医疗基地,这里的先进程度稍微让她有些吃惊。只是,随着猎户座的没落,这里的人不多了。许多病房和设施都空着,走廊上甚至看不到医生或护士。

小白走在前面,指着不远处,"他就在那个病房。"

母亲迟疑地迈着步子,高跟鞋落在地面。虽然很轻,但在这极安静的环境内,还是显得那么大声,像敲击在心脏般一下下回响。

林修平听到了这脚步声。他咽了口唾沫,喉咙有些发涩。他发现自己居然手足无措,不知该摆出什么姿势,什么表情。

病房的门吱呀一下被推开,小白站在门口,紧接着,她也站在了门口。

"你……"

"你……"

两个人同时开口——

"还好吗?"

凡是属于尼德霍指导猎人造成的设施,无论是猎户座基地,还是深渊闪电、监测网,或者就这样一台小小的记忆编辑机器,它们的智能中控系统都以一种特殊频率的波段,与尼德霍相联着。

即使没有物理上的链接,即使没有网络,尼德霍仍可以靠这种波段远程控制它们。

或者,远程摧毁它们。

## 零日传说Ⅲ·弑神

芬兰北部森林深深的地下，尼德霍又耗费了一些仅剩的能量。能量通过波段射往世界上的三个地方。

其中之一便是中国树城的猎户座医疗基地。

波段所蕴含的强能量击中了位于这家医疗基地的那台记忆编辑机器。机器内的电线崩出火花。很快，机器的芯片被烧掉，它成了一团废铁。而崩出的火花噼里啪啦地往上飞，悄悄点燃了窗帘。

"妈，站在门口干什么，进去说啊。"小白打破尴尬的沉默，张罗着。

母亲走进病房，小白跟在后面将病房门关上。

现在，没有人可以打扰他们一家人了。

小白从小就幻想着这个画面。一家三口团聚，聊聊天，说说这些年的日子是怎么过的。他搬来两把椅子放到林修平病床旁，自己坐下后，示意母亲坐到另一把椅子上。

又是一阵漫长的沉默。

大家的心情都太过复杂，以至于没人注意到一股绝不该存在的烟味。

林修平低声说："对不起。"

母亲缓缓开口，"我并不需要你道歉。但你当时答应过我，不会再让孩子卷入这些莫名其妙的战争。你答应我就让孩子当个普通的小孩……"

话没说完，一串急促的拍门声响起。护士在门外喊："林长官！着火了！"

小白去开门，只见今天唯一值班的医生和护士站在门口，走

## 第七章　金属之心

廊那头已是浓烟滚滚。顿时慌道："怎么回事？"

"本来只是一间屋子着火，结果火又遇到了酒精，烧得太快了，才几分钟就把电梯堵了。我们出不去，怎么办？"

林修平跳下病床，赶紧打开病房的窗户。窗外的雨软绵绵的，不足以浇灭这样的火。他再观察了一下走廊那头的火势，火封了路，完全过不去了。这医疗基地为隐秘起见，并未设有与楼下相连的步行安全通道，那台电梯是唯一从这里出去的办法。更糟糕的是，这个秘密医疗基地，消防员甚至上不来。

护士显然也清楚这个状况。她的声音带着哭腔，"林长官，救我们……"

火蔓延得很快，像张狂的巨兽，朝这边伸出利爪。出路已被堵死，没法再向外逃了。林修平迅速思考着对策，"所有人都待在病房里，我们从窗户出去。小白，把门关上，免得烟进来。"

小白忙照林修平说的做。

老妈将小白拉离门边，下意识像母鸡护仔那样用胳膊护住他，反问林修平，"从这里的窗户出去？这可是十七层……"

林修平看着她，坚定地承诺，"不要怕，我会保护好你们。"

母亲眼里同时流露出怀疑和信任两种情绪。小白将母亲护在自己肩上的胳膊拉开，认真说道："妈，他很厉害的。"他故作轻松地笑了笑，"再说了，我也是个很厉害的爬楼高手，十七层不算什么，相信我们。"

在最初的训练里，叶乔逼着他每晚翻窗从五楼家里爬下的情形还历历在目。叶乔说的没错，会爬楼真的很有用。小白朝林修平点点头，表示自己没问题。

## 零日传说Ⅲ·弑神

林修平收到示意。他从窗户探出头，观察了一下外墙的情况，火已蔓延到了十六层，好在墙面上有一些空调挂机。他决定道："只用下两层就可以了。小白，你现在往下爬，从十五楼的窗户进去。你在下面接应，我在上面帮大家。等到了十五楼，我们就可以走安全通道了。"

即使关着门，浓烟仍溢进了室内。室温开始显著升高。

白凌霄明白，他没有一秒可以浪费。他很快从窗户翻出去，尽量不往下看。

老妈有些不放心地叫道："小白……"

小白来不及理会，只专心向下攀爬着。

楼下围观的群众见有人从顶层的窗户出来，发出阵阵惊呼。

十五楼内的人已经跑光了，窗户只半开着，人进不去。小白贴着墙面而站，不好使力。他费了很大劲终于将窗户扳开，纵身跃进室内。他正打算探身告诉林修平自己这边准备好了，却猛地被"轰"的一声巨响掀倒在地，窗户玻璃刹那间粉碎，楼层经久不息地震荡起来。

耳膜上回响着尖锐的高音，等小白回过神，只见爆炸过后的灰烬裹挟着火花，随夜雨飘落到他身边。

他心里有了不好的预感。

小白颤巍巍地从窗框中间探出头，只见就在自己的正上方，十六层和十七层被炸塌了。而十七层的那里，是其他人所在的位置。

那一刻，他脑海里一片空白，只翻来覆去地想着一些无关紧要的问题——

# 第七章 金属之心

世界为何如此寂静,又为什么总是在下雨?雨什么时候可以停呢……

## 3

你们,有没有过非常讨厌甚至憎恨自己的时刻?

觉得自己是废物。觉得自己所有选择都是错的。觉得自己把一切都搞砸了。觉得自己亲手毁掉了人生。

自己是不可饶恕的罪人,却也永远等不来宽恕与审判。

冲天的火光与呛人的烟雾中,小白就那样躺在废墟之上。直到沈放冲了进来。沈放一把将他甩到背上扛起,跑下楼后,叶乔的车已停在楼下等待。陆星移也在车上。

他们把小白塞进车里,再送他回到家。

继父不在家,可能还在他的电器维修铺里,还什么都不知道。也可能已经知道了一切,正赶去现场。小白鼻子一酸。

说起来,继父是个不错的男人,他一直对小白不错,甚至没和老妈再生一个孩子。当然,他也很普通。非常普通。小白终于明白了老妈口中的"普通"是指什么。她偏执地追寻着普通,以致让自己也成为一个普通的家庭妇女,就是因为她希望所有身边的家人能平平安安。她不想提心吊胆,不想过在钢索上行走的日子。可就是自己今天这一个莫名其妙的决定,把所有的一切都炸碎了。粉碎,碎成灰,碎成烟。所有的幸福都不会再有了。

小白滑到地上,捂着脸低声呜咽起来。

所有安慰的语言都显得苍白和多余。大家担心小白,但也不

# 零日传说Ⅲ·弑神

知道该说什么。他们无声地围着他,静静地等他哭泣。小白哭了很久,后来就昏睡了过去。沈放把他放到床上。

很晚了,小白的继父还没回家,可能在处理后面的事。

沈放看了看时间,对叶乔和陆星移说:"我今晚在这里陪他,你们回家吧。"

两人点头,正要离开。叶乔的手机响了。是何念念来电。

"叶乔,你现在在哪儿?"

"我在小白家。"

"居民楼室内吗?应该可以。我有急事找你,现在就过去……十分钟到。"

何念念语气很严肃,她甚至没调侃叶乔居然在小白家里这件事。她很快到了。一进屋,看见大家都在,她说:"快,拔掉网线,所有人都把手机关掉。任何能联网的电子产品都全部关掉。"

照她说的做了后,何念念压低声音说:"我看到医疗基地发生火灾的新闻,第一时间感到不对劲,所以赶紧联系你们。"她神色严峻,"这绝不是意外。"

从她让大家断开网络起,所有人就明白她的用意了,陆星移问:"你怀疑是尼德霍干的?"

何念念点头,"南宫昨天和我聊起,他有一点残存的关于与外星文明战斗的记忆。为了将这些记忆提取出来,我们想到可以使用医疗基地的记忆编辑机器。结果今天医疗基地就被烧毁了。我去现场打听过了,火就是从记忆编辑机器所在的那间屋子烧起来的。"

陆星移恨道:"如果真是尼德霍做的,它到底在掩藏什么?它怕南宫想起来的是什么呢?"

## 第七章　金属之心

叶乔看了看仍在昏睡中的小白,"无论如何,我们不能再坐以待毙了。我们必须尽快找到尼德霍。"

第二天早上,白凌霄醒了。他表情麻木地从床上坐起,见沈放趴在床沿。

感觉到动静,沈放很快也醒了。他担心地看着小白,"你……"

白凌霄掀开被子下床,"那个家伙嘛……他不打算醒来了。他把自己封闭在内心,我现在甚至都感觉不到他的存在了。"

沈放立即懂了,目前在他眼前的这个人,是处于第二意识状态的白凌霄。也难怪,谁遇到那种事,都没办法轻松走出阴影。选择逃避,也是无可奈何的吧。

"那你……"沈放思索着措辞。

"我还好。"白凌霄耸耸肩,"不管怎样,我没有去处可逃。那家伙无法面对的事,不都是只有我来面对么?"

沈放拍了拍他的背表示理解。然后小心地指出,"那场火可能不是意外……"

白凌霄转过头,肯定地道:"是尼德霍干的。"

"大家都很担心你,我们不会坐视不管。叶乔也说了——"沈放转述叶乔的话,"必须尽快解决尼德霍。"

白凌霄捏紧拳头,"我正是这样想的。而且……我知道要怎么找到神兽了。"

"你是说,有泥巴的线索了?"沈放神情一展。

"说起来,我也是最近才把这两件事联系到一起。"

"你是指……"

零日传说Ⅲ·弑神

"泥巴和小白之间有很强的羁绊,通过我体内那个高维空间碎片,它和小白甚至可以远距离产生感应和共鸣。以前我并不清楚这一点,但无数次事实说明,每当小白遇到危险,泥巴总会异常躁动,并尽力相救。"

"你说它和小白?那你呢,你能感应到它吗?"

"这就是问题的关键了。它在这副躯体内共生时,我这个意识还未苏醒,所以与他产生羁绊的是小白那个意识。每次小白晕过去,由我来控制这副躯体时,我总会感到心悸。一开始,我以为是我还不熟悉这副身体而产生的眩晕。但最近我明白,并且验证了——那种心悸的产生不是我的原因。而是小白失去意识后,泥巴感受不到小白的存在了,而产生了悸动,这种悸动通过体内的高维空间碎片传达给大脑相同的感觉,这才是我心悸的来源。"

沈放听得似懂非懂,"那意思是说……"

"只要小白不醒来,一直逃避到内心深处将自己封闭,泥巴感觉不到他,我就会持续感觉到这股心悸,并越来越强烈。而我相信,不需要我们去找泥巴,这样下去,它会来找到我。"

"所以?"

"等待吧,等它来找我。"

沈放本想问那要等多久?但看着白凌霄沉静的脸庞,他突然明白了。等待不过是猎人最基本的素质,和以前的任何一次狩猎一样。"我们陪着你。"他说。

# 4

小白觉得自己睡了很久。

## 第七章　金属之心

像睡在出生之前的羊水之中,意识是混沌的,视野范围内什么都看不到,只能看见一些朦胧的亮光或者无穷无尽的黑暗。声音总是有,但听不真切。

直到,他听见熟悉的、兽类的咆哮之音。

他浑身一抖。

他睁大眼睛,看见了另一双眼睛。那是既像神灵,也像恶魔的一双眼。属于那头与自己共生了十七年,后来长大的小蜥蜴。神兽眼瞳中闪着晶亮的光,温柔、悲悯。

脑海里响起人语,"你还好吗?"

小白意识到,这是泥巴在和他说话。他垂下眼眸,默然。

"我以为你不在了,找了你很久。"

小白感到抱歉,但没办法。"多谢。"

"杀了尼德霍。"神兽瞳孔一缩,目露凶光,"它是万恶的开端,是所有悲剧的根源。"

小白惊讶又有点不确定地抬起眼睛,"杀它?"

"杀它!"神兽坚定地道。

小白将双手伸到眼前,静静看着。杀掉尼德霍吗?就凭自己,就凭这双手……能做到吗?

"你并不是只有你。你还有朋友。"

"可是……尼德霍真的是我们的敌人吗?一定要去解决掉它吗?这么几千年来不都好好的?"小白跪坐着,双手撑地,眼泪涌出来,"就是因为我想逗英雄,好多人都死了。我就不能过普普通通的生活?只要不去战斗,那些重要的人就不会死了……"

"它是敌人!"神兽肯定地说,"那些重要的人不是因你而死,他们是因尼德霍而死。只要不解决它,就会有更多的人死去。就

## 零日传说Ⅲ·弑神

由你们去阻止这一切……"

"我们……"

"每个人都有想要的未来，那些未来只有杀了尼德霍才能抵达。"

小白混沌的脑海里终于想起了什么，"弥诺陶洛斯说，你知道尼德霍的位置。"

"去杀了它，答应我。"

"我答应你。"

"看着我。"

小白看着神兽的眼睛。突然，一些画面插入他脑海。

异兽横尸遍野，鲜血染红远古的大地。而高大的金属体同样支离破碎。

肉与铁锈一起腐烂，在昏黄的天空下，散发着颓败的气味。

这是诸神黄昏之战的终局，亦是第零日降临那天。

这个战局看上去，金属体更处于下风。已没有金属体能行动，但尚有异兽幸存。

一片森林之中，有一座宏伟的金属基地，半在地表，半在地下，像一座倒插入土的金字塔。一艘金属飞船停在这片森林上空，它化作粉末，像雨那样落下。这些粉末涌进那个基地，最终与基地融为一体。

突然，基地中释放出强烈的能量场。能量场像震波般以此处为中心向四周扩散，最后扫荡了整个地球表面。有一半幸存的异兽接触到能量场后消失了。小白意识到，这是一万年前。他看到的，是最初异兽们被吸进了那个高维异空间的场景。

## 第七章　金属之心

紧接着,那些在大地上死亡的金属体同样开始化作粉末。粉末乘风而起,如万鸟归巢般飞向基地。它们在基地的底部重新汇聚,最后成为一颗浑圆的、紧密的、闪着红光的球体。球体四周的壁上长出金属枝蔓,将这枚球体保护起来。

之后,基地内部重新涌出粉末。这次的粉末是黑色,它们聚在一处,像一股龙卷风一般席卷大地。这股风吹过了大地的每一寸,与每一只幸存的生物发生了接触。再之后,这些粉末回拢于基地内部。

基地所释放的剧烈能量令大地开始抖动,岩石变形,泥沙抖落。很快,它如船沉进海里一般没入地下,再也不见踪影。

视野开始拉高。

整片森林收入眼底。

视野继续拉高。

整片森林所位于的大陆显出轮廓。

视野进一步拉高。

森林变成指甲盖那么小的一块区域。整个大陆呈现在眼前。

咔嚓一下,画面切断了。只剩神兽的眼睛,静静地凝望着小白。

小白懂了。

他喃喃自语,那个基地就是尼德霍……它在……

小白地理不太好,光凭刚才看到的景象,他说不出具体位置。但只要看到地图,他就能标记出那个点。

要趁忘记之前,赶紧找张地图!

带着强烈的要去做什么事的想法,他猛地醒来。他发现自己

· 277 ·

## 零日传说Ⅲ·弑神

正在大学课堂上,教授在讲台上授课,四周坐着昏昏欲睡的同学。而泥巴并不在这里。

刚才所见的一切,到底是梦,还是……泥巴的记忆?

他顾不了那么多了。他站起身冲出教室,往宿舍狂奔。

到了宿舍,他翻出自己那张世界地图——自打成为猎人起,经常去世界各地执行任务,他就总备着一张这样的地图。凭借刚才的印象,他细细看着地图中的大陆轮廓。

然后,他的视线锁定在了那一处。

芬兰北部森林。

就是这里,绝不会错。

而后,小白赶紧打电话给沈放,告诉他这个消息。

"沈放,我知道尼德霍的位置了!"

对面愣了愣,随即道:"别在电话里说这个事。我现在就约大家去我家,到我家再说。"

"为什么不能在电话里说?"刚问出口,小白就知道了答案。他捂住嘴。"我明白了。"

挂电话时,小白瞥见手机显示屏上的日期。那个日期令他不由得一颤。

距离出事那天,已经过去一个多月了。

自己竟逃避了那么久吗?

当时的场景,仍旧以一种不真实的虚幻感存在着。林修平原来是个骗子,他答应老妈的事从来没兑现。哪怕最后,他还承诺会保护好她。

小白难过地咬着嘴唇。

## 第七章　金属之心

"妈，等结束这一切，我就能真正过上普通的生活了。你就看着吧……"

作为特殊监控对象之一，小白说出口的那句话理所当然地被尼德霍接收到了。

知道了位置？

尼德霍慌张了一瞬，转而却更为振奋。公爵是个雷厉风行之人，他那边的进展比想象中还要顺利，以当今的情况来说，它几乎不需要他们了。而那帮人知道太多，总归不是好事。他们若真的找到自己这里，倒不失为一个一举除掉他们的机会。

只要小心行事，做好周全的准备……

一万年的等待终于要结束了。

在它最底层的"子宫"之中，那颗闪着红光的球体发出比平常更耀眼的光芒。"核"内沉睡的意识们像感应到什么，迸发出苏醒前的躁动。这股躁动在"核"内交织，如闪电般传导，掀起一股山呼海啸的热浪，让整颗球体微微发烫。

尼德霍感受到了。仿佛得到激励，整个基地智能系统内的电子再次如潮汐般涌动了一次。波光明灭。

它曾经是文明的造物。

它如今是文明的母体。

## 5

傍晚，所有人都聚在了沈放家。

沈放早做好准备，已切断家里与外界相连的一切网络信号。

## 零日传说Ⅲ·弑神

众人见小白的神情恢复昔日的样子，都知道他从第二意识中苏醒了过来。叶乔放下心，嘴里却说："总算回来了，你这个白痴。"

小白低下头，"对不起，让大家担心了。"

"你自己好好的就行了，道什么歉。"叶乔还是凶巴巴的语气。她好久没这么凶过了，这次她是真的为小白担心了。居然一直逃避到内心里，让第二意识支配了一个多月。她甚至怀疑，那个傻小子，到底能不能从那么大的打击中恢复？可她并不怪他懦弱，他已经够勇敢了。不能让这样的悲剧再发生，一定要杀掉尼德霍……

南宫看向沈放，"你叫我们过来，说有重要的事。"

沈放点头，朝小白道："你说你知道了尼德霍的位置。"

小白的语气不那么确定，"当时我太激动了，直接就那么说了。可我现在一想，又不确定是不是真的。我醒来之前，仿佛做了一个梦。我见到了泥巴，它让我看到一些画面。"

"那泥巴现在在哪儿？"

小白摇头，"它并没有真正出现，我们是在意识里相见的。所以我才不确定那是不是真的，也可能是我的幻觉。"

"但这是现在唯一的线索了。"陆星移说，"而且，你的第二意识说过，泥巴可以感应到你，你处于昏迷状态时，它与你失联，便会一直试图寻找你。我们都以为找你是指在现实中把你找到，但我们忽略了另一种可能性——如果你们可以通过共同的高维空间产生意识共振，那它在意识世界与你联系，也能说得通。"

小白回想着从泥巴眼中看到的那些画面。都说人无法幻想出超出自己理解的场景和事物。如果那些画面并非泥巴让自己看到

## 第七章 金属之心

的真实记忆,它们绝不是自己能想象出来的景象。

"所以,你到底看到了什么?"何念念问。

"我看到了……一万年前的那场战争。乘飞船而来的巨大机器人和异兽们结束了最后一场大战,地上全是破碎的机器人和异兽的尸体。森林深处有一座外星文明的基地,停在这片森林上空的外星飞船化作粉末,融进了基地之中,那就是尼德霍。地上碎掉的机器也化作粉末,在尼德霍基地的底层形成了一个球体,那个球体很重要……"小白语无伦次地描述着那幅诡异的画面。

"既然是与外星文明的战争,那你有没有看到,入侵的外星人长什么样子?"叶乔抓住小白的讲述中漏掉的细节。

"没有。"小白回忆着,"他们只派出了机器人战斗,我看到的只有机器人。"

陆星移沉思着。像是猛地想到了什么,他的双眼渐渐睁大,"我有了一个猜想。"

"什么猜想?"

"关于尼德霍的目的……或者说,这个外星文明的目的!"陆星移看向沈放,"你说过,公爵跟尼德霍有联系。对不对?"

"是。尼德霍强化猎人以解除弥诺陶洛斯的威胁,最早的人选就是公爵。正因为接受了尼德霍的改造,公爵才拥有控制异兽的能力。"

"战胜弥诺陶洛斯后,尼德霍没再找过你。但它一定还需要有人替它办事,所以它大概率仍和公爵保持着联系?"

"我想是这样的。"

所有信息在陆星移脑海中关联起来,"公爵创办的那家公司的新品发布会!"

· 281 ·

## 零日传说Ⅲ·弑神

小白昏睡了一个多月，有点跟不上信息，"公爵创办了公司，还有新品发布会？"

何念念从手机上找出新闻，递给小白看，"前天的消息。一家新成立的公司宣布攻克次纳米级芯片技术，可以把现有芯片的运算力提升近千倍。"

阿星进一步解释，"网上都转疯了，很多人怀疑这条消息的真实性，因为这个技术的步子迈得太大了点，据芯片专家指出，在当代的科技体系下，科技的每一次进步都是细微的累积，根本不可能有这么先进的技术如此突然地出现。而且那家公司并不只是理论上攻克该技术，他们信誓旦旦地表示可以马上量产，发布会上会给大家演示可投入实际使用的成品。"

叶乔道："有人挖掘出那家公司背景，居然是一家刚成立的公司。创始人是——兰彻斯特公爵。我们看到公爵的名字出现在这种科技新闻的报道中，都很吃惊。"

小白还是不解，"公爵不是一直有私人科学团队，暗中做着各种研究吗？猎户座现在失势，他去开公司也没啥奇怪的吧？这跟尼德霍的目的有什么关系？"

"尼德霍所代表的那个外星文明在科技上比人类领先是不争的事实，尼德霍与公爵有联系，公爵现在拿出了这样先进的技术。根据这些信息，很容易得出结论，"陆星移推了推眼镜，"这项次纳米级芯片的发明，根本不是公爵手下的科研团队研发的，而是尼德霍授予的。就像尼德霍曾授予猎户座深渊闪电、空间波动监测网、高效通讯网络等技术一样。人类并不完全理解其原理，但根据图纸，就可以将这些产品制造出来。"

小白隐约察觉到了阿星即将要说出的猜想，但他还没把所有

## 第七章　金属之心

线索厘清。其他人也是如此。

"是我们忽视了一个盲点。"陆星移说道,"我们下意识认为,入侵的外星文明,一定是跟我们一样的拥有血肉之躯的碳基生物。可是,如果那些机器人并不是战斗的工具,他们是文明本身,一万年前入侵地球的,是一个机械文明呢?无论他们是自然产生的,还是由碳基生物制造出来、最终颠覆了碳基生物统治的……"

所有人不寒而栗。

小白最先反应过来,"所以尼德霍创造了人类!相较于异兽与兽人而言,自身体能非常孱弱的人类,不得不制造机械……"

"是的,"阿星点头,"这就是我的猜想。那个机械文明入侵地球后,发现地球上的原生物与他们是完全不同的科技体系。当时地球上的原生物有很强的生物能力,上天入地并不需要机械的辅助,甚至它们可以依靠自身的生物能力完成我们无法想象的工作。这与机械文明的所需背道而驰。若是机械文明赢得了战争,直接殖民地球,也无所谓。可偏偏他们输掉了战争。名为尼德霍的基地用最后的能量将地球上的原生物封进异空间,同时又裁剪出一批被削减了能力的生物——也就是当今地球生物的样子。作为改造人,我们在上万年来的时间内,在尼德霍偶尔显露神迹的干预下,一步步走上了它安排好的道路,制造机械,甚至制造出智能机械……"

小白彻底懂了,一阵后怕道:"我们在给机械文明制造躯壳。对了!我看到的,所有死掉的机器人化作粉末,在尼德霍基地底层合成了一颗红色球体,那一定是他们意识体的结晶。当人类制造技术达到他们所需的程度,他们保留下来的意识体就会再度占

## 零日传说Ⅲ·弑神

领地球……"

听着陆星移的分析，南宫的记忆再次被唤醒。他痛苦地按着眉头，"是的，没错……在一万年前的那场战争里，我们没有败给入侵者……入侵者是机械生命，后来那座残存的基地是尼德霍……"

南宫的说法从侧面印证了阿星的猜想已很接近事实。

"还记不记得北欧神话中的描述？"何念念又想到了新的证据，"诸神黄昏之后，毒龙尼德霍从世界树最下层爬出，吞食荼毒着剩下的一切骸骨，之后，第二代的人类始祖开始繁衍于大地。"

小白并不熟悉北欧神话的内容，但听了何念念的引述，他发现神话里虽然描绘得十分抽象且过于隐晦，但正是他从泥巴的记忆里看到的场景——"是的，我看到了，黑色的粉末从基地中涌出，它们聚在一起，像龙卷风那样卷过地球表面，与每一只幸存的生物发生了接触。当时我没明白这是怎么回事，如果跟神话里讲的结合起来，那这种黑色粉末应该可以破坏生物的DNA结构，它们裁剪了所有生物的DNA，也就是神话里说的'毒龙吞食荼毒着剩下的一切骸骨'，之后这些幸存生物繁衍出来的新一代，就是改造之后的人类和动物了。"

何念念想到了更可怕的事，"那公爵公司即将发布的那种芯片……那种次纳米级、运算能力近千倍于现有芯片的东西……"

"如果真是尼德霍让公爵制造的，公爵到底知不知道他在做什么？"小白道，"他在给机械文明制造大脑的载体。一旦这种芯片投入量产，装入各种智能设施之中……外星文明的意识体就会占领我们整个社会……"

## 第七章 金属之心

叶乔严肃地看着大家,"我们不能再给尼德霍时间了。"

大家面面相觑,每个人都希望这个猜测并不是真的,只是胡思乱想。可每个人又都从其他人的神色中看出认同。这个猜想虽然疯狂,但如果它是真的,之前的一切疑问都能解释通了。

这极有可能就是真相。

最后,所有人看向陆星移,期待着他可以指出这个猜想有漏洞。

陆星移轻轻叹了口气,"确实还有一个点是我没有想通的。"

"是什么?"

"那就是这个计划太耗时了。这一万年来,人类经历了漫长的石器时代、农耕时代,尼德霍干涉得很少,几乎只是等待着人类自己进入工业革命。它完全可以加快这个进程的……当然,干涉的次数增多会增加它暴露的风险。可它真的宁愿等这么久也不采取行动吗?"

这确实是个问题。可即使存在这个疑点,也不足以推翻之前的猜想。

叶乔打断大家思绪,"先别想这么多了。当务之急,是要阻止公爵开始生产那种芯片。他的新品发布会是什么时候?"

"五天后。"何念念看了一眼手机里的新闻。

"我们去找他。"

"找他?你确定他愿意听我们的话并且停下来?"小白对公爵可没什么好感,"毕竟我们说的只是猜想,公爵才不会因为一个猜想就停下赚钱的步伐。"

"要想进攻尼德霍,就必须去找公爵。"叶乔对小白说,"关于尼德霍的一切,你都只是在幻觉里看到的,加上刚才那个猜

## 零日传说 III · 弑神

想,全都只是我们的推测。光凭这些信息,光凭我们的身份,不可能找政府或者军方的人协同我们行动。你看,尼德霍在这里,甚至位于地下,"叶乔指了指小白在地图上圈出的芬兰北部森林的位置,"没有公爵的帮助,我们无论是装备还是财力,都不足以去那里和尼德霍作战。"

小白点点头,叶乔说的是现实。"可是,公爵会帮我们去打尼德霍吗?"

"当然会。"沈放冷静地说,"公爵已经拿到了尼德霍的技术,他那样的人绝不愿意受制于人,他比我们更希望控制住尼德霍。我们只要利用他的这种心理就可以了。"

"说的没错。"叶乔又拿出那种把一切揽到自己身上的大姐头语气,"我去找公爵谈,大家等我消息。"

可小白还是敏感地察觉到,叶乔和以前不一样了。在说出"找公爵谈"这几个字时,她眼中闪过复杂的冷光。而以往的她即便总是冷脸,只因为她是个直来直去、单纯的人。如今她洞悉了人心的阴暗,学会了周旋。但她真的应付得了老谋深算的公爵吗?

"我和你一起去。"小白脱口而出。

"不要这么耽误时间了,我们分头行动。小白,作为猎师四脉,你出面去找艾斯和图坦家的人吧。"叶乔安排道,"在我去找公爵期间,你去找他们,请他们把家族的次元囚笼借给你。"

"借那玩意儿干吗?"

"你忘了弥诺陶洛斯干过什么了吗?他说过,只要在四个顶点打开高维激发器,就会使中心产生异常能量。他也这样做到过。"

第七章　金属之心

小白明白了叶乔的意思，"你是说用这个办法毁掉尼德霍……"

"我们的敌人是尼德霍，要做好人类武器无法损伤它的准备。"

小白点头，"我知道了。那我就先去找艾斯。但图坦已经在与卡托布莱帕斯的战斗中牺牲了，我该找谁？"

"他们家还有人，你去他家拜访一下。待会儿我会把他俩的住址发给你。图坦家的人比较好说话，艾斯小姐心高气傲，但并不像公爵那样贪得无厌。你只要坦诚与她说明利害，她会借给你的。记住，避开尼德霍的监控。"

叶乔交代得很详细，小白也不再像以前那么毛躁了，他说："你放心吧，我会办好的。"

沈放本想提出与叶乔一同前往，但想到公爵对自己颇为忌惮，去了或许适得其反。叶乔到底与公爵家有来往，会好说话一些。便默认了叶乔的安排，只道："你们小心，我们等你们回来。"

## 6

位于法国南部的一个小镇，一座古典的二层独栋小屋。屋内传出流畅的钢琴声。

少年笃笃敲响房门，钢琴声停了。脚步声响起，不急不缓走到门边，将门拉开。

"普莱德？"来开门的妇人一脸错愕。

"母亲。"

## 零日传说 Ⅲ · 弑神

妇人随即想到了少年出现在此处最可能的原因,"他让你来的?"

少年摇头,"我自己来的。"

"那你来做什么?"妇人脸上丝毫看不出见到儿子的喜悦,"你知道的,他不允许你和我再有联系。你为什么要来?"

到了公爵府那晚,做完亲子鉴定证明普莱德的确是公爵的孩子后,公爵明确表示,孩子要留下可以,但她不行。她甚至不能再出现在原来的居所,公爵会给她安排新的住处。

她接受了公爵的一切条件。

那以后,她与普莱德再没有联系过。普莱德成了公爵府的次子,而她仍然只是一个从贫民窟搬出来的美丽女人罢了。

普莱德语气淡淡的,"来看看您。"

"看我?你好好做你该做的事,我不需要你来看我。"妇人作势要关门。

"来都来了。"普莱德侧身挡住门。

妇人失望地摇摇头,转身回到屋内。普莱德跟了进去。

房间贴着蓝色壁纸,木地板拖得一尘不染。客厅的窗边放着一架钢琴,其他家具都很简洁。

"你怎么找到这儿的?"妇人坐到沙发上。

"我去我们以前住的地方找过您,但那间公寓已经住了别人。邻居都说您搬走了。我现在可以接触到公爵府上的一些文件材料,前些日子我无意看到了购置这份房产的合同,只是过来碰碰运气,没想到您真的住在这儿。"

"公爵对你如何?"

## 第七章 金属之心

普莱德没正面回答，只问："母亲，权势真的那么重要？"

"你现在难道动摇了吗？是不是在公爵府锦衣玉食的日子过久了，就以为一切来得太容易了？我告诉你，不把权势握在手里，这些金钱带来的享受都很容易失去，随时可以失去。你必须紧紧握住。"

"为了权势，就要舍弃所有别的东西吗？"

"你搞反了！普莱德，不是舍弃别的东西才能得到权势，而是没有权势你就什么都不会拥有。难道你去公爵府区区半年，就染上了富家少爷的矫情病？你忘了我给你讲过的事了吗？我小时候也是出身上流社会……"

"母亲，您讲过很多次了。"

"那我今天再给你讲一遍，你好好听着！"妇人不怒自威，"可以说，上流社会的生活是那么无忧无虑，我曾经也厌烦母亲监督我每天练琴，这就是富人家孩子的矫情病。直到八岁那年，父亲破产，还欠银行一屁股债，连抵押的房产都被银行收走了。父亲吞枪自杀，留下我和母亲相依为命，受尽白眼和侮辱，我才知道可以每天练琴的生活有多幸福。我本以为搭上公爵，就可以结束颠沛流离。谁知公爵不是普通人，我只好隐忍离开。我忍了快二十年，终于等到这个机会，就是为了让我们母子翻身。你记住，你现在在公爵府要什么有什么，但这些只是公爵给你的施舍。所谓施舍，就是别人高兴了便给你，不高兴便可以收回。如果你不能继承公爵的家业，难道要一直靠这些施舍生活，难道要让我一直隐姓埋名地藏在此处，永远无法见人？"

普莱德心中那些锐利的尖刺变得更为锐利，冷掉的变得更冷，动摇的决心不再动摇了。他低下头，"我懂了，母亲。"

· 289 ·

## 零日传说Ⅲ·弑神

"我听到有小道消息在传,公爵府那个昏迷的孩子醒过来了?"

"是的,他醒了。"

"他是你的对手吗?"

普莱德勾起唇角,"他一身富家少爷的矫情病,最近正离家出走呢。"

"原来是个这样的人。"妇人眼中闪过轻蔑之色。"好了,你回去吧,别让公爵知道你来过。"

普莱德有些不舍地起身。他吞回了那句"可父亲还是更喜欢他"。

像是想起什么,妇人道:"你等等我。"她去了楼上的卧室。不多一会儿,她回来了,手上握着一把精致的折叠匕首,"这是我成年那天母亲送给我的礼物。这么多年,我一直带着它防身。今天就把它交给你。"

普莱德接过匕首。它大约半尺长,握柄上有一个卡扣,只需单手轻轻将卡扣摁下,刀刃便会弹出来。

"不要忘记战斗,普莱德。"妇人目光灼热地看着儿子,"走吧,在继承公爵府的家业之前,别再来看我了。"

普莱德告别了母亲,将匕首揣进怀里,再次踏上小镇的街道,走向越来越繁华的地方。

## 7

出发之前,小白去了一趟林修平独居的永安公寓。

屋里的一切陈设都没有改变,只是蒙上了一层灰尘。小白有

## 第七章　金属之心

时在想，死亡是不是就是被灰尘覆盖呢？就像薛荣离开之后的那家摩托车模型店，也是这样蒙上了灰，昭示着主人的离开。

书架上还放着那枚刻了林修平名字的赤金徽章，即便在承认林修平的身份后，那个男人仍未将这枚徽章佩戴。小白拿起徽章，端详一阵后揣进裤兜。他突然想起林修平放在衣柜里的那个黑色封皮笔记本。他打开衣柜，伸手去摸叠放的衣服深处，笔记本果然还在。心里一阵酸涩，他将笔记本拿出来，翻开第一页。封套里夹着一张老照片，照片上是年轻的林修平，年轻的上一任先锋官，另一人或许就是穆云吧。除此之外，扉页上用遒劲的字体工整地抄写了一首诗：

**沉重的时刻**

里尔克

*此刻有谁在世上某处哭，无缘无故在世上哭，在哭我。*
*此刻有谁在夜间某处笑，无缘无故在夜间笑，在笑我。*
*此刻有谁在世上某处走，无缘无故在世上走，走向我。*
*此刻有谁在世上某处死，无缘无故在世上死，望着我。*

这首诗用词很简单，小白看几遍就背下了。在这一刻，他发现他与林修平的心情是相通的，而这种他自己无法用言语描述的心情，被诗人传递了出来。

为了那些哭泣的、笑着的、走向他的、望着他的人，他要完成最后的任务。

小白是第一次来埃及，但他并没时间参观这个古老而神秘的国度。按照叶乔给的地址，他径直拜访了图坦一脉位于开罗的家。

听小白说明来意，自称是图坦叔叔的人立即取出了图坦家的次元囚笼，像是得到什么宽慰，他哀愁的脸舒展了一些，"还好把它找了回来。"

"你是说，它差点找不到了？"

"不是找不到。"图坦叔叔陷入回忆，"去封印卡托布莱帕斯的行动我也在场，但我……逃跑了。停止封印后，卡托布莱帕斯杀死了大家，次元囚笼的部件散落了一地。等卡托布莱帕斯离开后，我去捡回了它们。"

"节哀顺变……"小白安慰道。

"你知道吗？逃跑的我是那次行动中唯一捡回一条命的人。这些日子，我一直在自责。如果知道活下来要承受这么大的心理煎熬，我宁愿死在那里。如果你能让这个次元囚笼派上用场，就太好了。至少证明……我的逃跑发挥了一点微不足道的作用，会让我心里好受些。"

小白打开手中的箱子，光面发生器应该用不上，只需要那个可以激发高维空间的小匣子就行了。他取出小匣子紧紧捏在手里，"我会好好用它的。"

图坦叔叔站起身，右手握拳叩击左肩，朝小白行了一个猎人礼。很久没有人行这个礼了。一个长辈朝一个晚辈郑重道："拜托你了。"

加拿大北部湖畔已被新雪覆盖，林立的雪松间坐落着一幢大木屋。红屋顶与层层白雪相间，煞是好看。通往木屋的石道上冻

## 第七章 金属之心

结了冰碴，稍不注意就会滑倒，小白仔细行走着。

一阵马蹄声由远及近。

马背上，梳着两条辫子的女子头戴羊毛毡帽，身披大氅，脚蹬马丁靴，正将弓拉满，对准树林将箭射出。随着"嗖"的一声，小白看见树林中一只野兔中箭倒地。等女子捡了猎物回来，小白已在木屋门口等她了。

她瞥了小白一眼，"林修家的小朋友？真是稀客。"

"艾斯小姐，你的身手真好。"这句话不是恭维，刚才那行云流水的动作让小白钦佩不已。

"我是猎人。"艾斯冷冷地回应，"即使不做异兽猎人，我家祖祖辈辈也是猎人。"

"可惜能狩猎的动物越来越少了。"小白感慨。看艾斯脸色不悦，小白忙补充道："我不是指异兽的事，我是指动物保护。现在很多地区都不让打猎了。"

"这方圆十里都是我家的私人林场。"

艾斯说话还是这么呛人。小白弱弱道："呃，好吧。"心里想着，不愧是大家族。

"来找我什么事？我们两家可没什么私交。"艾斯一边说一边打开房门，径直走进去。左手边就是厨房，她将野兔用草绳一套，挂到墙上，见小白在门口犹豫，"进来啊。"

"噢。"小白赶紧进屋。

"小姐，有客人来拜访吗？"一名看上去有六十多岁的女性迎出来，见了小白，便问："先生想喝点什么？"

"随便什么都可以。"小白答道。

艾斯用当地语言朝老阿姨交代了几句，老阿姨便去餐台准备

## 零日传说Ⅲ·弑神

了,手脚很是利索。

这木屋虽是两层结构,但似乎除了老阿姨和艾斯就没有别人住这儿了。说好的大家族呢……

见小白一脸狐疑的表情,艾斯道:"你不会是来看我笑话的吧?还是说被兰彻斯特欺负了,想来拉拢我?"

小白摆手,"艾斯小姐,你误会了。我只是来请求你借我一样东西。"

"哦?我这儿还有什么可以借给你的?"艾斯扫视了一圈这屋子,虽远不到家徒四壁的程度,但确实也没什么值钱的物件。"他们都叫你小白,对吧?说出来不怕你笑话,因父亲意外牺牲,我年纪轻轻就接过了艾斯家族当家的担子。我本想努力撑起这个家族,忙活了半天,得到了什么呢?到头来,谁也不服我,现在猎户座更是变成了公爵的一言堂。我累了,受够了,不想再给公爵当助攻,也不想再跟家族里的人争执。家里值钱的东西都在城里,其他人为了争夺和分配吵得不可开交。我搬回祖屋居住图个清净,什么事也不想管了。"

"不,艾斯小姐。我要借的这样东西,一定在你这里。"小白见艾斯心灰意冷,便热切地说。

"到底什么东西?"

"你们家族的……次元囚笼。"

"这个?"艾斯有些吃惊,"都不打异兽了,四凶兽也死了,它还有什么用啊?那东西确实在我这里,要借给你也不是不行。理由呢?"

"我们要打倒尼德霍。"小白没有隐瞒,把阿星的猜想告诉了艾斯。

## 第七章　金属之心

"小白，作为林修家的孩子，你能理解我的感受吧？"艾斯笑出声，"那种想成为英雄却力所不及的感受。你能理解的，对不对？到了现在，你还想着做英雄吗？东西我给你，我很好奇你们能走到哪一步。"

艾斯去了楼上，过了一会儿，她取了次元囚笼下来，交到小白手里。

"谢谢，有这个就可以了。"小白拿出激发高维空间的小匣子，起身告辞。在走到门口时，又向艾斯说道："我之所以去做这件事，并不是因为想当英雄。只是，不打倒尼德霍，我没办法再往前走。"

艾斯从小白眼中看到与自己少年时代相同的迷茫与决绝。那时自己很绝望，但总觉得只要咬牙扛过去就会有希望，到头来却是如此。饶是拥有四脉血统，资质却仍分高低。世间留给资质平庸者的机会很少，这名少年会步自己的后尘吗，还是找到他的方向？"那就祝你好运吧。"她朝少年说道。

少年重重点头。


叶乔赌对了。或者说，一旦父亲成为不信任的人，以她对父亲的了解，便很容易看穿父亲的心思。

果然，父亲来叫她一起去参加公爵公司的新品发布会。本来自上次因去南极的事与父亲产生了嫌隙后，她一直未主动与父亲联系过。

叶明诚本以为女儿会拒绝，上次把那帮孩子扔到南极是有点过分。没想到叶乔一口答应了。

时至今日，两家的联姻对公爵来说或许已不再重要，对叶明

## 零日传说Ⅲ·弑神

诚而言却是唯一可以与公爵绑定的机会。早先，叶乔是拥有猎人血脉的适龄女孩中资质最好的。公爵为了让兰彻斯特一脉的血统不断强化，叶家是他的最优选择。如今，猎户座名存实亡，公爵更是转头开起科技公司，猎人血脉不再重要，是不是与叶家联姻便无足重轻。公爵目前虽与叶明诚保持着友好的合作关系，许诺让他日后负责公司在中国地区的事务。但叶明诚自己也明白，以他的经商头脑，他算不得上好的生意伙伴。公爵行事只看利益，若不让叶乔和公爵的孩子结婚，他们叶家在生意场上被公爵踢开是迟早的事。

这孩子竟成了自己唯一的筹码。

父女之间话一如既往的少——不如说是叶明诚不知道该与女儿聊些什么。路程过半，叶明诚才终于开口询问："你跟公爵的孩子相处得怎样了？"

"您是指索伦，还是普莱德？"叶乔偏过头，漫不经心地问。

"谁都行。"

"都挺好啊。"叶乔笑了笑，"他俩都不是坏人，年轻人嘛，总是很容易成为朋友。"

答非所问。叶明诚发现女儿变了，学会了敷衍，还用这种嬉笑的态度。他感到不舒服，但又说不出什么。沉默了一会儿，他又问："你这次怎么愿意去公爵那儿了？"

叶乔还是一脸漫不经心的浅笑，"我得找兰彻斯特叔叔聊聊天呀。"

叶明诚警觉地问："你要跟他聊什么？"不知不觉，叶明诚又恢复了那种在女儿面前威严、不容置否的语气。

以前叶乔总是惧怕于父亲用这种语气问话，但这次她还是不

第七章 金属之心

紧不慢地回答："当然是聊兰彻斯特叔叔感兴趣的事。现在形势不同以往了，父亲，我得讨兰彻斯特叔叔喜欢才行吧？"

叶明诚听出女儿口是心非，甚至在讽刺自己。他感到威严受到挑战，压低嗓音怒斥："叶乔，做好你该做的事！"

"我会的。"叶乔恢复了往日的模样，冷静而坚定地回答。

## 8

次纳米级芯片新品发布会会场。

公爵站在演讲台，向前来参会的嘉宾介绍这项技术。嘉宾中有政府官员，科技界大拿，和各国媒体。

叶明诚和普莱德都待在后台帮忙，叶乔则坐在观众席的角落，静静听着。

公爵慷慨激昂地介绍到，这种芯片不仅可以大幅提升如手机等各项智能终端的运算能力，它更大的用途是制作真正的智慧机器人。只需将数片这种芯片并联，作为智慧机器人的"大脑"，这种智慧机器人便可拥有足以媲美人脑的思维能力，甚至能轻易通过图灵测试。

叶乔一边听一边不寒而栗。陆星移真是天才，现在发生的每一环都印证了他的推测。

台下其他嘉宾则窃窃私语，对公爵的说法抱以质疑的态度。这样的技术突如其来地实现，实在太难以置信了。

公爵压了压手，示意大家安静。"我所说的这些并非处于理论空想阶段。我是一名商人，不是科学家。若是无法投产的产品，是不会劳烦大家来这里听我演说的。由八枚次纳米级芯片并

· 297 ·

## 零日传说Ⅲ·弑神

联制成的智慧机器已有成品，现在它——或者说是他，就在幕后。"

观众席哗然。

"之所以没让它露面，是因为我要在这个现场，在各位的见证下进行一次图灵测试。大家请看。"公爵指向身后的屏幕。

屏幕上出现一个对话框，公爵介绍道："现在，幕后有两名工作人员，以及我们的智慧机器。他们三个被标记为①②③号对象，与各位通过文字交流，每一位与会者都可以向他们中的任何一位提问。一百次对话后，由各位判断几号对象是智慧机器。"

这一操作赚足了眼球，会场内气氛顿时热烈起来。所有与会者争先恐后向幕后的三名对象提问，一百次对话仅一小时出头便完成了。

"各位，做出你们的判断吧。几号对象是智慧机器？"

众人面面相觑，最后由一位人工智能方面的专家道出了所有人的心声，"无从判断。它通过图灵测试了。"

公爵早料到这个结果，他自信地一笑，"这就是我们即将推出的产品。各位，智能时代要到来了！"

一名科学家表达了他的担忧，"兰彻斯特先生，您的产品着实令人大开眼界。但这智慧机器拥有如此高级的智能，它们是否会产生自我意识？您在产品设计中，是否针对这点留有相应的应对措施？还有，这项技术迈步太大，可以说具有划时代的意义，但相关的法规条款却尚未跟上。产品投入使用后，是否会出现伦理问题？"

"科学家先生，我很敬佩你的深谋远虑。但要知道，技术并不会被法规或伦理束缚，而是法规和伦理一直在追逐技术的步

## 第七章　金属之心

伐，去匹配技术。任何一项技术只有问世之后，世人才会去思考相关的问题。我想，你是多虑了。"

不管怎样，这项技术都过于令人振奋，现场的赞扬声远超过了质疑的声音。发布会圆满结束，公爵与现场的贵宾应酬一番后，便把应酬的工作交给了叶明诚、奥斯汀和普莱德。自己则回到休息室。

是个好机会。叶乔准备此时去找他。

刚进休息室关上门，揣在西装内袋的通讯器便响起蜂鸣。公爵接通来电。

"兰彻斯特，恭喜你，发布会很成功。"

公爵闷声道："怎么样，尼德霍，符合你的预期了吗？"

"你做得很好。现在要尽快让产品投产，争取三个月内达到我们预期的产能。"

"我知道该怎么做，不用你指手画脚。"

"好吧，那我就等你的消息。兰彻斯特，好好跟我合作，我会保证你的商业帝国成为全球巨头。到那时候，财富，名声，地位，全是你的。"

尼德霍显得太急了一些。但公爵不动声色地顺着它道："如果我们的合作一直这么愉快，我当然会好好跟你合作。"

"好。兰彻斯特，你行动力很强，不过我还是要奉劝你一句。产品投产的紧要关头，一切小心行事，切不可出错！"尼德霍的系统接收到房间外走廊的摄像头监控画面，它道，"好像有客人来了，今天就到这里，去迎接你的客人吧。"

通讯器内的电流音归于寂静。笃笃的敲门声随之响起。

· 299 ·

# 零日传说 III · 弑神

公爵打开房门，意外地发现来客是叶乔。

"兰彻斯特叔叔，"叶乔很少这么称呼他，"我有事找您商量。"

公爵笑道："小乔，什么事这么严肃？是普莱德欺负你了？"

"我们进屋谈吧。"叶乔观察着室内，这是公爵的专属空间，没有任何摄像头之类的东西，"这间屋里，应该没人能听到我们的谈话吧？"

公爵听懂了她的暗示。沉思片刻后，他取出一只迷你保险箱，这是他命人专门打造的。这保险箱内壁填充了厚实的隔音材料，只要锁上这只小箱子，没有任何声音和光线能传进去。他从怀中取出通讯器，放进保险箱里。"说吧，现在没有任何人能听到我们的谈话了。"

他这项举动无异于向尼德霍昭示反心，但他权衡利弊后还是决定这么做，毕竟技术已经拿到了手里，即使以后失去尼德霍的帮助，这项技术也已足够他缔造兰彻斯特氏的商业帝国。现在他要让尼德霍明白，到底是谁在主导一切，它以为他兰彻斯特是它的提线木偶，其实是行动受限的它不得不依赖公爵罢了。

"公爵阁下，"叶乔换上正式交涉的语气，"今天的发布会很精彩。这样先进的技术，和猎户座此前那些超越时代的技术一样，是尼德霍授予的，对不对？"

公爵不置可否。他没打算在叶乔面前掩饰太多，毕竟沈放知道他的秘密，那叶乔就没理由不知道。

"能不能请您暂时停止产品的生产？"

"小乔，"公爵面带笑容，像听到了世上最天真的话，"没有

## 第七章 金属之心

足够有说服力的理由,你觉得我会同意这样的请求吗?"

叶乔看着公爵的眼睛,"您有没有想过尼德霍的目的?"

"噢?你知道了什么?"

叶乔讲述了一遍陆星移的猜想,"但这只是我们的推测。公爵阁下,您可以有自己的判断。"

公爵略一思忖,发现这个推测绝非空想。他本以为尼德霍的目的藏在更后面,却没想到,一旦自己的产品大量上市,便已实现了尼德霍的目标。他暗自心惊,但表面上装作风平浪静,"这倒让我有点兴趣了。你们打算怎么做?"

叶乔只说:"我们还知道了尼德霍的位置。"

听到这句话,公爵眼神一凛。他一直暗中调查尼德霍的所在,却毫无进展。如今答案就在眼前。

叶乔示弱道:"兰彻斯特叔叔,我们要阻止它实现目标,否则全人类都完了。但它在地下,我们没办法到它那里。您帮帮我们……"

叶乔一边说,一边观察公爵的脸色,见公爵不为所动,她继续激将道:"或者请求政府帮助?现在只有您能在政府那边说上话,让政府派出武装力量去解决掉尼德霍吧。"

听闻此言,公爵反驳道:"政府岂会随便听我们说点胡言乱语就调遣武装力量!"他才不会让尼德霍这块肥肉掉进政府嘴里,他要牢牢独占尼德霍所拥有的技术。而且从所知的一切推断,尼德霍其实非常弱。它一直故弄玄虚,以神迹示人,却绝不肯暴露自己,且一直需要有人替它行动。可见它虽掌握了先进技术,但无法动身。这就好比某个玩笑话讲的,要想镇压机器人叛乱,只需要拔掉电源就可以了。公爵对叶乔说,"对付尼德霍用不着麻

· 301 ·

## 零日传说Ⅲ·弑神

烦政府，我们猎人自古以来就是为了解决这类麻烦而存在，由我们去斩断尼德霍这根源，也算有始有终。就当是猎户座的最后一场行动吧。"

叶乔没揭穿公爵这冠冕堂皇的理由，她站起身，"那我们……"

"你们想必有对付尼德霍的办法吧？"

"是有一些想法。"

这帮孩子实力已不可小觑，倒是可以利用他们，之后再……如此想着，公爵眼中闪过一丝阴鸷，"三天后行动。到时你们来公爵府找我。"

## 第八章　安魂曲

### 1

奥地利，兰彻斯特公爵府。

一些便携的武器与装备很快准备停当。公爵在书房里，仔细研究一份年代久远的施工图。有人敲门，来者是普莱德。

这孩子红色的眼瞳突然让他想起那枚兰彻斯特一脉祖传的红宝石。虽然野了些，到底身上流着兰彻斯特家的血，再驯服一下就好了。公爵放下手中的图纸，"有什么事吗？"

"父亲。"普莱德走进屋，反手将门锁上，"我看到奥斯汀准备的东西了。又有什么行动了吗？"

公爵"嗯"了一声，敷衍道："不是什么大事。我不在的期间，你好好学习公司运作的事。"

"父亲为什么总要瞒着我呢？"普莱德展开一个笑容，"这种事,如果找不到信任的人商量,我可以帮助父亲的啊。"

公爵冷笑了几声,"你在猜测我的目的,在试探我?"

"我只是想帮助父亲。毕竟,"普莱德故意用纯真的语气说,"哥哥又不在家,不是帮不了父亲吗?"

"你确实很像我。"公爵说了一句不知算不算夸赞的话,转而问普莱德,"你能怎么帮我?"

"父亲,行动时带上我吧。"

公爵不置可否,又问了另一个问题,"你和中国那帮孩子相处得怎样了?"

普莱德的表情没有丝毫波动,"谈不上相处,只是因为其他目的跟他们一起行动过几次。"

"你前些日子不是又去中国找叶乔了吗?"

"之前父亲希望能和叶家联姻,我便尽量多与叶小姐接触。如今既然父亲不需要再和叶家绑定那么深,我很久没去找过她了。"

公爵点点头。普莱德没有撒谎,前几天的新品发布会叶乔来过,但普莱德几乎没和叶乔打上照面。公爵同意道:"那你就跟我一同去。不过,看到什么都别惊讶。"

得到许可,普莱德正要离开房间。公爵又叫住他,"对了。"

"父亲,还有什么事?"

"你前几天去看她了吧。"公爵拿起之前那张图纸,一边看,一边说。

而这看似漫不经心的一语,却像雷声在普莱德脑中炸开。但他很快镇定下来,"我不知道您是指谁。"

"普莱德,做了就大大方方承认,你一向不是个爱遮掩的

# 第八章 安魂曲

孩子。"

早该知道，自己一举一动都瞒不过公爵。母亲说的没错，这个阶段不该去见她。普莱德正犹豫该承认还是否认到底，便听见公爵又说——

"我不喜欢有人背着我做什么事，特别是我本打算信任的人。普莱德，人要学会为自己的行为付出代价。既然你忍不住要见她，我只能帮你解决这个问题。"

普莱德浑身开始发颤，这是他第一次切身感受到公爵的恐怖。他很想冲上去揪住公爵衣领，质问他到底做了什么。但他只是咬着牙，站在原地。"我以后不会去见她了。"他说。

像没听到他的话，公爵自顾自说道："你以后见不到她了，她只是一个无关紧要的人。记住，你不是她追求荣华富贵的工具，你是兰彻斯特家的孩子，你有一个哥哥，你的母亲是艾德琳夫人。"

"我知道了。"普莱德轻声答应。但他双手紧握成拳，指甲甚至嵌进了肉里。

而后公爵又说："好好当兰彻斯特家的孩子。你不是还想继承这份家业吗？"

飞机在云层之上航行，这是公爵的那架猎鹰2000LC。

何念念撑着下巴，小声念叨，"总觉得有点可疑。公爵对我们也太好了吧，还派专机来接我们？"

"是啊，"小白赞同，"如果说他想控制尼德霍，独吞尼德霍的技术，他完全可以带自己人去。干吗带上我们呢？"

沈放和南宫对视一眼，他俩如今是公爵的心腹之患，多次被

· 305 ·

## 零日传说Ⅲ·弑神

公爵针对,他们显然知道理由。沈放说:"大家务必小心。我们知道了公爵太多秘密,他有可能是——想借尼德霍之手除掉我们。"

众人一阵心惊,没想到敌人除了尼德霍之外,还需提防公爵。叶乔愤懑,"那他未必太自信了。究竟要如何对付尼德霍尚且是个未知数,他有能力再分心对付我们吗?"

陆星移道:"公爵向来贪婪冒进,他不会等到有万全之策时再行动。这次是再好不过的机会,他不会错过的。他甚至都不需要专门对付我们,只要把我们带到尼德霍那里,任由我们自生自灭就可以了。不过,反正我们需要的,也仅仅是他把我们带去尼德霍那儿。"

"对。何况公爵还要利用我们对付尼德霍,在解决掉尼德霍之前,他不会把我们怎么样的。"叶乔说,"至少我们已经了解了公爵的想法,注意防范便是。"

飞机正穿过云层降落,舱内忽明忽暗。所有人凝重地点头。

抵达奥地利后,公爵派车接所有人到府上住下。

一进公爵府大厅,大家便见到了公爵。他脸上挂着惯常皮笑肉不笑的表情,"各位远道而来,辛苦了。厨房备了简餐,各位随意取用就好。今天先好好休息,我们明日一早就出发。"

普莱德跟在公爵身后,脸上表情平和,或者说是——漠然。比起往日的飞扬跋扈,今日的他只礼貌地朝大家俯了俯身算是问候。他的红色眼瞳带着一种仿若经火淬炼的冷静,饶是火焰的颜色,却让人不寒而栗。

叶乔朝公爵道:"公爵阁下,您说明日一早就出发,是不是

## 第八章　安魂曲

已经找到了去那里的办法?"

"各位跟我来。"

公爵带大家去了会议室,这个房间如今加装了隔音装置,并断开了一切与外界相连的设备。公爵呈上那份施工图的影印件,"这是修建深渊闪电的图纸。"

众人接过图纸端详一阵,陆星移看出了问题,"它和猎户座资料库里深渊闪电的站台地图不一样。"

"是的,"公爵说,"现在通行的深渊闪电交通图就是资料库里的那份。之前尼德霍引我乘深渊闪电去过一个房间,"公爵看向沈放,"想必你也去过那里。我从统一交通图上,并未找到可能是那个房间位置的站台。直到我费了些功夫找到这份当时的施工图,"公爵指向其中一个站台,"就是这里。"

那是施工图上多出来的一个站台,而资料库里所有电子版的交通图都未显示这个站台,显然被篡改了。

小白对这个位置再熟悉不过,前几天,他刚在地图上将其标记,"这个站台位于芬兰北部,这绝不是巧合。"

"可是,我去那里时,那只是一个小房间。"沈放道,"那里除了一个手术舱,并不像一个大型基地。小白,你说过,你看到的尼德霍是一个大型基地吧?"

"那只是我在梦里看到的,不一定是真实情况。"小白说,"不管怎样,我们先过去看看再说。"

叶乔点头,"对,我们先到那里去。"

陆星移想到另一个问题,"公爵阁下,既然尼德霍所在的位置与深渊闪电的隧道相连,我们要用深渊闪电作为交通工具去那儿吗?"

## 零日传说 Ⅲ · 弑神

"是的。我这几天已派人检查过,深渊闪电仍可以运行。"

"尼德霍之前毁掉了记忆编辑机器的中控系统,以此推测,它完全有能力毁掉深渊闪电的中控系统。为什么它没有这么做?"

"问得好,不过我已经考虑过了。"公爵成竹在胸地说道,"深渊闪电最重要的设施是隧道,即使球舱无法由电脑控制运行,只要隧道没有损坏,我们就可以手动驾驶球舱。退一万步,即使球舱无法使用了,我们还可以用最原始的方法——步行,从隧道前往目的地。毁掉深渊闪电的中控系统意义不大,尼德霍没必要多此一举。"

见众人脸上仍有担忧的神色,公爵轻蔑道:"通过深渊闪电去那里是最快的办法,并且是唯一的办法。除此之外,各位还有什么好方法吗?挖坑施工几乎是不可能的。深渊闪电隧道位于地下五百多米到两千多米不等,那个基地即便在最浅的五百多米处,也不是短时间内普通施工能挖掘的深度。何况我们的定位只能精确到芬兰北部整片森林,挖坑的话,从什么地方开始施工,怎样保证刚好挖到基地的位置?诸位放心,我已做了万全准备,派人在离那里最近的站台布置了升降绳。即便尼德霍等我们抵达后再毁掉深渊闪电,我们也不会被它困住。"

陆星移还想再问,叶乔暗暗阻止了他,只盯着公爵的眼睛,"那一切都拜托公爵阁下了。"

"那是自然。"公爵扫视过这群年轻人,"我毫无保留地告诉了诸位我所有已知的信息。至于如何对付尼德霍,诸位是不是也该告诉我你们的想法?"

"不急。"叶乔双手撑着桌面站起来,似笑非笑地看着公爵,"等到了那里,您会知道的。您只需准备好兰彻斯特家的次元

## 第八章 安魂曲

囚笼。"

"多谢提醒。即便你不说,我也会带上。"

"那就好。谢谢阁下款待,我们先去休息了。"

短暂的会议之后,众人回到房间。

明明已经很晚了,明天一大早就要出发,小白却睡不着。他披上大衣,来到房间露台。露台正对着公爵府的庄园,花枝凋零,只剩一些常绿灌木。暮冬的冷风吹在脸上,这两年发生了太多事,这一次真的可以结束这一切吗?

"咔嚓"一声,隔壁屋传出开玻璃门的声音。小白扭头,看见叶乔也披着外套来到她房间的露台。

见到小白,叶乔有些惊讶,"怎么,你也睡不着吗?"

"不知道该怎么说。既不是紧张,也不是兴奋,就是有种……一切是不是真的要结束了的不真实感。好像过去的两年是一场梦,又好像现在才是一场梦。"

看着小白落寞的脸,叶乔很是过意不去。那个没心没肺的白痴少年到底还是永远地消失了。"是我不好。那时候是我逼你加入的,当时的我什么都不知道,还自以为是地让你们加入。你要是没加入,就不会遇到这些……"

"即使不是我,也会有别人。总得有人来遭遇这一切,然后结束这一切。还好我们发现了尼德霍的秘密,不是吗?你的选择没有错。"

"还记得那时候你总是嚷嚷着要退出。"叶乔回忆道,"我曾经很坚定,最讨厌嘴里说着要放弃的人。知道真相后,却失去了目标。老实说,现在的我并没有什么使命感,反倒是跟随着你

## 零日传说Ⅲ·弑神

们。你们都比我要坚定。"

"叶乔,"小白打断,"我说过……虽然是另一个我说的,但我也是这样想的。你不需要有使命感,不需要跟随我们。这不是你的责任。你可以不用去,等我们回来就好。不用把什么都扛在肩上。"

"不。"叶乔摇头,"我希望这是最后一次作战,以后都不用再战斗了。我不会错过最后一次和你……们并肩作战的机会。如果说我有什么非去不可的理由,那就是陪着由我带进来的你们,走到最后一站。"

小白浅浅地笑了,"你啊,从一开始就是这样,把自己搞得像个责任感爆棚的大姐头似的,总想罩着我们。"

"喂!"叶乔脸红了,隔空挥着拳,"你在说谁啊,没大没小的,我可是队长!"

"是啊,是谁没大没小啊?"

"白凌霄,你变了!你以前可不是这样的!"

看叶乔恢复了精神,小白收起笑,长长呼了一口气,"这样就好多了。这段时间以来,大家都太沉重了,我都不记得上次这么打打闹闹是什么时候的事了。"

"从、来、没、有、过。"叶乔斩钉截铁地否认,"知道吗,你以前才不敢这么跟我打打闹闹。"

"也是,以前很怕你的。"小白看着天空中零散的星星,"现在敢这么跟你说话,大概是从心底觉得你成了亲近的人。"这句话一说出口,小白才感到不好意思,又改口道,"也可能是害怕以后没有机会再这样在夜空下聊天了吧。"

"你到底在胡思乱想些什么?怎么就没机会了!"这次叶乔是

## 第八章　安魂曲

真的生气了，"你忘了我们聊过的了吗？等全都结束，就可以过普普通通的生活了。到那个时候，想有多少机会就有多少机会。白痴，快点回屋睡觉了！"

小白吸了吸鼻子。又快要到中国农历的新年了，希望那真的是个全新的开始吧。他朝叶乔说："晚安。"

他们回了各自的房间。玻璃门锁上了，"咔哒"两声，重叠在一起。

小白和叶乔都没注意到的是，楼上房间的露台，同样站着一个人。

于小白出来之前，普莱德就在这里了，但那两个人从头到尾都没发现他。偷听别人聊天不是个好习惯，但普莱德终究还是没迈出步子，像雕塑般定在原地，莫名其妙地听完了这场对话。

羡慕这样的关系吗？

羡慕。

拥有过这样的信任吗？

不曾。

男孩和女孩的声音乘着风飞上夜空，而这风又吹着普莱德面庞，令他眼中的光变得更冷。普莱德意识到一件事，即使以后自己拥有了很多，也改变不了自己是个可悲的人这份事实。有些东西，一开始不曾拥有，就永远不会拥有。

他忽视了心底的叹息，若无其事拉下黄铜把手，回到了哥哥口中那精致的牢笼里去。

# 零日传说Ⅲ·弑神

## 2

翌日,破晓的晨光刚照亮天边,众人便出发了。他们进入站台,搭球舱降入地下的隧道之中,朝目的地飞驰着。

这里离芬兰北部并不算远。通过手动调整路线,不多时,他们便抵达了改造手术舱。

这确实是一个小得不能再小的房间。大家搜寻了一番,未发现任何机关。

"尼德霍真的在这儿吗?"小白不禁有些怀疑,"这里怎么看也不像有大型基地的样子啊。"

话音刚落,脚下的金属地面竟活了起来,变成无数潮水般的微型方块,它们翻转、移动,很快扩散开一个巨大的空洞。众人来不及跳开,从这个空洞跌落了下去。

一串鬼魅的笑声从四面八方涌来,男声、女声、童声、垂暮之声如合唱般混响在一起:

"欢迎来到这里,我的造物。"

小白站起身,揉着摔疼的屁股,发现这是一个由金属的四壁围出的巨大空间。隐约可见壁内流淌着白色荧光,仿佛人体内流淌的血液。这场景和在泥巴那个梦里看到的基地类似,但在梦里看到的是全貌,如今身在其中,只能看到一隅,更感受到它的宏伟。这样宏伟的文明产物让小白心底升起本能的颤栗,他小声慨叹,"这就是尼德霍基地吗……"

"尼德霍基地?"听到小白的话,那个声音再次笑起来,"基

## 第八章 安魂曲

地就是基地,但我不是基地,准确说,我是一套智能系统。"

小白身后传出嗤嗤的嘲笑,只听沈放说:"原来你是一个智能系统。既然如此,就不要把自己当做神明了吧。把我们称作你的'造物'?"

"有何不可?是我创造了你们……"

"不。"沈放说,"你没有创造我们。地球上早就有各种生命,你只不过是在原本的基础上做了一些删减。这个宇宙中并不存在什么造物主,所有的物质在宇宙诞生之初就已然存在,创造一切的,只是时间。"

尼德霍并未因沈放的冒犯生气,它赞许道:"小少年,说得好!的确是伟大的时间创造了一切。我这里很久没来过客人,难得你们找来,我就让你们看看时间带来的奇迹。"

基地内的墙壁中涌现出一幅幅图像,包罗了一万年来的人类发展史,从蛮荒的原始社会,到如今繁华的城市建筑,尼德霍道:"虽然是我制作了你们改造人,但我也没想到改造人能发展出如此的文明。赞颂时间,让我欣赏到这般的艺术。作为这场文明的开启者,我感到万分荣幸。"

"不,尼德霍。"陆星移说,"不必这么谦虚。你虽不能创造生命,但我们这场文明全是拜你所赐。"

墙壁中翻涌的画面骤然停止,一切恢复于冰冷,"拜我所赐?"

"尼德霍,你不用再掩饰了,我们已猜到你的目的。"陆星移继续说,"在漫长时间中发展出的文明并非只有一种形式。你们是机械文明,而地球上原本发展出的是生物文明。你们前来殖民,却输掉了战争。之后,你们文明的个体以意识体的形态被保

## 零日传说 Ⅲ · 弑神

存在这个基地之中，你则裁剪了原生生物的基因，大幅削减生物的能力，并不时现身干预文明进程，从而引导地球上的新一轮文明走上机械文明之路。等我们制造的智能机械发展到足够承载那些意识体的程度，那些意识体就将占据地球，而我猜，这个时刻即将到来。"

基地内出现短暂的沉默，随后，尼德霍发出狂笑。"没错，猜得没错。所以你们是来阻止这一切发生的吗？小东西们，告诉我，你们能有什么办法？一百年前或许还来得及阻止我，但现在，一切都晚了。"

小白问："你不怕我们炸掉整个基地吗？只要把这里全部炸掉……"

壁面中的图像开始变形，它们裂成无数小方块，如同拼图般重组，形成一张巨大的机器人脸。机器人脸的投影凑到公爵面前，"兰彻斯特，你来说，你会炸掉这里吗？你还觊觎基地里的技术，如果把它炸掉，可就什么都没有了。"投影转向小白，"白凌霄，你也该替你的朋友们想想吧？炸掉基地，没有了改造舱，沈放再也没办法变回人类，那个向往着成为人类的兽人少年亦永无机会。"

南宫说："比起毁掉你，我不需要这样的机会。"

"尼德霍，"沈放冷声道，"我从接受改造的那一刻起，就没想过再变回去了。"

投影缩回墙内，在金属穹顶的壁面游走，"小少年，是我小看了你，以为将你变为兽人，就可以控制你为我做事。想不到你竟可以放弃一切，甚至放弃自己人类的身份。不过，即便你有这份决心，却也无能为力了。你们要如何炸毁这儿？基地位于地下

· 314 ·

## 第八章 安魂曲

两千米深,以它的大小,引爆它势必会引起地面塌方,你们全都会葬身于此。想出去搬援兵?"尼德霍笑起来,"难道你们觉得今天还能离开这里?"

"尼德霍,我的确没打算炸毁基地。"公爵开口,"但你也不必故弄玄虚。建筑是死的,人是活的,你依托于基地这建筑存在,又如何困住我们?如果你能行动,早就不需要装神弄鬼了。"

"兰彻斯特,你总是过于自信。我这里很久没来客人了,我会好好招待你们的。放心,我不会让你们感到痛苦。"

陆星移朝其他人使眼色,暗示他们去寻找向下的通道。因为在小白看到的场景中,位于这个基地底部的那颗红色球体很有可能就是外星意识体的集合,那才是关键所在。他则设法拖住尼德霍,问道:"所以,你故意让我们来,就没打算让我们离开?"

"当然,我已经给你们备好了礼物,希望你们能喜欢。"

陆星移坐到地上,摆出一副慢慢聊天的样子,"既然我们要死了,有个困扰我很久的疑问,我希望死之前能搞清楚。"

尼德霍好不容易等到有人和它聊天,陆星移是第一个猜中它目的的人类,如今一切都尽在掌握,它便大度地说:"你问吧。"

"你完全可以增加干预的次数,加快人类进入智能机器时代的进程。为什么大多数时间只是等待,甚至等了一万年这么久?"

"久不久是相对而言的。"尼德霍回答,"你知道宇宙诞生到现在有多长时间了吗?"

"据人类科学家推测,大概是120亿到150亿年。"

"无论这个数据准确与否,"金属穹顶上,机器人脸消失了,取而代之的,是变幻莫测的宇宙星系景象,从一个原点的爆炸,到万千星系的旋转、膨胀、后退;从超新星的诞生,到巨恒星坍

· 315 ·

## 零日传说Ⅲ·弑神

缩为黑洞,"对于这个尺度的时间而言,一万年真的很久吗?"

陆星移心中一震。

尼德霍继续道:"蜉蝣无法理解人类浪费一下午的光阴,蚕不理解人类为了搜集蚕茧竟可以等待半个月之久。整个文明史不过几千年的人类,当然不理解我们为什么可以等一万年。"

陆星移垂下眼睛,"原来一万年对你们来说并不长……是我忽略了这个角度。"

"我们文明已经存在数亿年了,个体生命长度以百万年计,如果愿意进行转移意识,个体生命长度甚至能达到永生。一万年虽不算短,但还等得起。"

"还有个问题,你之前一直阻止人类与异兽接触,不愿让世人知道异兽的存在,除了害怕人类发现自己与异兽才是同类的真相,是不是还因为担心人类走上生物科技的道路,那样你们就无法殖民了?"

壁面上那些宇宙星空的图像变幻为一颗生机勃勃的星球,星球上住着形态各异的生物,而整颗星球的环境与现在的地球大相径庭。在这颗星球上,供生物居住的楼房由各种巨树藤蔓筑成,交通工具是形形色色的动物。各种颜色的生物素在空气中传播,信息传输效率并不亚于人类使用的光纤。"看到了吧?这就是一颗以生物科技为主导科技的星球。宇宙中的文明千千万万,每个文明选择的发展方向不尽相同。我必须引导你们发展电子科技。"

陆星移点头,"原来如此。"

"好啦,聊天时间结束。小东西们,你们在寻找什么?不要白费精力了,来吧,来好好享受我为你们量身打造的'世界'。"

第八章　安魂曲

见陆星移拖着尼德霍聊天,小白蹑手蹑脚地朝这个空间的边缘处挪动,想看看有没有向下的通道。可整个空间突然开始扭曲,等他再转头,便已看不到他的同伴们了。

无数图像如同雪崩般砸向小白,霎时将他淹没。

## 3

"白凌霄。"

"白凌霄!"

小白被什么东西撞在肩膀,他醒了过来,抬头一看,原来是同桌在用胳膊肘敲他。

"干吗?"他揉着惺忪的睡眼,没好气地问。

同桌扬扬下巴,示意他看讲台。

讲台上,班主任数学老师正气鼓鼓地盯着自己。小白才反应过来梦里的声音是老师在点自己名字回答问题。他求救地看向同桌,同桌一副我也不会的模样。

黑板上写着一道解了一半的代数题。

"你说说,这道题到这一步该怎么解?"老师问。

"呃……这个……"脑子里一片空白,头好痛,小白干脆放弃了,"我不会。"

"既然不会,怎么不好好听讲?这样下去,别说冲刺重本了,本科都没得上。好了,坐下吧。认真点。"

白凌霄坐回座位,前排的女孩回过头,冲自己吐了吐舌头。

女孩的脸很熟悉,但总觉得很久没见到她了。为什么会有这种感觉呢?不是每天上学都能见到的吗?

# 零日传说Ⅲ·弑神

下课铃响起，老师又拖堂了几分钟，直到把这道题讲完，才走出教室。

班主任一走，前排的女孩唰地转过身，眨着忽闪忽闪的大眼睛，冲白凌霄说："小白，你去小卖部吗？帮我买杯奶茶吧，好不好啦？"

小白呆呆地看着这个女孩，咬了咬嘴唇，"我……"

"你在发什么呆啊？"女孩捂嘴噗嗤地小声笑着，"怎么，上课睡丢了魂吗？"

"好像做了一个很长的梦……"小白喃喃自语。

"梦到什么了？"

小白努力回忆着，却什么也想不起来。"不记得了。"他揉了揉心口的位置。心里闷闷的，像丢失了什么。

"不记得梦到什么也很正常咯。"女孩催促道，"你到底去不去小卖部？再不去又要上课了。"

"我不去。"小白看着女孩的脸，莫名升起一股不爽，"是你想喝奶茶又不是我想喝奶茶，凭啥要我去？"

"喊！我只是说你要去的话顺便帮我买一下，不去就算了呗。"女孩撇着嘴转回了身。

小白被搭住肩，他侧过头，看见座位在他斜后方的沈放不知什么来到这儿的。沈放显然听到了他和女孩的对话，朝他竖起大拇指，小声说了句："Good Job。"

"什么 Good Job？"

"早就告诉你舔狗舔到最后一无所有，看见你迈出了不当舔狗的一步，我作为朋友非常欣慰。"

## 第八章　安魂曲

"你这自恋狂别老来教育我!"小白抄起课本佯装砸向沈放,沈放敏捷地躲开。两人在教室里打作一团。

铃声响起,又一节课开始了。所有人坐回座位,这是下午的最后一节课。

小白盯着写在黑板一角的文字:距离高考还有193天。"193"的阿拉伯数字用了艺术字体,被彩色粉笔涂成红色,还画了边框做出重点突出的效果。

还有193天高考吗?为什么总觉得已经经历过这段人生呢……

等这堂课结束,夕阳正从楼宇之间沉下。小白和沈放朝着食堂百米冲刺。

"今天吃什么?"

"牛肉粉!"

"怎么又是牛肉粉……"

因为冲得快,食堂窗口前还没排队。两人很快一人捧了碗牛肉粉,端到餐桌上开吃,三两下就吃完了。走出食堂,夕阳还未完全没入地平线下,最后的余晖将天边染成金色。两人买了可乐,一边喝一边往教学楼走。

"你想考哪里?"沈放问。

"树大吧。"想也没想,小白便如此回答道。

"咦?不觉得太普通了?你之前还给我夸海口,说想去一个离家远一点的地方。"

"普普通通不是挺好的嘛。"小白耸耸肩。可说出这句话的时候,心里没来由地隐隐痛了一下。

## 零日传说Ⅲ·弑神

　　下了晚自习,小白和沈放去取自行车。链条掉了,小白修了半天才修好。推着车出学校,只见前方堵着一堆人。
　　"什么事啊。"两人凑上前围观。
　　人群里叽叽喳喳讨论着,"是叶乔哎!"
　　叶乔?好熟悉的名字啊。小白琢磨着,"叶乔……"
　　旁边那人是同班同学,他听见小白的声音,白了小白一眼。小白瞪回去,"你看我干吗?"
　　同学欲言又止。
　　"哦,对哦!"小白好像想起叶乔是谁了。传说中的绝世大美女,在学校里甚至有粉丝军团。但是很高冷,谁也不搭理。跟他这种傻小子不是一个世界的人啦……抱着置身事外看八卦的心态,小白往前凑了凑,挤到人群最前方。
　　男生背对着小白,看不见脸。只能看见他身后摆放着大片鲜花。小白产生了一种想法,这么土的表白,叶乔能接受才怪。这个想法产生的瞬间,他便感到奇怪。为什么自己好像很了解叶乔似的。明明是没有交集的两个人……
　　果然,就像小白预料的,叶乔有些费神地皱起眉,摇了摇头。
　　人群里爆发出叹息,"这是这学期以来叶乔拒绝的第几个追求者了?"
　　"跟叶乔表白根本就是自杀行为嘛!"
　　叶乔要走,那个男生并不甘心,问道:"你有喜欢的人了吗?"
　　叶乔没回答,只是径直离开。但当她看到人群里的小白,眼

## 第八章 安魂曲

睛亮了亮。她走到小白面前,抬手拣去他头发上的一片落叶,"白痴,树叶掉在头上了都不知道。"

小白静静看着叶乔,居然有种同生共死的熟悉感。脑海中掀起黑浪,像夜色下波澜壮阔的海面,百感交集,但什么都看不见。他轻声问:"你认识我?"

叶乔手插在衣服兜里,微微拧着眉头一脸嫌弃,"你这个玩笑一点都不好笑,无聊死了,好吗?今天怎么出来这么晚,我等你半天了。"

"等我?"

叶乔咋舌,"你怎么回事,撞到头失忆了吗?"

沈放在一旁帮腔,"这小子今下午上课睡了一觉,醒来就变这样了。"

小白突然想起,他每天晚上放学都跟叶乔一起回家的,他们认识很久了。因为这个,他还成了全校男生嫉妒的对象。怪不得刚才那个同学拿白眼瞪他,他居然摆出一副不知道叶乔是谁的样子,果然很欠揍吧。

"我也不知道怎么回事。总觉得……"小白想着该如何形容,"总觉得每个场景都发生过,但它们好像本来不是这样的。"

"什么不是这样的?不一直都是这样嘛!"沈放不解。

"算了,想不清楚。先回家吧。"小白摇摇头,甩开那些莫名其妙的想法,跨上自行车。

叶乔骑一辆平衡车,像风一样驶在前面。

过了几个路口,大家逐一分别,剩下小白独自一人,穿过老城区乱哄哄的街。

## 零日传说Ⅲ·弑神

家就在下个路口拐角，小白觉得自己从未这么迫不及待地想回家，他快速蹬着脚踏，任旧自行车发出嘎吱的响声。而就在即将进入小区大门的瞬间，他看到一个中年男人的背影从转角处的阴影里离开。那个背影陌生又熟悉，可转眼便不见了。

他没有多想，停好自行车后，奔跑着进了单元楼，大步爬上楼梯，很快到了五楼，打开家门。

"妈，我回来了——"

老妈和继父坐在沙发上看电视，她看到小白，随口埋怨，"怎么回事？大冬天的跑得满头是汗。"

"妈……"

"干吗这个表情看我？月考成绩公布了，没考好？"

小白赶紧摆手，"不是不是。"

"那就快去洗手。牛奶和夜宵都给你热好了。"

"嗯！"

喝着牛奶，吃着削好的、切成小块的苹果，还有煎得火候刚好、两面金黄的饺子，小白决定放弃和脑海中那股奇怪的不真实感斗争。

就是这样的吧，之前的每一天都是这样的，之后的每一天也会一直是这样的。为什么会感到虚幻呢？一定是下午那一觉睡昏了头，今晚好好补上一觉，等明早醒来，就不会有这种该死的错觉了。至于那个被忘掉的、漫长的梦，反正是个梦，想不起来也没关系吧。

打定了主意，小白开始坦然接受目前的一切。

## 第八章 安魂曲

就这样如常生活了几日,他完全不会再产生不真实感了,也不会再想起那个被忘掉的梦。每天上课、刷题,很单纯地为高考努力着。下了晚自习在男生们羡慕的目光中和叶乔一起走,最好的朋友沈放永远陪在身边。到家后吃老妈精心准备的夜宵,听她唠叨。这样的日子仿佛没有尽头,可以持续到永远。

唯一值得注意的是,小白总遇见那个怪异的中年男人。他每次都远远地站在昏暗的角落,像一缕幽魂,好似并不属于这里。

今天下晚自习,小白又在一条巷口看见了他。小白快速冲过去,终于看清了这个中年男人隐藏在阴影之中的脸。心脏猛地收紧,脑海中终于再次翻涌起巨浪。本来想质问这个男人为什么总跟踪自己的,话卡在喉咙里,再也说不出口。

小白只呆呆地问:"你是谁?"

男人没有回答,反问小白,"你是谁?"

"我是……树城中学高三的学生。"

"再仔细想想,你是谁?"

脑海被巨浪搅成一团狂风骤雨,小白低下头,"我是……"

低头之后,小白看见男人垂在身侧的一只手上,捏着一个黑色封皮的笔记本。

他无比确定自己之前见过这个黑色封皮的笔记本。他不由自主伸手去拿它,男人没有抗拒,将笔记本递到小白手中。

借着昏黄的路灯,小白翻开笔记本扉页。字迹映入眼帘,而吟诵的诗句在耳旁响起。

此刻有谁在世上某处哭,无缘无故在世上哭,在哭我。

脑海中的迷雾退却,一帧画面突如其来地清晰了。广袤的冰

## 零日传说Ⅲ·弑神

原上，太阳发散出刺目的眩光。叶乔脸上的冷峻如面具般碎掉，只剩下一脸悲伤和疲惫，"我不想再战斗了……"

印象里，这是叶乔唯一一次哭。而自己却哭了很多次，害怕的，丧气的，悲痛的，绝望的。

可是，不对啊。不对啊。小白盯着本子上的字。叶乔为什么会拿着刀，为什么会在那样的冰原上，为什么要战斗？

**此刻有谁在夜间某处笑，无缘无故在夜间笑，在笑我。**

放弃平凡的生活，想着要去做英雄，真是一个最可笑的傻瓜吧……小白咬着牙苦笑起来，笑声穿过喉咙，从紧闭的牙关挤出，变成讽刺的呵呵声。小白觉得自己正从一个沉睡的梦中清醒，但梦拉着他。为了抵抗这股强大的力量，他决心道——再选一次，还是如此！

**此刻有谁在世上某处走，无缘无故在世上走，走向我。**

那些本不该出现于此的人纷纷出现了。小白想起了他们的名字。他们是……猎人。

而我也是……猎人。

**此刻有谁在世上某处死，无缘无故在世上死，望着我。**

你们的名字已无需一一吟诵。因为它们早已铭刻在心间。

像溺水的人终于破水而出，小白仰起头，大口呼吸。

这里不是高中课堂，不是树城大大小小的街，也不是家。手下触摸到的，是冰冷的金属地板。小白撑着身子站起来，问道："尼德霍，这就是你送给我们的礼物吗？"

第八章 安魂曲

## 4

偌大的空间里，只有小白一个人清醒了。他环视四周，只见其他同伴被困在一个个的"气泡"之中。他们表情安详地沉睡着，但嘴唇干涸而没有血色。

小白看了看时间，居然已过去近二十个小时。

他走向那些"气泡"，伸出手想解救伙伴，但只碰到透明的"气泡"的壁。"气泡"包裹着其他人，轻盈地飘浮。小白拿出一块压缩饼干，就着水狼吞虎咽地吃下去，虚弱的身体慢慢恢复了一些力量。

金属壁上浮出那张巨大的机器人脸，"怎么，这份礼物你不喜欢？"

"我很喜欢。"小白回味着梦中的场景，那是再也回不去的日子，"但我有更重要的事做。"

"没有人能抗拒美梦……"机器人脸的表情变得狰狞，"面对痛苦的现实，人类会下意识选择相信粉饰过的太平。你为什么……能够醒来？"

"我说了，因为我有更重要的事做。你打算用美梦困住我们？一旦沉溺在梦中，几天后，人就会因为饥饿和脱水而死。但很抱歉，你的美梦没困住我。"

"不，不，你不用道歉。"尼德霍的声音阴冷如冰，"我都说了，那是送给你们的礼物。本来为了表达对你们这几只造物的赞赏和敬意，我特地花心思制造了你们各自专属的'世界'，希望你们可以在欢愉中走向死亡。你无需为醒来庆幸，这只意味着你

· 325 ·

## 零日传说Ⅲ·弑神

会以痛苦的方式死去……"

话音甫落,空间内的墙壁中竟伸出数十条尖锐细长的金属臂,一齐扎向小白。尼德霍发出令人毛骨悚然的笑声,"怎么样,造物?你们竟理所当然地认为只要是建筑便无法动弹。我的确无法整体移动,但在这个建筑内部,可由我操纵的金属却有很多。只要在我的空间内,想灭掉你们,轻而易举!你们最错误的决定,就是来到这里。"

小白翻身躲过金属臂的第一轮攻击,而这些金属臂竟无比柔软,它们像巨型章鱼的触手那样,从四面八方紧逼向他。小白竭力躲避着,不甘示弱地朝尼德霍道:"那你又为什么理所当然地认为,我们不会炸毁你?我们确实没有足以炸毁整个基地的炸药,但并不代表我们没有能力对你造成破坏。"小白跑向公爵的装备箱,趁机从里面抄起几枚定向聚能炸弹。他将一枚炸弹往基地内的一个装置上一扔,装置被炸得碎片纷飞。

基地内还有好些形状怪异的装置,虽然并不知道它们是什么。

尼德霍无动于衷,"孩子,你该不会以为这样能伤到我?这些装置不过是基地的一些设施,一万年前服务于我的主人们。自从我的主人们一一牺牲,这些设施早就派不上用场……"

"不,我的目标并不是这些设施。"

"哦?"金属臂停止了追击小白,尼德霍居高临下地看着他,"你还能有什么办法?"

"我一直在想……"小白一边说,一边盯着尼德霍的表情,"你刚才说了,一万年对你们来说并不长久,而之前的一万年,你都只是静静等待,极少现身干预人类科技进程。因此,人类光

· 326 ·

## 第八章　安魂曲

是走过农业文明，就花了几千年的时间。由于技术爆炸，进入工业时代后，科技的发展在疯狂加速，以人类如今的科技水平，要出现那种次纳米芯片技术，应该是早晚的事，最多不过几十年而已。何况人工 A.I. 和芯片研发本就是各国科技竞赛的重中之重，根本无需再担心人类科技树点往生物科技的方向。异兽对人类的威胁也差不多解决了。现在你需要做的，明明是静静等待就好。可你为什么突然连几十年都不愿意再等，冒着暴露的风险，直接向公爵传授技术，迫不及待地要让可以承载你方意识体的产品问世呢……"

尼德霍那张浮现在穹顶的脸上闪过一丝诧异，随即哈哈大笑起来。"人类一思考，上帝就发笑。造物，你该不会真以为自己能猜到我在想什么？"

而尼德霍拙劣的掩饰，让小白更加确定了自己的猜测，"不，你不是神。你才是文明的造物，你只是一个系统而已啊……"像是得到了什么力量，小白觉得自己一直笨乎乎的脑子里出现了从未有过的清晰思路，他笃定地说，"无数人类先哲前仆后继证实了一个理论——世界上不可能存在永动机。基地的运转——哪怕只是维持最低限度的运转，也是需要能量的吧？你如此急迫地采取行动，该不会是……快没电了？"

数条停顿的金属臂再次挥向小白，和它们的第一次攻击不同，之前带着戏弄猎物的傲慢，这一次则是气急败坏。它们如纵横交错的镰刀，交织着向小白劈去，直击他的要害。

好在经历了那么多次战斗，小白练就了一身躲避的功夫。他在巨大的空间里逃窜着，同时观察着那些设施。

它们之中一定有一个是能量装置。

## 零日传说 Ⅲ · 弑神

尼德霍愤怒地说道:"不要再白费力气了,人类!你能想到这一点很令我意外,不过,这也不重要了。即便你毁掉我的能量装置,一切也无法挽回了。"

"是吗?如果真是如此,你在焦急什么?"

小白看到一台圆柱状的机器,样子有点像一个超大号的充能电池。他向其掷出炸弹,爆炸过后,一切如旧。看来找错了目标,小白懊恼地"喊"了一声。他虽表现得胜券在握,事实却并非如此。那些金属臂并不好对付,他已被它们划伤好几次,再这样耗着,被它们砍中是迟早的事。炸弹也只剩下两枚,而这里起码还有十几台装置,万一能量装置并不在它们之中呢?

这些装置都没有连接电缆,应该是某种无线供能技术。这导致要找到所有能量的来源变得更为困难。

"我都说了让你不要白费力气。"像是看出小白的困境,尼德霍再次变得从容,"或许我可以考虑重新送你一个'世界',如果有安乐的死法,徒劳的挣扎无非是增加了无意义的痛苦。放弃吧,接受这一切,我的孩子。我甚至可以考虑将你们的意识体保留下来,孩子们,融入我们,成为我们,得到永生,让我们一起到金属与机械生命的世界中去……"

"不。"小白摇摇头,任身上的伤口沁出鲜血,决然拒绝了尼德霍的"善意"。这时,他注意到一个装置。

那装置呈辐射状,像是一只匍匐在地面的巨型海星,外壳是透明的,能看见它内部盛着液体,如潮汐般有规律地涨落。

小白拿着定向聚能炸弹,试探着朝它移动。

果然,本已减缓攻势的金属臂再次疯狂地朝他挥舞,它们阻拦在他面前,阻止他进一步朝那台装置靠近。

## 第八章 安魂曲

小白拔掉炸弹的销子,朝装置掷去。

"不!"尼德霍大吼,那张巨大的脸变得扭曲。所有金属臂迅速朝装置收拢,企图保护它,但已经来不及了。随着"轰"的一声,那台装置被炸得粉碎。之后,整个基地像失去了生命般熄灭了。金属墙壁中不再流淌白色荧光,四周沦入彻底的黑暗和寂静。

## 5

小白打开便携手电,一束白光从这巨大的空间中孤零零地穿过。

随着光,小白朝记忆中伙伴们的位置摸索着。

直到听见几声呛咳,他得知伙伴们醒了过来。看来切断能量供应,尼德霍制作的"世界"也无法持续运转了。小白心中大喜,朝声音跑去,呼喊着伙伴的名字。

"叶乔!"

"沈放!"

"阿星!"

"我们……为什么在这儿?"刚从美梦中醒来,大家一时分不清哪边才是现实。

小白跑到他们身旁,"是尼德霍的幻术。它用梦境困住我们,你们已经持续二十多个小时没进食了,快吃点东西。"他从包中摸出水和干粮递给大家。

像是还没回过神,叶乔喃喃地问:"尼德霍?"

"对啊,我们来除掉尼德霍,只要除掉尼德霍,我们就可以

## 零日传说 Ⅲ · 弑神

好好生活了。它已经……"小白不确定尼德霍还在不在,"总之,我破坏了基地的能量装置。现在这里没电了,尼德霍也消失了。"

等缓了一会儿,又吃了些东西,众人才逐渐清醒。沈放愧疚地说:"小白,要不是你从梦境中挣脱,我们再这样睡下去,尼德霍的目的就达成了。竟会被它困在美梦里……"他自嘲地笑了两声,"你是怎么醒来的?"

"我在梦里读到林修平抄在笔记本上的诗,"小白低下头,"那大概不是尼德霍设计的内容,是刻在我脑海里的记忆,所以即使在那样的梦中,林修平还是出现了,并唤醒了我……你们呢,梦到了什么?"

陆星移叹了口气,"是绝对不可能拥有的幸福生活。但在梦里我竟没能意识到这点,还以为一切都是真的。"

公爵打断少年们的谈话,"这些无关紧要的事之后再说。既然尼德霍已被消灭,我们是不是可以离开了?"

"没这么简单,"陆星移朝公爵解释,"我们的目的是阻止尼德霍实现目标,阻止外星金属文明在地球殖民。虽然很容易下意识认为只要毁掉尼德霍,就能阻止它。但其实尼德霍并不是关键。真正关键的,是那个外星文明的意识体,只有把他们的意识体摧毁,才能确保他们永远无法进行殖民,无论我们的科技发展到什么程度。"

"哦,"黑暗里,看不见公爵脸上的表情,只听他愤懑道,"那你们一定知道意识体保存在什么地方了?既然是合作,你们却对我隐瞒了这么多信息,很难让我不怀疑你们是否别有用心。"

"公爵阁下,"叶乔说,"我们着实不是有意隐瞒,只是线索太多,无从讲起,也难以分辨真假。一旦时机成熟,我们不也毫

## 第八章　安魂曲

无保留地告诉您了吗？"

公爵冷哼一声，"那我们就快点去找那个什么意识体，抓紧时间把事情解决掉！"

众人靠手电采光，在这漆黑的空间里行走，试图找到通往底层的甬道。

昏暗中，没人注意到一直沉默的普莱德。而他此刻的沉默又与起初的沉默完全不同。刚来这里时，他只是想静观其变，以寻求对自己最有利的做法；而当体验了尼德霍制造的梦境，他沉默于一种悲哀——原来那些情景才是自己心底最渴望的东西。

无关权势。只是一些很廉价的幸福罢了。

可这样廉价的幸福，他这一生都从未得到过。他将自己伪装得张牙舞爪、飞扬跋扈，以为这样就可以装作一个不爱吃糖的孩子。而正因如此，他已错失了人生全部的糖果。

人生的糖果只能在少年时期获取，它们可以成为滋养你一生的力量。当你成年，每每摸爬滚打于尘世，浑身沾满泥土，带着疲惫与消沉的灵魂，只有那些少年时期尝过的糖果能让你坚信这个世界是甜的，为此，你才能打起精神继续往前走。

那些没得到过糖果的孩子，长大后就再也尝不出甜味。哪怕站在无人可以匹敌的高峰，坐拥如土的财产，看到的也只有脚下的万丈深渊。

还能后悔吗？普莱德在心中轻声问。

一阵喧哗打断了他的思绪。

"哎，快来看这里！"

"这是什么？"

## 零日传说Ⅲ·弑神

"好像能从这里下去。"

在这个空间的中心,金属地面出现了一个不大的空隙。从这个空隙往下,金属如枝蔓般延伸出去,最终与下方其他金属枝蔓聚合,共同捧着一颗散发着红光的球体。

小白一下想起泥巴让他看见的场景。

"就是它了!"

空隙只容一人通过,大家依次攀着金属枝蔓滑到下面那层。这一层空间小了许多,且没有所谓的地面,最下方收束于一个顶点。四面八方都有金属枝蔓向中心的球体伸出。大家找了一处金属枝蔓交织出的平台站定。

众人面面相觑。

小白小心翼翼伸手去触碰那颗球,他甚至担心它没有实体。好在他切切实实触到了它。那是一种非常奇特的材质,既不冰凉,也不发热,刚好和小白的皮肤一个温度。它十分光滑,以至于在上面摩挲时,好像没有摸到什么东西。但又确实有东西,因为手指无法穿进内部。"哎,你们来摸摸看。"他招呼同伴。

阿星跟何念念凑近球体,相继好奇地伸手摸它。

"是不是把它毁掉,我们就……胜利了?"小白不敢置信地问。

"试试看不就知道了。"公爵不屑道。

他打开装备箱,拿出两个带有三条腿的金属物品,中心六边形的部分是仍处于试验阶段的超级氮单质原子炸药,能够将目标物直接在爆炸中解离成原子。据公爵所说,如果这东西都解决不了尼德霍,除了核弹就没有别的选择了。

## 第八章 安魂曲

公爵和普莱德将两个炸药分放在球体两侧，六条触足自动两两对接，裹住球体。众人稍稍退后，匍匐在地护住头部，公爵进行了遥控引爆。

一阵剧烈的爆炸结束，他们再抬起头，发现球体附近的金属枝蔓已被炸碎，而那个球体却仍好端端地悬浮在中央，丝毫无损。

"无法破坏？"公爵沉吟。

小白想起什么，忧虑道："刚才我和尼德霍战斗时，它说了一句话，它说即使我毁掉能量装置，一切也无法挽回了。都走到了这一步，该不会还是不行……"

陆星移仔细观察球体，"我在科幻小说里看到过类似的描述，作家设想了一种世界上最坚硬的材质，这种材质内部的电子被压缩至整齐排列、不做布朗运动，因此它绝对光滑，且不与外界发生热交换……如果真的是这种材质，普通的爆炸确实无法将它破坏。"

"不要泄气，"叶乔站到大家身边，"我们还有最后的办法。"

"你们还有什么办法，造物？"

与之前响彻整个空间的声音不同，这次只是一个微弱的气声，需仔细听才能听到。可这个声音带给小白的恐惧，比之前要强烈数倍。他从头凉到了脚，四下张望声音的来源，"尼德霍？你……还在？"

这个声音嗤嗤地笑起来，"我说了，一切已无法挽回，你却非要做徒劳的挣扎。整个基地失去能源，虽无法再运转，但意识并不会消失。"

## 零日传说Ⅲ·弑神

这一次,大家察觉到声音是从红色球体内传出的。

"但你还能做什么呢?"小白看着球体,"你现在应该只剩一缕意识,和你们文明的其他意识体一起,存留在这个玩意儿里面。没有了基地,你应该无法再做什么动作去操控人类社会的发展了。"

"没错,没有了基地,我什么也做不了。但我已经做完了一切,现在只需要等待了……好啦,不要打扰我了。我要休眠了。我们——两年以后再见。到那个时候,我会在机械文明占领的地球上,建议我的主人们给你们一个好下场。"

"尼德霍,你到底做了什么?!"

"在确定能源装置必毁的一刻,我对'核'紧急设定了定时散播程序。两年后,'核'就会自动开始意识散播。而且,不要再抱有幻想了,'核'由你们人类无法理解的材质构成,它不生不死,不老不灭,即使是核弹,也无法摧毁它。"

大家意识到,尼德霍口中的"核"就是眼前这个发着红光的球体。小白发问:"那你又怎么确定两年后,地球上就会出现能承载你们意识体的机械呢?我们可以停止生产那个什么次纳米芯片,"小白转向公爵,"对吧?"

那球体中传出的微弱气声带着骄傲与窃喜,"兰彻斯特,你真以为我会把那么重要的事,只交给你一个人做?在你公布攻克次纳米芯片技术后,我以你的公司核心成员之名,向世界其他五家顶级的科技集团发送了邮件,泄露了技术细节。现在他们应该在加紧联系工厂,秘密生产产品了。即使你的公司停止生产、装备这种芯片的智能机械,也已阻止不了智能机械的问世……"

公爵脸色变得铁青。

## 第八章 安魂曲

小白则仍天真地反驳,"能阻止的!只要我们公开你的存在,公布你的目的,请求他们停止生产就行了。"

尼德霍笑道:"兰彻斯特公爵啊,看来这孩子并不了解人心。但你是知道的,这种听起来好像阴谋论的猜测,只要脑子正常的人都不会相信。它更像是你公爵因技术泄露恼羞成怒,而编出来阻止其他公司生产竞品的无聊谣言。在竞争与利益的趋势下,没有集团会停下来。因为每一个集团都清楚,谁最先拿出划时代的产品,谁就是下一个时代的领袖。甚至你公爵在知道我存在的前提下,也不会停下来,因为你不允许其他公司抢在你前面。"

"我承认你对人心的揣摩很正确,尼德霍。"沈放冷声道,"但凡事总有例外。何况,我们并不打算去号召那些科技公司停止生产产品,你说得对,这不可能。我们来到这里,目的由始至终都只有一个——摧毁外星文明的意识。只有这样,才算真正解决你们对地球的威胁。"

"是我说得不够清楚吗?'核'的材质是不可能被摧毁的……"

"说起来,要感谢弥诺陶洛斯。是他发现了这个办法。"

大家看向小白,小白点点头,从包里拿出三只小匣子。它们是次元囚笼中进行高维空间展开的关键部件,分别属于林修家,艾斯家,图坦家。

叶乔向公爵俯了俯身,"公爵阁下,是时候把兰彻斯特家的也拿出来了。"

当明白了众人的打算,尼德霍真正惊慌起来。它急促地咒骂着,"不,不……你们是疯了吗?愚蠢的造物,你们到底打算干

## 零日传说Ⅲ·弑神

什么?!"

"我们打算干什么,你应该很容易猜到吧。毕竟之前发生过一次了。"小白握紧手中的匣子,沈放和叶乔自然而然地接走他手中的另外两个,像他一样紧紧攥在手中。

"快停下来!你们没想过后果吗?在这么小的空间内进行四维空间激发,所有使用者都会被吸进去的,你们不要命了?不,那比死更可怕……"

小白微微扬起嘴角,有种终于要解脱的轻松,"看到你这么害怕,我确信这是毁掉你们的唯一手段。"

公爵手中拿着匣子,但他迟迟没有行动。
他可不想把命搭进去。
看出公爵的迟疑,南宫走上前朝他伸出手,"让我来吧。"
陆星移和何念念也异口同声地抢道:"我来!"
南宫看向阿星和念念,"谢谢你们,人类。但将地球从外星文明的控制中解救出来并不仅是人类的责任。我作为地球原生物的一员,绝不会坐享其成的。请允许我……"
公爵计算了一下几人的战斗力,将匣子交给了南宫。这群少年们如果因此搭进性命,就省去他动手脚的麻烦了。剩下陆星移和何念念两个不怎么擅长战斗的,可就好对付多了。

白凌霄、沈放、叶乔、南宫四人,手中拿着匣子,分别去往四个位置。空间里繁密的金属枝蔓反而提供了便利,他们很容易找出了四个顶点。

四个顶点相连形成的等边三角锥,刚好将"核"框在了

## 第八章 安魂曲

中心。

陆星移和何念念还在争取着,他们希望置换出同伴,由自己去执行这项面临着未知风险的任务。但无论谁来执行,总需要四个人。没有更好的方案了。

小白不忍地看向叶乔,又不忍地看向沈放。他不希望他们冒险,可要换成阿星或者念念,他同样于心不忍。

他只得朝公爵喊:"兰彻斯特公爵,作为猎师四脉的一员,这种时刻你为什么要退缩?这难道不是你应该承担的责任吗?"

公爵无动于衷,"这种消灭尼德霍的方案,是你们提出来的啊。我都不确定这方案会不会奏效,为什么要跟你们一起胡闹?再说,"他换上一副大义凛然的样子,"并非我不愿意以身犯险。而是如果失败,真到了要向世人公布尼德霍阴谋的境地,你觉得世人会相信你们几个小孩子,还是相信我?我好歹能在政府面前说上几句话。所以我必须活着离开这里,这是最后一道保险。"

普莱德心中冷冷一笑,都到了这个时候,父亲竟还能说出这些冠冕堂皇的话。转而他再次没入一股清晰的悲伤之中。他并不被那群他向往的少年们视作伙伴,他甚至没有资格与他们争取牺牲的名额。在他们眼中,他不过是公爵的附庸,一个可有可无的影子。

他沉默地看着他们。他不在意人类的命运,也不在意地球的未来。他只是想拥有些什么。该怎么做,才能挣脱这样的人生呢……

小白也听出了公爵的虚伪,他愤怒地瞪着公爵,却不知如何反驳。

叶乔和沈放朝小白摇了摇头,一脸释然,像是在说这没

# 零日传说Ⅲ·弑神

什么。

让我们——

让我们共同奔赴那个结局吧。

就像一开始就并肩作战那样。

何念念依依不舍地松开捏着南宫衣角的手。她知道,无论她再说什么,南宫也不会改变自己的选择了。南宫温柔地朝她笑了笑,"快走吧。"

——希望你以后能过得幸福。

"啊!!!"小白大吼了一声。他实在受不了这压抑的氛围了。"搞什么啊,别搞得像生死离别一样。我们还没有死呢。而且,谁说我们一定会死?"

"就是,"沈放脸上浮现出很久以来都没出现过的大咧咧的笑容,仿佛变回了还没接触到这一切时,那个爱耍帅又自恋的少年,"说不定是尼德霍吓唬我们的,而且最多就是被吸进四维空间嘛,一定有办法出来的。喊,多大点事。"

小白朝陆星移和何念念喊:"别赖在这儿了。我们要开始了,你们先去上面一层等着吧,尽量离这里远一点。"

陆星移和何念念还想说些什么,公爵催促道:"好了,我们快点上去。不过如果你们想一起死在这里,我也没意见。"

等其他人从头顶的空隙爬回上一层,又走远了些,这里剩下的四人相视一笑,确认开始行动。

当失去对造物的控制,神就不会再有慈悲。

黑暗的空间里,"核"散发的红光如幽暗的火。寂静的四下,

## 第八章 安魂曲

只剩尼德霍微弱的气声还在不断咒骂,"你们会后悔的……等我们占领地球,我会让你们以最痛苦的方式死去!我会将你们关押起来,慢慢折磨。人类历史上发明过很多酷刑,我会将那些酷刑一一用在你们身上……你们要干什么,快停下!快停下!!"

高维空间已经在四个顶点处展开。一开始,是空气微弱地颤动。紧接着,一直稳定悬浮的"核"也开始震颤。一股未知的能量从"核"所处的中央处引爆。只一刹那,"核"爆发出盛烈的红光。这红光过于刺眼,以至于小白不得不用另一只手遮住眼睛。

他知道,他们就快要成功了。

与地球相比,这个空间实在是太小。因此整个过程非常短暂。大约只持续了数秒,那红光便急速黯淡下去,但小白并未见证红光的熄灭。很快,他感到自己被抛进了一个与世隔绝的地方。各种色谱在周围被扭曲,呈一种五彩斑斓的黑。比黑暗更黑暗,比空旷更空旷。没有上下左右,又或者每个方向都是上下左右。

他内心一顿,却又觉得果然如此。

这不是早就预料到的结局吗?

唯一让他难过的,是要让其他三人与他一起涉险。还不知道他们怎么样了。想到这些,小白开始呼喊同伴的名字。

"叶乔!沈放!南宫!"

既害怕听到回答,又害怕听不到回答,小白试探着问道:"你们……在不在这里?"

## 6

红光从地面的空隙透出,即使在上一层,普莱德也被这光晃得睁不开眼。很快,光又熄灭了。等了一会儿,下方没传出任何动静。只听见身旁的陆星移跟何念念焦急地朝空隙那儿冲过去。

公爵倒是走得不紧不慢,于是普莱德也不紧不慢地跟在公爵身后。

之后,四个人蹲在空隙旁边,朝下方张望,企图从一无所有的黑暗中看出些什么。但事实上,他们什么也看不见。起码普莱德什么也没看到。饶是有兰彻斯特一脉的特殊能力暗神之眼,他仍看不到任何东西。说明下方没有活物。

陆星移与何念念对着空隙大声喊白凌霄他们的名字。

普莱德站起身,劝道:"别喊了,下面没人。"

"反正你又不在乎他们,"何念念回头,一脸眼泪地瞪着他,"当然可以站在那儿说这种不痛不痒的话了!"

普莱德一愣。这个世界,真心总被辜负,好意多被误解。何况是他这样的人,不会有人觉得他有什么真心。他张了张嘴,"对不起"三个字到底还是没说出口。

陆星移与何念念想下去,但金属枝蔓毁掉了。虽说下面那层层高不过十余米,但没有了金属枝蔓,就算勉强跳进去,之后也很难再上来。

公爵取出一副钩索,"用这个。"

何念念赶紧接过来,将钩索的一端固定好,迫不及待地就要下去。陆星移一把拽住了她,转头礼貌地对公爵说:"兰彻斯特

# 第八章 安魂曲

先生,您先请。"

"怎么,担心我给绳子动手脚?"公爵沉着脸反问,转而又哈哈大笑了几声,"是啊,谁知道呢?"

公爵叮嘱普莱德,"你在上面守着。"说着,便拉着绳索纵身从空隙跃入。

公爵、何念念、陆星移三人下到底层进行探查。普莱德像公爵吩咐的那样守在上面。他已猜到父亲的打算。以防万一,他从装备箱中取出一件物什,悄无声息揣进衣兜。

他右手插在衣兜里,将那件物什紧紧捏着。

探查完毕,三人攀着绳索返回上一层。

陆星移跟何念念先上来。两人焦急地讨论着。

"他们到底会在哪里?该不会……"

"如果被吸入了高维空间,还可以再出来吗?我记得之前封印凶兽时,将凶兽关进高维空间后,如果再次将小匣子里的高维空间展开,凶兽就可以逃出来。"

"但是展开高维空间,还是需要小匣子。"

"是啊。这次连小匣子也不见了……"

"它们好像已经被毁掉了,因为产生的能量过大。"

"至少'核'也被毁了。我们赶紧回去想办法,说不定还能救他们出来。"

"嗯。"

公爵的声音打断了两人的讨论,"孩子,你们觉得自己还回得去吗?"

· 341 ·

## 零日传说Ⅲ·弑神

不知何时，公爵双手已各握了一把手枪。枪口分别指向陆星移和何念念。他不打算再掩饰，毕竟刚才确认尼德霍和"核"都已被摧毁，剩下的，就是他兰彻斯特商业帝国神话的诞生了。这神话诞生路上的阻碍，全部都得铲去。他不会有丝毫犹豫。

陆星移猜到公爵会对付他们，但没想到是用如此赤裸裸的方式。但此刻枪在公爵手上，他只得先举起双手，设法拖延，"兰彻斯特先生，您为何要这么做？"

"除掉你们，这世上知道尼德霍秘密的，就没有别人了。普莱德，你说呢？"说着，公爵双手同时拉开两把枪的保险。

普莱德不知道自己算不算知道尼德霍秘密的"别人"。公爵这句话既像在威慑他，又像在拉他加入这场肮脏的游戏。普莱德轻轻"嗯"了一声，揣在兜里的右手像公爵那样拨弄了那物什的一个部件。这操作回馈了"咔哒"一声轻响，好在公爵并未听见。

"等等，"陆星移快速思考着说辞，"您担心我们知道尼德霍的秘密，从而阻止您的公司继续生产次纳米芯片？您放心，生产芯片是您的自由，现在已经没有外星文明意识体了，芯片即使生产出来，也不会导致外星意识入侵。我们不会阻挠您的。"

"你叫陆星移，对吧？你很聪明，我甚至很欣赏你，我个人对你们也没有意见。但尼德霍的秘密，必须在这里了断。"

"为什么？我都说了，我们不会阻挠您的芯片技术……您没必要将我们灭口……"

"芯片？区区芯片算什么，难道我的目标仅仅是生产芯片？！孩子，我刚夸了你聪明，你看看这儿！只要有人知道这个基地的存在，信息便随时有可能泄露给政府，如果政府来接管这个基地

## 第八章　安魂曲

进行技术破解,未来和我的商业帝国还有什么关系?我要独享这里的全部科技。只有这样,我的商业帝国才会成为真正的传说!"

"公爵,我们会保守基地的秘密。您可以相信我们……"

"我只相信不会说话的人。再见了,去找你们的伙伴团聚吧。"

赶在公爵扣下扳机之前,普莱德做出了他的决定。

他将一直揣在兜里,紧捏着那件物什的右手抽出——那是一把金属材质的手枪。

手枪的保险刚才就拉开了,他将枪口对准公爵,勾了勾食指。

一声爆破音。

陆星移和何念念被这爆破音吓了一跳。但他们很快发现自己并未受伤,对方也未受伤。公爵似乎走神了一瞬,两人迅速逃开,躲到一台装置后面。

他们关闭了照明设备,但他们明白,这只是聊胜于无的举动。以兰彻斯特一脉暗神之眼的能力,黑暗之中不难发现他们。反而是他们并不能在黑暗中判断公爵的位置,这让情势变得更为凶险。

比爆破音慢一点传来的,是手掌和胸口的痛觉。

普莱德诧异地看着公爵。公爵毫发无伤地站在原地,眼神复杂地看着他。

"你打算杀我吗,普莱德?"

· 343 ·

## 零日传说Ⅲ·弑神

普莱德反应过来,这把枪是公爵特意准备的。它并不是用于杀敌,而是用于对付那群少年。只不过没派上用场,然后被他误打误撞地使用了。他扣下扳机后,这把做过手脚的枪并未击发子弹,而是发生了炸膛。他的右手已被炸得血肉模糊,而一块炸裂的金属碎片,击穿了他胸口。

他尝试着呼吸,但自己好像变成一个漏气的皮球。胸腔传出呼啦声。他踉跄着迈步走向公爵,到了公爵面前,他支撑不住似的向前倾去,伏在了公爵身上。

公爵摇晃了几下,最终还是稳稳地站住了。他拍了拍儿子后背,"普莱德,人要为自己的选择付出代价。"

是的。当然。普莱德努力吸气,"我知道。"

"我很遗憾你做出了这样的选择。你没有选择我们的商业帝国。"

普莱德垂在身侧的左手伸进裤兜里摸索着,"父亲,这一切对您来说真的……很重要吗?不惜任何手段……也要得到?"

"在得到之前,我从不思考这种问题。"公爵说着,已再次举起手中的枪。他拥抱着普莱德,反手将枪口抵在普莱德脑后,"我不会留一个朝我开过枪的人。孩子,很快就会结束的,不会有……"

话还没说完,兰彻斯特公爵瞪大了眼睛。他想推开怀里的儿子,可普莱德紧紧地抱着他,根本无法推开。

像最初的那个孩子,普莱德脸上又浮现出邪气的笑容。他左手从裤兜里掏出了母亲送给他的匕首,将它从公爵后背的左侧肩胛骨下方扎进去,刺穿了公爵心脏。他在公爵耳边轻声问:"兰彻斯特公爵阁下,您在除掉我母亲时,有没有过一丝不忍?您这

## 第八章 安魂曲

一生，有没有幸福过？"

公爵脸上的肌肉一阵抽搐，他张望着这空旷的空间和无边的黑暗。很快，他的眼睛看到远处一台装置后方传出热能。他举起枪，朝那个方向发射子弹。其实因为手枪的射程限制，他根本不可能击中那几十米之外的目标。直到象征性地把弹匣打空，他才用尽最后的力气对普莱德说道："我愿赌服输，死在你手中并没什么好抱怨的。或者说，你其实非常像我，足以继承我的家业。那两个孩子不是你的对手，你解决掉他们，等从这里出去后，记得完成我们兰彻斯特家的商业帝国计划……"

像被一块巨石压在胸口，普莱德感到呼吸越来越困难。他微微叹息，"您梦中的商业帝国，您不会得到，我也不会得到了。您还不明白吗？我并不是因为想得到家族的掌控权才……杀您……"

公爵故意忽略了普莱德的话，仍自欺欺人地说道："你是个为了得到想要的东西不择手段的孩子，从见到你的第一天我就看出来了。这是不可多得的品质。只有强烈的欲望能驱使人不断去获取，你一定可以……"

普莱德拔出匕首。公爵倒下了。

因为失去支撑，普莱德也跟着倒了下去。他躺在冷冰冰的金属地面，回想着尼德霍给他的梦境。要是能再做一遍那个梦就好了。

他并不后悔这个选择，这大概是他离那个梦最近的一次。

这么想着，他闭上了眼。

陆星移和何念念躲在装置背后，直到公爵那边很久没有传出

· 345 ·

其他动静。两人才打开手电，谨慎地朝那边走。

等他俩走到那里，发现公爵和普莱德都已倒在地上，没有了生命体征。

两人一脸疑惑，不知道发生了什么事。他们当时跑开了很远，并未听见公爵与普莱德之间发生的对话。

普莱德最后的选择，再不会有人知道了。

疑惑过后，陆星移想到了最大的可能性，"会不会是小白他们出来了，见我们有危险，杀死他们的？"

何念念马上同意这是唯一的可能。

但两人在空间里找了一番，并未找到其他伙伴的踪迹。

何念念仔细检查了公爵和普莱德的伤口，失落地说："不是小白他们。"她示意阿星，"你看，普莱德手里还握着刀，这把刀刚好能匹配公爵背上被刺伤的形状。至于普莱德的伤，是被这把炸膛的枪碎片击伤的。他的手也……"

"普莱德到底为什么……"

两人的表情似乎都在说"难道是为了救我们"，可他俩又都认为怎么可能是这个原因。因此没说出口。

现在还是找到小白他们要紧。他们整理了一下物资，开始原路返回。

幸运的是，深渊闪电尚能使用。

# 7

在另一个既存在于这个世界、又不存在于这个世界的异空间中。

## 第八章　安魂曲

小白抱歉地看着其他三人，"对不起，害得你们也……"

像很久很久以前，还在高中时期那样，沈放给了小白一拳，"别搞得好像我们是为了你才被困在这儿的。我才不是为了你，我是为了拯救这个世界，好不好？"

"唔，"叶乔抱着手臂，"你还真当消灭尼德霍是你一个人的责任？你什么时候变得这么自大了啊，笨蛋。"

看着那三人打闹，南宫的心情好像也跟着没那么紧张了。何念念在外面，应该已经出去了吧？但愿不要出什么问题。他又想起别的，"你们说，'核'跟尼德霍，应该被毁了吧？"

三个人同时皱眉看向南宫。小白吐槽，"你为什么要用那种不确定的语气问这种问题？一定、绝对、必然被毁了啊！"

"我们已经做了所有能做的，担心也没用了。"叶乔观望四周，"还是找找有没有出口从这里出去吧。"

四人一起在这个空间里绕行。他们从衣服上撕下一些碎布做标记。虽然完全无法理解四维空间的结构，但他们也发现了规律——不管朝哪个方向走，最后总会回到原地。这个空间应该很小，只因它是高维的，才会在视觉上给人一种没有边际的错觉。

绕了几次后，叶乔道："靠这个办法行不通。我们得做好短时间内出不去的准备，现在最好保存体力，想一下其他方案。"

众人原地坐下，各自抱着头沉思。

小白愁眉苦脸，"要是阿星在这里就好了，他一定能想到办法。"

沈放安慰道："等他出去，他会想办法来救我们的。"

"其实，"南宫试探着说，"这个空间，和我们异兽这一万年

· 347 ·

## 零日传说Ⅲ·弑神

来所生存的那个异空间非常类似……"

"对哦！"小白眼睛一亮，"你们当时就是被尼德霍关进了高维空间。这么说来，我们有办法出去了？"

南宫点头，"理论上来讲，是的。我们从异空间打开通道前往地球的技术近来日趋成熟，甚至可以实现精准定位。我在想，如果用相同的原理，我们就可以从这里出去了。"

"那你怎么不早说？"小白埋怨。

"因为……"南宫低下头，"打开空间通道需要很强的能量和专门的设施，在这里并不具备那个条件。我怕说了害大家空欢喜。"

"还有别的办法吗？"

南宫想了想，"除非有另一个四维空间与这里关联上，把那个四维空间当做出口。"

这显然也不可能办到。众人陷入沉默。

叶乔默默把大家背包里的所有物资聚到一起进行统计。按正常摄入量，水和食物可以撑三天。

她制定了生存策略，为节省人体耗能，两个人睡觉，两个人醒着。每八个小时，醒着的人负责叫醒睡着的人，两班轮换。这样水和食物可以再多撑两天。之所以没采用更省力气的三个人睡一个人醒、四班轮换策略，是担心独自一人在饥饿状态下晕厥，或遇到其他意外。

小白突然想到什么，"四凶兽被封印到高维空间里，并不会被饿死，对吧？我们先别太紧张，说不定这里面时间速率和外面不同，又或者生物在这里面并不会耗能呢？"

## 第八章 安魂曲

　　南宫摇头，"异兽的生物能力并非人类可以比拟的。我们的生物科技很发达，四凶兽都能自主冬眠，所以它们才能在高维空间里撑那么久。但人类不行。"

　　又一丝刚冒出头的希望被掐灭了。叶乔说："不要浪费精力了。先按计划保存好体力吧，尽量多撑些时间。"

　　大家点点头。沈放主动说："我和南宫一组。小白，你跟叶乔一组。你们先休息。"

　　等小白和叶乔睡着，沈放和南宫默默坐在一旁。

　　沈放看了看南宫，比起最初相识时那个为了何念念来找他麻烦的男生，南宫如今阴郁了很多，总一副心事重重的模样。又因为大概他俩是一类人，沈放提起话头，"那时你问我是怎样从人类变成兽人的，我以为你会去找尼德霍。"

　　南宫摇了摇头，"我还是没办法背叛我的族群。它们跟随我，希望我能带它们重回昔日的土地。我不可以抛弃它们，自己去变成一名人类。"

　　"其实，就算你成为了人类，也并不影响你带领它们……"

　　"不，不一样的。"南宫看向沈放，"你知道的，不一样。"

　　沈放当然知道南宫指的是什么。自从他成为兽人，哪怕仍然跟小白他们混在一起，还是有很多东西在心理上的感觉都不一样了。他点点头，"我知道。"

　　八小时后，沈放和南宫叫醒了小白和叶乔。

　　等那两人睡着，小白和叶乔静静坐着。小白鼓足勇气叫她，"那个，我特别想知道……"

见小白吞吞吐吐的样子,叶乔问:"到底想知道什么?"

"就是尼德霍给你的梦境是什么样的?"

"不告诉你。"叶乔斜睨着小白,"好好保存体力吧,别说话了。"

小白安静了一会儿,又忍不住说:"我梦到高中的生活了。你呢?"

叶乔看出小白的意图,摊手道:"反正没梦到你。是别的一些和你无关的。"

"啊?"没想到是这个答案,小白备受打击。现在困在这儿,不知道还有没有明天了,豁出去得了。他红着脸说:"可我梦里有你来着。"

叶乔脸一红,换上凶巴巴的语气说:"什么时候了还聊这个。快想想有没有出去的办法!"

"没办法了啊,就算是陆星移也想不到办法了吧。"小白沮丧地说,"我们现在既不可能有南宫说的那种可以打开空间通道的能量,也不可能会有另外的四维空间那么刚好就与我们这里相连……"说到这里,小白瞪大了眼睛。

叶乔催促道:"你想到什么了?"

"在外面的世界,确实有一块四维空间碎片。"

"你是说,"叶乔也想到了,"泥巴?"

"嗯!"小白点头,"如果它体内那块四维空间碎片可以和我们这里连起来,对,一定可以的。本来它和我体内的四维空间碎片就是相连的……"

"那你能联系上它吗?"

"我不太清楚,但我可以试试。它好像能感应到我的想法。"

## 第八章　安魂曲

　　说着，小白静静坐下，开始集中精神，试图将想法传递给那头已经长大的小蜥蜴。
　　尽管他不确定这个方法会不会凑效。

　　又过了很久，四人又轮了几次班。食物只剩下一小半。
　　小白感到身体越来越虚弱。现在该他睡觉。睡着后，他在梦里见到了泥巴。
　　泥巴在树城近郊的山林中，无声望着他。一个黑色的空洞正撕开它的身体，渐渐扩散。小白伸出手，想再抚摸它额头，但还没触到，泥巴的肉体就碎成了粉末，落到地上，融进泥土之中。
　　就好像真的变成了泥巴。
　　此时，小白被人叫醒。
　　他睁开眼，只看见伙伴们脸上写满喜悦。南宫指着黑暗的空间中一个旋涡状的光点，"有四维空间与我们连上了。"

　　那个光点渐渐扩大，像黑色空洞撕开泥巴身体那样，这个光点撕开了此处的黑暗。南宫说："我们出去吧。我先去试试。"
　　他第一个走进去。大家看着他踏入光圈，之后身影便消失了。紧接着，沈放、叶乔相继走了进去。小白看着他们一个接一个从自己视野消失。
　　他最后一个踏入光圈之中。
　　这仿佛是一段长长的旅程。穿过光圈只是一瞬间的事，但就这一瞬间，无数信息在小白脑海中炸开，他看到了一百年、一千年、一万年的时光。这是一个生命如此漫长的一生。

・351・

## 零日传说Ⅲ·弑神

他明白了。他又看到了一万年前诸神黄昏之战结束后的景象。

有一半异兽已被吸入异空间,大地上存留的是另一半。它们刚经历了基因裁剪,从它们的下一代起,地球上的生物就会变成今天的样子。

完成了这一切后,基地打算陆沉。

它要永远埋在地下,藏起这段历史,等地球上发展出全新的机械文明。

那座倒金字塔形状的基地的所在之处已是一片不毛之地,只堆积着成山的破碎金属。基地又一次释放能量,大地轰隆隆地塌陷,它混在泥土与岩石之中,缓慢地下坠。

意外的是,那些破碎的金属中,尚有一名幸存的兽人男孩。

他目击了尼德霍的所有行动。

尼德霍发现了他,基地裂开一道缝隙,缝隙中伸出金属手臂,将他捕捉。

兽人男孩拼命挣扎,却无济于事。

之后,他被金属臂固定在手术舱上。

舱顶的金属中,浮现出尼德霍那张机器人脸。它发出令人毛骨悚然的笑声,"小东西,我要在这里开启一项大工程,得等上很长很长一段时间。既然你看到了我的秘密,不如就由你陪我解解闷吧。"

兽人男孩惊恐地望着尼德霍的脸。

"我要将你改造为最凶恶也最威严的猛兽。

"我要让你成为神。

"这颗星球的海洋中,有一种很有意思的水母。它在发育为

## 第八章 安魂曲

性成熟体后,会重新回到幼虫阶段,再次发育,如此反复,直至永生。我提取了它这项能力的基因表达公式,现在我要将这项能力赐予你。

"此后,你将一遍遍经历从幼兽发育为成兽,再从成兽变回幼兽的过程,但你的记忆不会丢失。你会一直携带着所有记忆,陪着我观看这颗星球上漫长的改造工程。

"这很有意思,对不对?不过,你毕竟知道了我的秘密,你就最好不要再开口说话了。"

手术舱全自动运转着,在兽人男孩身上切割、缝补、注射。

最后,兽人男孩完全变成了另外的模样。

小白认出它来。他惊呼出声,"泥巴!"

很快,小白意识到这是泥巴的记忆。是上次没有看到过的、关于泥巴自己的记忆。

已成为神兽模样的兽人男孩完成了所有改造手术。现在他——它是一头真正的兽类了。它失去了语言能力,张嘴发出的只有嘶鸣。

它就这样被尼德霍关在基地,一直过了几千年。

它的一次生命周期是六十年,每六十年,它就会变回幼兽的形态。如此轮回了好几十次。

然后,终于,它找到了一个机会,从基地逃了出去。

可是,地表的生物中,没有任何生物是它的同类。不,可以说,这个世界上,无论是异兽还是如今的改造兽,或者人,兽人,不存在任何生物是它的同类。它只能躲藏在深山密林之中。

在漫长的时间里,它曾数次被人类发现。有时人类把它当做

· 353 ·

## 零日传说 III · 弑神

神灵，有时把它当做恶魔。

它知道所有的秘密，但它无法向任何生物诉说。

又过了几千年，热武器出现在世上。它曾试图佯装进攻人类，引人类用热武器攻击它。可它的伤快速愈合了。它没办法死去。

又过了几百年，人类进入现代社会。钢铁建筑拔地而起，金属造物以几何级数增长，面对这日新月异的世界，它越来越不敢出现在人类生活的区域。直到一次无数巧合促成的意外，幼兽形态的它开始与一名人类婴儿共生。

这名人类婴儿慢慢长大，成为一个男孩。它有时觉得这个男孩和当年的自己有些相像，有时又觉得过了太久，它已记不起一万年的自己是一名怎样的男孩。也这样谨小慎微地期待着幸运眷顾，却时时担心过度的期许带来失望，从而故作满不在乎地生活着吗？

与小白相遇以来，它试过融入人类，也试过融入异兽族群。但它终于还是发现，它不属于任何一边。

后来——

后来的事也是小白的记忆了。

它那一万年的过往在一刹那内尽数涌入小白的脑海中。在这一刻，小白觉得泥巴既与他真正合为一体、又永远地与他分别了。当他再睁开眼，他已踩在熟悉、踏实的土地上。熟悉得让人觉得不可思议，怎么会如此幸运，踏出四维空间后，竟就回到了树城的近郊。可这并不全是幸运，小白知道，这是泥巴最后送给他的礼物。

## 第八章　安魂曲

伙伴们激动地跑来拥抱他。

"小白！我们真的出来了！"

"我们都活下来了！"

"我们做到了。"

"全都结束了。全部——全部结束了。"

拥抱之后，小白缓缓蹲下，用手指捻起脚下的泥土。他不知道这是不是它。如果他在梦里看到的一切是真的，那么它已结束了一万年的永生，被体内的四维空间撕碎，成为了粉尘，成为了分子，成为了元素，成为了没有生命的、最原初却也最永恒的存在。

于是，小白终于也如释重负地喃喃说道："是的，全都结束了。"

# 尾声

## 1

宋禾很喜欢这座城市。这座城市没有冬天。

即便是全年最冷的季节，最低气温也在10℃以上。从办公室的窗户望出去，能看见街道上常绿的乔木。

"宋老师，准备上课了。"

"好，我知道了。"

宋禾抱着教案去了教室。

来到这座城市后，她应聘了一份在培训机构当老师的工作。她大学学的英语专业，辅修的日语作为第二外语也考过了N1。现在她在这里主教初中英语课，同时带一个成人日语入门班。中小学已放寒假，她所在的这家课外培训学校繁忙起来。加上方便

## 尾 声

成人来上课的晚班,她每天要在学校待十个小时以上。她这种没资历的年轻老师,正是机构压榨劳动力的对象。

不过,再上一周课,就到春节假期了。

而且,她觉得这样忙一些,很好。

今天似乎仍是平凡的一天,和任何一天没有不同。但她隐隐感到今天有什么不一样了。

要说为什么会产生这种想法,或许该归结于猎人的直觉。

二十五名初一的孩子坐在教室,这个年纪的孩子像一枚果核,心里都装着一个属于自己的世界。他们仰着刚褪去稚气的脸望着她。这令她想起很多年以前,自己还在读大学时,教过的一名少年。

课后,孩子们叽叽喳喳围着她问问题。或者聊些别的。

"宋老师,春节后你还在这里上课吗?"

机构里年轻的老师总是换得很快。

"还在的。"宋禾回答。

"那我还要在你的班!"

"我也是!"

"如果你辞职去别的机构,我也跟着你。"说这话的小孩一副成熟的模样。

"宋老师,我们好喜欢你啊!"

"我们可不可以不叫你宋老师?"

"那叫我什么啊?"

"我们想叫你……"几个男生女生淘气地笑了笑,"宋禾姐姐,怎么样?"

· 357 ·

## 零日传说Ⅲ·弑神

宋禾收拾教案的动作顿了顿。"臭小鬼，怎么这么没大没小的？还是叫我宋老师吧。"

学生们一脸失望，"哦……"

"那，宋老师，我们走啦。明天见，拜拜。"

"嗯，路上小心。"

匆匆吃了点晚饭，紧接着就要上日语课。

等上完课已经是晚上八点了。宋禾回办公室收拾好东西，准备回家。

出办公室时，一名学生叫住她，"宋老师……"

成人学生不像孩子那么爱问问题，也不像孩子那样爱缠着老师聊天。大家关系比较疏离，基本是上课就来下课就走。宋禾看向对方，是名看上去与她年纪相仿的男士，身材匀称，戴一副眼镜，比较安静的样子。"你有什么问题吗？"

"呃，不是……"男士显得有些无措，"是……呃，确实有一些问题。能不能向宋老师请教一下？你今晚有空吗？有空的话，我想请你吃饭……"

原来是这样。宋禾明白了对方的意图，她摆摆手，"不好意思，我已经有约了。"

对方露出失望的神色。或者说——也不是那么失望。对成年人而言，搭讪失败谈不上什么挫折。

宋禾感到大衣兜里的手机震了一下，猎人的直觉告诉她这是条很重要的消息。她朝对方说："那我先走了。有什么问题以后可以课堂上问我。"

## 尾　声

等走到街上，宋禾才拿出手机看。

发信人：沈放。

内容：我们解决掉尼德霍了。全部问题都解决了。宋禾姐姐，过你想过的生活吧。不用感谢我，这是我答应你会做到的事。（笑脸）

宋禾捏着手机，缓步走在带着迷人气息的微风中。这股气息是街道两旁大叶榕散发出的，是一种让人安心的、永不凋零的气味。

她拐进一家常去的小酒馆。这家小酒馆非常安静，适合独自小酌一杯。

她看着手中的酒，酒里倒影着头顶的灯光。她轻轻将酒杯举起，在心底默默敬一个不在此处的人——

也祝你有光明的未来。

## 2

公爵死后，他的遗产由艾德琳夫人和索伦继承。但两人都没功夫管理公爵的那些公司和产业，便仍交由管家奥斯汀负责打理。

叶明诚作为次纳米芯片科技公司的合伙人，目前成为执行董事，对公司的一切运作行为进行决策。

次纳米芯片的生产当然不会停止。

因为尼德霍泄露了技术，几个月后，另外五家科技公司同步上市搭载了次纳米芯片的智能产品。

但这批产品并未取得想象中的成功，传说中的智慧机器时代

零日传说Ⅲ·弑神

也并未到来。

原因很简单，连小白都很快想到了答案。

数月前，由公爵主持的新品发布会上，通过图灵测试的那台样品其实是由尼德霍暗中操控的。如今虽生产出了硬件，但没有相应的软件和算法支持，自然离真正的人工智能还有好长距离。

众人反倒松了口气，这样也挺好的。

## 3

"索伦少爷，下个视频的拍摄计划我做好了，您看看。"莱昂抱着笔记本电脑坐在餐桌前，观察着索伦的脸色，鬼鬼祟祟地将电子版的策划案发送给了索伦。

这是位于维也纳城郊的一所公寓。两室一厅。公寓有一定年头了，房间内的家具风格像是上世纪90年代的产物，但整体打理得非常干净。其中一间朝南的卧室收拾得十分敞亮。另一间朝北的卧室则比较拥挤，除一张小床外，整齐地堆放着一大堆户外用品。客厅把电视柜的位置改成了电脑桌，桌上摆着一台台式机以及一套直播设备。

索伦在用台式机。他接收文件后打开浏览，"给你说了无数次，以后别叫我少爷……"话还没说完，索伦看到了策划案里的规划，从电脑椅上弹起，"这是什么？！我不做！！！"

"您别急，听我给您解释……"

"不管你有什么解释，我坚决不做！"

"我的少爷哎，您看，我们的频道在YouTube上马上就破百万粉了，到时得搞个粉丝福利，对吧？现在视频博主的竞争有多

# 尾 声

激烈，您是知道的……"

"莱昂！你脑子里整天都在想什么奇奇怪怪的东西？"索伦指着策划案中的描述，"'裸露上半身、展示腹肌'……你再策划这种内容就别跟着我了！"

索伦很少这么情绪激动，可见他确实被策划案惊得不轻。莱昂当然早就料到索伦不愿意，但他还是苦口婆心地劝道："我不跟着您，谁来拍视频呀？您看，又不用故意露，我把探险地点设置在海岛，就是想着自然而然便可以露出来嘛……再说了，我最早提议您做时尚杂志模特，您起初也不同意，最后不还是做了……"

"你真是越来越不像话了，"索伦脸色愈发难看，"那是因为我们没从兰彻斯特府里带一分钱出来，当时露宿街头，你都快要饿死了好吗？后来你想到的做荒野求生博主确实是个好主意，很适合发挥我曾经作为猎人的特长。但各种户外装备都得花钱买，我不去做那个，哪里来的启动资金，怎么可能有今天，让你有闲心写这种乱七八糟的策划！我看你就是闲的，重写。"

"好好好，我不提那件事了。"莱昂知道，索伦虽然只做了短短三个月模特，但他还是把那段经历视作毕生之耻。他再提的话，索伦会把他从窗户扔下去的。他投降道："真不想拍海岛？"

"不拍。"

"好吧……"

在距离此地非常遥远的中国，某所普普通通的大学里，一名叫白凌霄的少年正在手机上阅读一篇推送文章。

文中介绍了一位这几个月内在油管上迅速蹿红的视频博主。

## 零日传说Ⅲ·弑神

说这博主是做时尚模特出身,被粉丝形容为"帅版贝爷"。和之前火遍全球,那位号称"站在食物链顶端的男人"贝尔·格里尔斯类似,这名年轻的博主深入各种渺无人烟的荒郊野岭,展现出极为高超的生存技巧和丰富的求生经验。他在探险时录制的几个高危操作视频,如无防护攀岩,迄今为止在油管上已有过千万的点击量。

当然,和贝爷不同的是,他不吃生食和虫子。他常在野外架一口锅进行烹饪,他的拍摄助理是一名烹饪能手。

本来只是睡觉前随便看看的,拖到文章最后,看到配图上这名博主的照片,小白惊得直接从床上弹起。

这不是索伦吗?!

他迅速把这个八卦发到"叶乔小分队"微信群。

小队成员纷纷表示有被震惊到。

群消息震个不停。直到叶乔抗议:"下周就高考了,不要打扰我复习,谢谢。"

何念念跟着发了一个哭笑不得的表情,"我也要去接着复习了,有什么八卦攒着以后再聊啊。"

根据那篇介绍文章里提到的网名,小白搜到了索伦的视频。

大部分时间,索伦都很沉默。他沉默地出现在热带的雨林,瘴气弥漫的湿地,一望无际的苔原,陡峭的高山,干燥的戈壁。一辆破旧的越野车陪着他。偶尔还能看到不小心入镜的拍摄者莱昂。

那张曾不苟言笑的脸上,多了如释重负的平和。

他过上他想过的生活了吧。

## 尾 声

小白在心底默默祝福这名远方的朋友。

## 4

如今,尼德霍基地中联合入驻了几个大国的科学家,对其中涉及的技术进行破解。那些技术领先人类很多,破解尚需时日。

基地的存在是由南宫汇报给政府的。这是大家商量后的决定。

借此,南宫得以重新与人类政府协商的机会。但在地球上给异兽划分自留地同样不是短时间能定下来的事。自留地划多大、在什么区域、具体管理条例等等都需要商讨。南宫与人类政府开始了漫长的谈判。

陆星移大学专业是历史。课本上的内容对他来说太简单了。他经常泡在图书馆,翻阅那些古代流传下来的志怪或史诗。

人类历史上曾经面对的,和今天将要面对的境遇,总是何其相似。

他在冰岛史诗《埃达》中看见了这样的描述:

纵然大地仍是满目疮痍,浩劫过后日子将更美好,污垢邪祟全都洗荡干净,不用播种大地便起庄稼。

光明神巴尔德尔重返人间,他带来和平幸福和喜悦。

他和弟弟黑暗神霍尔德尔不再仇杀,化干戈为玉帛,他俩并肩携手坐到一起,英灵殿上共叙手足情谊。

汉尼尔叫大家抽签分家。

零日传说Ⅲ·弑神

他撒出一把幸运的木签,两兄弟的儿子个个踊跃,你争我夺该由谁来继承,这片多风的大地,广袤富饶而美丽。

你可曾听说此事,或者还知道别的……

## 5

小白紧盯着电脑屏幕上的代码,企图看出些什么。

这是室友王力杨给他出的考题。

从尼德霍那里回来后,他软磨硬泡,终于让年轻的黑客王力杨同意传授他编程技术,带他入门黑客的世界。

如今学了小半年,他基本掌握了反汇编,王力杨甩给他任何一个简单的程序,他都可以反推出源代码。

今天这道考题则是王力杨用Java语言编写了一个小游戏,白凌霄不可运行游戏,只能通过看代码了解游戏规则,并找出漏洞,运用漏洞推出游戏必胜的操作方式。

他已经在电脑前坐了一下午了。

另两名室友对白凌霄这半年来的转变很是好奇。一开始他们还问白凌霄怎么回事,后来也就习惯了。

沈放来约小白一起吃晚饭。

小白问:"你怎么来了,给我打个电话不就行了。"

沈放无奈,"我打了啊,你没接。"

小白这才去看手机,果然看到沈放发来的消息和未接来电。

"哦,抱歉,我没看到。"

"好啦,没关系。快去吃饭吧,阿星在楼下等我们来着。"沈

## 尾 声

放走到小白身边,发现小白电脑上又是满屏他看不懂的代码。

一切结束以后,小白变了很多。虽然还是有像以前那样傻乎乎跟大家打闹的时候,但闹着闹着,他会突然安静下来,看着远方轻轻叹气。沈放知道,小白表面上看起来没心没肺,内心其实是很敏感的。他没有再提过他妈妈和林修平的事,但那种事又有谁能真正放下呢?沈放担心他一个人待着孤单,所以常常和陆星移一起来找他。

也不是没有别的朋友。他们在不同的院系,接触的都是不同的人。但只有他们三人聚在一起时,才能真正放松下来。毕竟只有他们共同经历了那段刻骨铭心的战斗,这是无法跟其他同学提及的。

小白合上电脑,同沈放一起走出宿舍。

下楼时,两人并排走在夕阳斜照的楼道。像曾经无数次走过的那样。

沈放终于还是忍不住问:"小白,你到底在研究什么啊?上中学时我可没发现你这么热爱学习。怎么我每次来找你,你都在看代码?"

小白从未告诉过沈放他这么做的真正理由。他敷衍道:"你看,我是计算机专业,对不对?我在看代码岂不是很正常?"

"那我是数学系,我也没整天做数学题啊。"沈放侧头打量小白的表情,"你有事瞒着我。咱俩认识这么多年了,你要是遇到什么事可以直接跟我说的。"

沉默了半晌,小白像爆发了似的抱怨道:"到底是谁瞒着谁啊?也不知道是谁,瞒着所有人就跑去做了那种事……"

沈放一脸疑惑,"你在说啥?"

"喊，"小白走到前面，"你以为我为了谁辛辛苦苦学代码？还不是为了你……"

"为了我？"

小白回头，一脸愠色，"要不是你自作主张跑去接受什么兽人改造，我就不用费这么大劲学编程破解了！"

沈放不懂，"这两件事有什么关系？"

"你放弃了，对不对？从一开始，你就没想过要再变回人类。你觉得一辈子都当兽人很好吗？"

沈放不语。

"但我没有放弃。人类的科技是在尼德霍指引下发展的，所以与尼德霍那个文明如出一辙。你懂了吗——他们的系统编码也是采用的二进制。你还记不记得基地里那个对人类进行改造的手术舱？只要我学会破译他们的操作系统，就有机会让你再变回人类。"

"你没必要……"

"本来是想等破译成功时再告诉你的。就是不想让你高兴太早，才没跟你说。或许要五年、十年。总之，你还是别抱太高期待。"

沈放被震得说不出话。半晌才说："今晚请你吃饭。"

"哈？我付出这么多，你想用请我吃顿饭糊弄过去？你这个混蛋，"小白念叨着，"我可不是为了让你请吃饭才做这些……"

# 6

高考成绩出来那天，大学还没放假，正值期末周。

# 尾 声

"叶乔小分队"群里,何念念出来汇报了她和叶乔的分数,都过了重本线。

小白有些紧张地问:"恭喜!你们打算报哪所学校啊?"

何念念和叶乔各说了自己心仪的学府。都不在本省。叶乔想去的那所大学甚至离树城很远很远。

小白心里有些失落。就像尼德霍给叶乔的那个梦里并没出现他一样,叶乔规划的未来,也并不与他有关吧。本来也是,叶乔怎么可能喜欢自己这样傻乎乎的男生?像以前那样,小白装作并不十分在意,若无其事在群里回复,"哇,你们想去的学校很不错。"

仿佛只要装作不在意,慢慢地就可以真的不在意了。可不知为什么,这一次比以往任何一次都要难过。是因为现在的自己变得贪心了吗?

其他人在群里热烈地讨论着。备选志愿填什么学校,要去的城市有什么好玩的、好吃的。小白看着这些讨论,一句话也没说。那好像是一些与自己无关的快乐。

直到突然收到一条叶乔私发给他的信息——"你那边什么时候考完试?"

小白心中小小的火苗死灰复燃地跳跃了一下。他赶紧回复:"下周五下午。"

叶乔敲来一句,"好。我到时来找你。"

虽说从收到叶乔那句话起,小白的心就飞到了天上。好在这半年他真的学了很多编程相关知识,期末的专业课考试很轻松就解决了。不过有两门公共课估计会挂得很难看。哎,下学期再补

· 367 ·

# 零日传说Ⅲ·弑神

考吧。

最后一堂考试结束，交了卷回宿舍。远远就看见叶乔居然已经在宿舍楼下等他。之前执行任务时，叶乔来学校找过小白好几次，所以知道他的宿舍楼号。

同行的同学看到有大美女在等小白，一阵起哄。但叶乔用轻飘飘的眼神扫了一眼，他们顿时让叶乔的气场镇住，自讨没趣地闭上了嘴。他们进了宿舍楼，留下小白。

小白走到叶乔身边，"你、你怎么来这儿了？"

"我说了今天会来找你啊。不知道你考试在哪栋楼，所以直接来宿舍楼下等你。"

"等了很久吗？"

"反正也没什么事。"

现在是下午四点，是一个去吃饭太早，出去玩又太晚的时间。大学生活区繁茂的榕树上，响彻此起彼伏的蝉鸣。小白手足无措地问："那我们现在去做什么？"

"嗯——"叶乔撑着下巴想了想，"学校附近有冷饮店吗？"

"有的！"小白殷切地点头，"我带你去。"

两人面对面地坐在冷饮店，叶乔点了薄荷味的苏打水，小白要了柠檬茶。

叶乔捧着玻璃杯，向小白宣布："我昨天查到录取结果，我已经被第一志愿录取了。"

"太好了，恭喜你啊。"又说了一遍"恭喜"，可是真的太好了吗？小白的语气黏糊糊的，一点不像真正开心的样子。

"你不为我感到高兴吗？那时候跟你聊天，你问我，如果一

## 尾　声

切结束了，不用再当猎人，我想做什么。我告诉你，我很喜欢生物。虽然听说生物是天坑专业，"叶乔用吸管搅动着水杯里的冰块，"但我真的很喜欢。这所大学的生物系也很好的。"

小白觉得自己的心就像那些冰块一样，被搅动得七上八下，他小声说："我知道很好。只是……你的学校离树城好远。以后是不是只有寒暑假能见到……你了？"

"喊，"叶乔靠着椅背，微微仰头看着小白，"我就知道你会这么想，所以才来找你。"

像犯了什么错，小白支吾着，"我不是那个意思，我是说……是说……"

"哎，你果然是一个笨蛋。"叶乔说，"就因为你这么笨，我才得专门跑来跟你解释。"

"解释？"小白不懂叶乔有什么需要向他解释的。

"我考哪所大学，要去哪里，是出于我个人的学业考虑——毕竟现在也当不成猎人了，总得考虑学业。但我离开树城求学，并不意味着我喜欢的人不在这里，你明白了吗？"

"我……"小白觉得自己明白了，但又怕自己理解错了。奇怪的是，嘴角好像不受控制似的微微上扬。飞在天上的心仿佛乘上一股温热的风，越飞越高。

可不知为什么叶乔又生气了，她嗖地站起身，铁拳砸在冷饮店木桌上，"总之，意思就是你也好好上学，等我回来。如果我回来发现你做坏事，就揍你！反正你打不过我。"

听到响动，顾客和店员纷纷侧目。叶乔揉了揉拳头，若无其事坐回座位。

队长还是那么可怕，小白条件反射地瑟缩着"哦"了一声。

# 零日传说Ⅲ·弑神

见小白如此反应，叶乔无奈地扶额，"你还不明白就算了，这些事以后再说吧。你们明天就放假了，对不对？何念念说新开了一家什么密室，让大家明天下午一起去玩。"

说起这个小白就来劲了，他兴奋地答应："好啊好啊。"

密室逃脱店外的等候区，大家一脸无辜。

何念念挑了一个恐怖主题的密室，可才进去不到半小时，他们就被店主请了出来。

店主苦着脸，"实在不好意思，本次门票钱我退给你们，你们还是去……其他地方玩吧。"这也是没有办法，新店开业，这群客人简直太难对付了，再不把他们请出来景都快被拆完了。

在密室里扮演冤魂吓人的工作人员捂着受伤的嘴角坐在一旁。沈放在边上道歉，"我真不是故意的，你一出来，我下意识就出手了。其实出手后我还稍微收了收力道的……你没事吧？"

穿着白色衣服、戴着假发套、脸上被粉底涂得惨白的壮汉好半天才勉为其难地答道："我、没、事。"

把别人新开的店搞成这样，大家也觉得过意不去。叶乔想到了弥补的办法，"老板，要不，你这儿还需不需要扮演NPC的工作人员？我们可以帮你干几天的，不要薪水。"

这倒是个好主意，其他人赶紧点头，"对啊，老板，你看我们可以扮演什么？"

哪知店主被吓得连连摆手，"不、不用了。"

小白不明所以，"为什么不用？我们都放暑假了，有时间的。"

店主为难道："我怕你们打伤客人……"

# 尾 声

众人无言以对,只得尴尬地离开。

## 7

名为白凌霄的少年趴在书桌前,看着窗外发呆。

好像又回到以前的日子——无比漫长的夏天,时而迎来一场暴雨。世界被哗哗的雨声吞没,闷热潮湿的空气里,暴雨冲刷着什么,带走着什么。

而当雨停了,便又是一个寻常的夏日。

## 番外·婚礼嘉宾

大约是五年后的一天吧。

伴随叮咚一声铃响,一封函件从门缝塞了进来。邮递员在门外喊:"您好,国际特快直达函,请签收。"

"——知道了。"褐发红瞳的青年慵懒答道。

青年从内室的书桌前站起身,走到客厅门口,好奇地将那封函件拾起。信封上,收件人一栏写着"普莱德·兰彻斯特"。

修长的手指撕开封条,捻出内里一张简约却不失精致的邀请函。邀请函采用米白底色,配以天蓝边纹。翻开后,左侧镶嵌了一张小小的四寸婚纱照——不,说婚纱照并不准确。照片里的年轻女子穿着夹克,大姐头般搂着身旁的男子。男子眉宇间添了几分成熟,但脸上挂着和从前一样的腼腆而傻乎乎的笑容。右侧则是几行娟秀的仿手写印刷字体:

诚邀普莱德·兰彻斯特先生,作为伴郎团的一员,出席将于本年度5月2日11点08分在中国南城举办的婚礼。
您的挚友:白凌霄&叶乔

手机还放在内室的书桌上。普莱德正要去拿,电话已先打了进来。他快走两步过去接起,对面传来那个白痴的声音,"普莱德,邀请函收到了吧?我这儿接到签收通知了。"

"收到了收到了。"普莱德说。

"当伴郎的话,提前一天过来哦。机票钱……你自己出?红包就不用给了。"

"等等,我答应要当伴郎了吗?"

"啊?"

"我,拒,绝。"

"噢?"对面故意拖长了尾音,"你该不会是嫉妒了吧。"

"我又没说不去。"

"那你啥意思啊。"

"怕太帅抢你风头,就不当伴郎了。但务必给我留一个最佳座位,谢谢。"

"喊,你不卖弄一下会死吗!"

"那你留不留座啊?"

"留,肯定给你留着,行了吗?说定了啊。"

"嗯,一定前往。"

"到时见。"

"到时见。"

## 零日传说Ⅲ·弑神

距婚期还有一个月，好久没见那帮人了，真有些想念。

普莱德望向窗外，街道两旁的梧桐抽出新叶，绿茸茸的一片，直延伸向道路尽头，与天际相接。他的心情也是如此，像在没有氧的井底沉睡了很多年后浮出水面，终于可以轻松地呼吸。那些孤独而憋着一口气的少年时期，远得像是另一个世界的事。幸好认识了他们。

对吧，幸好认识了他们。

不记得怎么成为朋友的了，相识于敌对与试探，却慢慢成了朋友。

也是普莱德唯一的朋友们。这是他人生中第一次参加婚礼，朋友的婚礼自然该好好祝福，普莱德想，要精心准备一份礼物。

5月2日这天，普莱德悄然来到婚礼场地。司仪由莱昂担任，普莱德把流程稿要来看了一遍，指着开场后的空行处向莱昂说，"我要在这里加个环节。"

莱昂一时为难。他对普莱德可一直没什么好脾气，心直口快地反对，"小少爷，您也太任性了，这是不是不太合适？流程都和新郎新娘确认过了。"

普莱德说，"确认过又怎么了，就是要临时加，才算惊喜啊。"

"是惊吓吧！"

"我又不会捣乱。"

"我才不管您捣不捣乱，这不是您的婚礼，您说了不算。"

索伦走了过来，"你俩在这儿嘀咕些什么？"

莱昂赶紧告状，"大少爷，是小少爷他说要额外加一个流程……"

还没等莱昂抱怨,索伦打断,"就让他加吧,他有分寸的。"

"啊?"莱昂很受打击。

普莱德顽皮地笑了,冲索伦挥手,"谢谢哥哥,那我就去准备了。"

刚离开不远,普莱德又回头叮嘱,"先别告诉其他人我到了。"

莱昂扶额,"您到底要做什么呀……"

绿茵坪上,并不算多的来宾纷纷就坐。第一排靠中间的一个座位仍旧空着。

吉时已至,新郎和新娘穿过鲜花拱门,走到最前方后转身面向宾客。看到空座,新郎对新娘耳语了一句,两人脸上同时露出失望的神色。莱昂宣布仪式马上开始,"但在此之前,有一位来宾要送上特别祝福。"

客人们交头接耳,互相打探,直到确认要送上特别祝福的那个人不在他们之中,便好奇地四处张望。很快有人发现,几十米之上的高空里,一个巨大的竹篮挂在热气球上摇摇晃晃。

——该我,登场了。

普莱德摁下遥控按钮,预先埋在竹篮底部的微型炸药发生了爆破。盛在竹篮中的数百公斤玫瑰花瓣登时涌了出来,花雨般飘落。普莱德整理了一下领结,缓步踏上草坪,走向另一头的那对新人。

铺天盖地的花瓣里,他走到新人面前。

"空运的大马士革玫瑰,给你们我所有的祝福,我的朋友。"

# 零日传说Ⅲ·弑神

新郎却一点也不淡定,"我还以为你不来了,混蛋!"

"答应过你们一定来的,岂会失约?"

"你怎么还是这么张扬啊。"新郎抱怨。普莱德本以为新郎还会再抱怨几句,却没想到他不顾场合地扑上来,给了自己一个结实的拥抱,"我们都很想你,普莱德。"

"我也……"普莱德觉得心脏不受控制地颤动起来,"很挂记你们。"

"那是给你留的座位,快过去吧,待会儿再聊。"新娘示意第一排那个空座,左边是沈放,右边是索伦。

为什么心脏会这样颤动呢?普莱德深呼吸了一次,仰了仰头,避免眼泪掉出来。为此,他故作戏谑地说"座位还不错嘛,和大家都挨在一起。"

"当然了,你是我们之中的一员啊。"新郎脱口而答。

脑子里嗡的一声。普莱德感到又要不能呼吸了。但和年少时那溺在水中无法呼吸的窒息感所不同的是,此时此刻是一种他从来没体验过、甚至不知道该如何形容、如何应对的感受。就好像记忆里无数次的那样,他曾向美好之物伸出手,却都半途将手收回,欺骗自己说不需要它们。

花雨之中,他仿佛什么都看不清了。

新人并立。新郎穿着西装,成熟得体,但又永远生涩。这是他的可爱之处。他将戒指戴到新娘无名指,"叶乔,你是我并肩作战的战友,是我生死相依的伙伴,从今以后,你便是我至死不渝的爱人。我发誓此生,用我的生命、用我的一切守护你。请所有来宾见证。"

新娘穿了婚纱,很少见她这样装扮,大概一生就这一次。她红着脸将对戒的另一枚戴到新郎手指上,"白凌霄,你仍旧是我的队员,无论你遇到什么困难,我都会和你一起面对。我的队长准则永不失效。"

宾客们热烈鼓掌。那些如雨般落下的几百公斤玫瑰花瓣,在婚礼场地的草坪上铺出厚厚一层。普莱德和人群一起拍手相庆,他从没这么发自内心地愉悦过。

身旁的沈放笑道:"叶乔还是和以前一样,根本不可能从她口中说出肉麻的话。这哪像婚礼誓词啊?"

陆星移说:"我倒觉得,叶乔能说出这种程度的话,她一定尽力了……"

何念念点头认同。

普莱德真诚地点评:"小白还是那么土里土气。"

沈放一把掐上来,"别人都和叶乔结婚了,嫉妒可以不用表现得这么明显。"

普莱德苦笑,"嫉妒什么啊!我坦坦荡荡,好吗?"

大部分宾客都只有一张模糊的脸,普莱德认不出他们是谁。唯独身旁这几位,眉目那样清晰,和记忆中一模一样。并不是嫉妒小白,一点也不嫉妒,甚至为他和叶乔高兴,比此生的任何一刻都高兴。可为什么,一阵心酸在胸腔涌动,那样地想哭呢?

冷餐台已备好。仪式完毕后,沈放他们一拥而上,把新郎和新娘围在中间。

普莱德轻微叹息一声,暂时收起复杂的心情,迈步过去。

沈放说道:"普莱德,今天的玫瑰雨太浮夸了吧!"

## 零日传说Ⅲ·弑神

普莱德摊手,"常规操作罢了。"

沈放说:"让你当伴郎也不来,原来是想着自己出风头。"

普莱德说:"伴郎不是有你和陆星移了吗?我干吗凑你们三人组的热闹。"

叶乔上前拉开两人,"好了,你俩怎么还像以前似的,一见面就斗嘴。"她看向普莱德,"谢谢你的礼物,我和小白都很喜欢。"

这一瞬,向来伶牙俐齿的普莱德竟语塞了,只羞怯地说,"你们……喜欢就好。"

叶乔招呼着所有人,"好不容易又聚在一起,走呀,我们去吃点东西,好好聊聊吧。"

"嗯!"

"先一起合个影吧,普莱德也来了。"

"对哦,之前合影时普莱德都还没来。"

"摄影师,摄影师过来一下。"

"我们怎么站?"

"叶乔和小白站这儿,其他人这样围着。"

"好了。"

"喂,普莱德,你怎么愣在那里,快过来合影呀。"

"普莱德,过来啊——"

天非常蓝,一丝白云也没有。树和草坪堆出深深浅浅的绿色。红色玫瑰花瓣洒落一地。明媚的春光中,那群耀眼的年轻人,向普莱德热情招手,期待着他的加入——

"普莱德,你还在等待什么?"

你还在害怕什么?

## 番外·婚礼嘉宾

你还在期盼什么?

春光渐盛,直至视线被晃作一团虚无的白色。再之后,白色骤暗,成为了漆黑的一片。

"叶乔!"

"沈放!"

"阿星!"

是……那个白痴的声音。为什么只叫其他人,没有叫我呢?

"我们……为什么在这儿?"

是其他人如梦初醒的声音。

对啊,为什么在这儿?

回过神,身下是冰凉的金属地面。这是战场,没有草坪也没有玫瑰。原来春日不曾来过,那一切都不曾来过。

其他人已经走到前方去了。褐发红瞳的少年拂拭眼角,缓缓站起身。他在心底无声地问道:"如果我今后选择和你们站在一起,还有机会成为你们的……朋友吗?"

## 后　记

　　我开始敲下《零日传说》这个系列第一个字的时间，是2014年的12月。到2021年3月，过去了六年多，我总算敲下了这个系列的最后一个字。

　　故事全部结束了。

　　这六七年里，我经历了很多人生大事，我的读者同样如此。有从旧版第一部开始追的读者在微博给我留言，说他们当时才上初中，现在都大学了，大学毕业前能看到故事完结吗？也有读者已从校园毕业进入社会，他们一遍遍向我确认：这个故事还更不更新了？该不会坑了吧？

　　我本身算得上是个有始有终的人，一件事如果没有做完，做一半，我就会长时间处于焦虑状态。但具体到《零日传说》这部作品上，写作过程中间确实有一个比较久的停顿。

## 零日传说Ⅲ·弑神

　　旧版的第三部是在2017年2月左右定稿的，在那之后，我有三年余没有继续写它；直到2020年6月，才重新拾起。

　　好处是，隔了这些年，可以用更冷静、旁观的读者视角去重新审视曾经写下的内容，于是我花了两个月的时间做全文修订，算是弥补了当年的一些遗憾。当年就对文本有诸多不满意之处，但因为刚刚尝试这种题材，心有余而力不足，留下很多显得稚拙的地方。

　　诚然，无论如何修改，文章永远不会有完美的状态，哪怕我已竭尽所能，它仍不够尽善尽美。但值得一提的是，除了那些稚拙的部分，我在通读自己数年前写下的前几卷内容时，还是能发现一些出乎意料的惊喜。有些情节我自己都记不清了，再次读到时会惊讶——这里安排得还不错啊，换作现在的我来写也不一定能安排得这么巧妙；这处描写好棒，当年我怎么想出这种形容的？

　　写作者总是这样，于自卑和自信之间摇摆。自卑让写作者不断进步，自信让写作者得以坚持下去。

　　那时写完前三部就停滞下来，除了一些客观上的原因，最主要还是因为我主观上对如何收尾感到棘手，就一直逃避。

　　好在有不离不弃的读者一直在微博上催我，我才最终没有放弃。

　　我始终非常感激我的读者，读者亦是我坚持写下去的动力之一。他们的反馈，让我听到一个故事的回响，让我感到自己在做一件有意义的事，这对我来说十分重要。

# 后 记

不过，完结篇写作的棘手程度并不因为我拖到了现在就有所减轻。太多的线索要收拢，太多的人物要交代。有时想到一个新的情节发展方案，却又与前文的设定有所冲突，于是不得不倒回去修改前面的设定。因此，最后这部书的写作过程比起之前几部慢了很多，前前后后花了差不多九个月时间。

随后又是繁琐的编校出版流程，本来答应读者早些与大家见面，又拖到了现在。

好在，它应该是一份可以拿出手的答卷，没有辜负最初的读者长时间的等待。

好像又回到了很久以前的日子，又或者我内心从来没改变过。我始终是那个中二之魂熊熊燃烧的大姐头。我想写下这些青春的故事，记录那些不起眼的少年，那些不为人知的角落，那些永不凋零的信念、热血与梦。

最后是致谢。

除了已在前文专门感谢过的读者，我还想感谢一下我自己。还好我没放弃，这个故事终于完整了。哈哈。

感谢我的家人。他们为我的写作提供了支持。

感谢最开始提出这个世界观设想的拉兹老师，他在写作过程中提供了很多帮助和意见；感谢E伯爵老师，决定要写这样一个故事也是受她鼓励与推动；感谢再版及完结篇的责编许宁老师，他完成了非常多细碎的工作；感谢签下这部作品再版选题的重庆出版集团的邹禾、肖化化二位老师，正因为他们的认可，我才下定决心在时隔三年之后重新打开文档；感谢封面画手北极有树，

## 零日传说Ⅲ·弑神

是她精湛的画功和精益求精的态度,让我的故事有了如此完美的装帧。

是所有人的共同努力让这部书得以呈现在大家面前。

陈虹羽

2022.7.5